KB262225

문학교육과 현대소설

문학교육과 현대소설

문학교육과 현대소설

김 미 영

깊은샘

책머리에

늘 마음 속에 지고 있던 빚을 갚은 느낌이다. 그러나 깨끗한 빚 청산이 아니라 이제 갚기 시작하는 상태이다. 이 책에 대한 느낌이 그러하다. 1980년대 후반기를 너무나도 안일하게 보낸 사범인으로서 마음의 빚이 나를 항상 누르고 있었다. 어찌 이 한 권의 얄팍한 책으로 대신할 수 있겠는가. 그러나 부족한 대로 갚아 나가는 것이 나의 능력에 맞을 것 같아 용기를 내었다. 깨끗하게 청산할 날을 기다리다가는 아예 '그 날'이 요원할지도 모른다는 불안감이 들기 때문이다.

소설은 사심 없이 읽을 때, 어떠한 목적의 대상이 아닐 때 행복한 책읽기가 된다. 그러나 연구를 위한 하나의 대상이 되는 순간부터 소설의 매력은 마력으로 바뀌는 현상을 종종 보이기도 한다. 순수문학을 연구하는 동안 내 능력에 괴로워한 만큼 행복함도 있었으나 사범인으로서의 문학교육에 대한 열정도 숨길 수 없었다. 그러나 나의 역량 탓으로 동시에 두 가지 일은 할 수가 없었다. 마음 한 구석을 짓누르던 의무와 열정은 계속 유예의 기간을 늘인 셈이다. 그래서 학위 논문을 끝낸 이후부터는 오래전부터의 숙원이던 '소설과 교육'에 대한 길을 찾기 시작했다. 길은 험난하고, 끝은 보이지 않는데 이제 짐을 꾸리고 나선 모습이다. 나의 미숙한 보행은 얼마나 시간이 걸릴지 모르는 행군의 시작이다. 이제, 잠시 쉬어가는 사이 참이라고 생각하며 부족한 글들을 모아 책으로 엮었다.

　이 책의 구성은 모두 4부로 되어 있다. 모더니즘 소설, 패러디 소설, 생태 소설, 타자성이 강한 소설 등을 대상으로 하여 문학교육적 측면에서 그 방법을 모색하였다. 모더니즘 소설교육은 이해의 잣대를 내면세계 지향과 지연의 플롯으로 접근하였으며, '기차' 모티프를 다룬 글은 모더니즘 소설만을 대상으로 한 것은 아니지만 내면세계 지향이란 점에서 함께 묶었다. 문학적 기원이 오래된 패러디를 통해서는 소설 읽기뿐만 아니라 창작적인 면에도 관심을 두었다. 21세기를 살아가는 학습자에게 간과할 수 없는 사회 윤리적 삶의 형태가 생태계 보호와 공존공생이라는 생각에서 이를 다룬 소설을 살펴 보았다. 이와 같은 주제적 접근은 생태문학과 장애 인물을 다룬 타자성 강한 소설들을 대상으로 하여 소설 읽기와 토론, 창작의 연계점을 찾고자 시도하였다.

　'문학교육'은 문학 작품을 보는 안목, 현시점의 교육목표와 교육적 현실, 학습자 대상을 모두 조율해야 하는 까다로운 교육 분야로 새삼

다가온다. 이 책이 이 모든 것을 담아내기에는 역부족이란 것을 잘 알지만 앞으로의 연구에서 이 부족함을 채워나가겠다는 약속으로 부끄러움을 대신한다. 소설교육의 대상은 중등학생과 국어교육을 전공으로 하는 대학생들 모두에게 해당된다. 소설교육은 학습자의 주체 형성에 지대한 영향을 끼치는 학문이기에 다원화된 사회에서 삶을 영위해야 하는 학습자들에게는 필요한 교육 영역이라고 본다. 세상을 명확하게 읽는 눈을 기르는 것, 즉 비판적 주체의 형성은 중요하기 때문이다. 소설이 지닌 교육적 측면은 폭발적 힘을 지니기에 소설교육은 앞으로도 꾸준히 관심을 기울여야 할 교육 분야가 될 것이다.

이 조촐한 책에도 헌사가 허락된다면 먼저 두 분 선생님께 고마움을 전하고 싶다. 미욱한 제자를 믿어 주시고, 지켜봐 주신 김시태 선생님과 장경희 선생님께 머리 숙여 감사 드린다. 또한, 항상 조언과 격려를 아끼지 않으신 깊은샘의 박현숙 사장님께도 감사 드린다. 끝으로 변함없는 우정으로 나의 지친 어깨를 다독여준 소희에게 고마움을 전한다.

2005년 아쉬운 봄날

김 미 영

차 례

제 1 부

모더니즘과 소설교육

모더니즘 소설교육에 대한 연구

1. 머리말

학습자에게 자기인식을 계발시키는 교육의 하나는 문학교육이다. 문학교육은 문학을 즐기면서 자아를 발견하고 세계를 인식하며 현실을 상상력으로 초월하여 가능한 모델을 구축하는 문화의 교육[1]이란 점에서 중요하다. 그 중에서도 소설교육은 효율적으로 이루어진다면 짧은 시간에 큰 효과를 거둘 수 있는 잇점이 있다. 소설에는 역사의 두께인 문화적 유산이 압축적으로 담겨 있으면서도 재현적이기 때문이다. 그래서 소설을 왜 가르치는가에 대한 답은 소설의 기능인 교시적 기능, 쾌락적 기능, 가치창조적 기능과 맞물리게 된다.[2]

오늘날의 학습자는 과거와 달리 문화창출에 스스로 참여하는 데서 미적 체험을 즐기는 세대이다.[3] 따라서 소설교육은 이와 같은 문화적

---

1) 구인환 외 공저, 『문학교육론』, 삼지원, 1993, 25쪽.
2) 박인기, 「소설교육의 목표설정」, 『소설교육론』, 평민사, 1993, 48쪽.
3) TV드라마가 네티즌들에 의해 줄거리가 바뀌거나 하이퍼텍스트가 성행하고 있는 것은 학습자(독자)들이 단순한 수동적 태도에서 문화를 수용하는 것이 아니라 능동적 태도를 지닌 문화의 수용자가 되었음을 보여주는 단적이 예가 되는 것이다.

패러다임을 무시할 수 없다. 소설 텍스트의 의미를 읽어내는 의미해독 과정에 독자가 참여하는 데서 새로운 의미생성이 나타나기 때문이다. 이는 독자가 텍스트의 미확정 부분을 채워넣음으로써 텍스트를 완성하는 일이다.[4] 소설을 읽는 것이 작가와 독자의 대화라는 사실이 더욱 분명해지고 있다. 따라서 독자가 소설 텍스트에 주체적으로 참여하는 것은 텍스트의 의미공간을 채우는 일을 넘어 '인간 삶에 대한 이야기'에 참여하는 이중적인 참여[5]를 의미한다.

소설교육의 텍스트를 선정하는 기준은 다양함 속에서도 학습자의 단계에 맞아 지적·정서적 활동을 능동적으로 활성화시킬 수 있어야 한다. 이때 미학적 기준과 역사적 기준이 주요 잣대가 될 수 있다. 미학적 기준이란 작품의 미적 완결성을 의미하며, 역사적 기준이란 작품이 창작되고 향유된 당대의 역사적 단계를 정당하게 투영하여야 함을 의미한다.[6] 과거와는 차이가 있는 학습자의 문화적 공간을 고려할 경우, 소설교육의 텍스트는 균형감각을 유지하기 위하여 모더니즘 소설에도 큰 관심을 기울여야 할 것이다. 개인이나 사회는 어느 시대든지 해결하지 않으면 안되는 문제상황에 놓이게 된다. 그러한 문제상황의 첨예한 의식은 위기감으로 드러나기도 한다. 그 위기감을 간접적인 방식으로 표현하고 해결하고자 시도하는 것이 문학이라 할 수 있다.[7] 오늘날의 학습자에게 당대의 문제적 상황으로 인식시킬 것이 분단상황이라는 것은 7차 교육과정에서 국어(상) 교재의 개편이 "분단소설"을 중심으로 이루어진 데서도 나타나고 있다.[8] 학습자에게 시대상황을 인식시키고

---

4) 로버트 C. 호럽, 최상규 역, 『수용이론』, 삼지원, 1985, 140-146쪽 참조함.

5) 우한용 외, 앞의 책, 19쪽.

6) 김상욱, 『소설교육의 방법연구』, 서울대학교출판부, 1996, 106쪽.

7) 구인환 외 공저, 앞의 책, 26쪽.

8) 7차 교유과정에서 국어(상) 교재의 개편이 분단상황을 인식시키는 '분단소설'을 중

해결의 과정을 모색하도록 소설교육을 할 때 리얼리즘 소설과 모더니즘 소설의 교육은 균형을 갖추어야 한다고 본다. 리얼리즘 소설이 외부 상황에서 빚어지는 갈등, 세계와의 대립의식을 첨예하게 보여준다면, 모더니즘 소설은 주체의 내면의식을 섬세하게 다루고 있어 시대상황을 인식하는 다양한 방법을 경험할 수 있기 때문이다.

이 글의 목적은 모더니즘 소설교육을 구체화하는 데 있다. 단편소설 「수」와 「타인의 방」을 대상으로 하여 1930년대 모더니즘 소설의 특성을 계승하고 있는 소설미학적 측면을 분석하고자 한다. 소설교육에서 중핵을 이루는 것은 작품의 감상이다.[9] 따라서 두 작품을 이해하고 감상할 경우 모더니즘 소설의 특성을 인식함과 동시에 1960, 70년대의 사회적 상황도 폭넓게 이해하게 될 것이다. 그것은 4·19의 분위기와 그 이후 산업화의 성장이 주체에게 미치는 영향을 파악하는 것이다.

2. 모더니즘 소설의 이해

학습자에게 「수」와 「타인의 방」에서 나타나는 모더니즘 소설의 특성을 밝히기에 앞서 모더니즘의 일반적인 예술경향과 1930년대 모더니즘 소설의 예비적 고찰이 필요하다. 아도르노는 모더니즘은 '외부세계와 주체가 맺는 전통적인 관계에 대한 부정으로서 전통적인 부르주아 사회의 문화적·윤리적 유산을 전복·부정하는 것'으로 간주하였다. 그에 의하면 모더니즘은 외부세계에 의해서 비틀어진 주체를 표현하기

심으로 이루어졌음과 그에 대한 문제점을 지적한 글은 강진호의 「교과서·문학교육·교사- '분단소설'을 중심으로-」(『문학교육』 제9집, 2002)를 참조하기 바람.
9) 박인기, 앞의 책, 49쪽.

위해 기존의 언어를 비틀거나, 주체의 회복을 위해 외부세계와 단절된 의식의 흐름을 실재화하고자 한 것이다.[10] 모더니즘 예술은 광범위하고 이질적인 일련의 양식들을 포괄하고 있지만, 그런 가운데서도 ① 미적 자의식 ② 동시성, 병치, 몽타주 ③ 역설, 모호성, 불확실성 ④ 주체의 탈인간화 등은 모더니즘 예술에 나타나는 공통적인 특징이라 할 수 있다.[11]

학습자에게 가장 널리 알려진 1930년대의 모더니즘 소설은 이상의 「날개」이다. 이 작품을 토대로 한 모더니즘 소설의 개념을 인지한 후에 이 글의 텍스트를 접하는 것이 이해와 감상에 합리적인 수순이 될 것 같다. 1930년대 우리나라의 모더니즘 소설의 성격을 종합하면 다음과 같다. 내면탐구의 심경소설, 소설기법과 문체에서의 새로움, 권태와 상실감을 미적 유희로 이겨내는 것 등이다.[12] 이와 같은 특성은 1960, 70

---

10) 노철, 「모더니즘 시교육에 관한 연구—김수영을 중심으로」, 『국제어문』 28집, 2003. 9, 122쪽.

11) 유진 런, 김병익 역, 『마르크시즘과 모더니즘』, 문학과지성사, 1986, 46-50쪽 참조함.

12) 서준섭은 1930년대 모더니즘 소설의 성격을 4가지로 정의하고 있다. 첫째, 모더니즘 소설은 그 방법과 문체변화에서 소설사의 흐름과 근대성을 인식한 결과로서 그 방법과 언어실험의 정도는 작가 개인에 따라 다르게 나타난다. 둘째, 소설형식은 심경소설(박태원·이상 등)과 도시소설(이효석 등)로 구분되지만, 심경소설이 더욱 전형적인 형식이다. 심경소설은 사회적 총체성보다는 개별성의 탐구, 내면성의 묘사에 치중하며, 삶의 단편성과 작가의 소외를 주로 1인칭 서술자를 내세워 서술한다. 셋째, 이효석의 도시소설은 도시의 분위기를 묘사하는 관계로 남녀의 애정풍속과 결합된 애욕소설을 발생시킨다. 그러나 그의 소설형식은 심경소설만큼 폭넓게 확산되지 못하고 끝난다. 넷째, 미적 거리두기, 서구의 '의식의 흐름' 소설·영화, 일본의 모더니즘 등의 현대소설의 새로운 조류를 흡수하고 재활성화한 1930년대 모더니즘 소설의 등장은 기존의 소설 개념에 대한 재해석이라 할 수 있다.(서준섭, 『한국 모더니즘 문학연구』, 일지사, 1988, 100-101쪽에서 참조함) 강상희는 모더니즘 소설에 나타나는 경험의 양상을 아이러니와 소외, 권태와 내면의 절대성, 유희 충동과 근대의 타자로 정리하였다.(강상희, 『한국 모더니즘 소설론』, 문예출판사, 1999, 79-115쪽 참조함) 본고에서는 두 논자의 견해를 종합적으로 수용하였다.

년대 모더니즘 소설에서도 지속되고 있음을 발견하게 된다. 이것은 우리의 근대성이 식민지 시대에 발아하여 이 시기까지도 같은 자장 속에 있기 때문이다. 여기에서 더 부각시킬 것은 비판정신이다. 1930년대 모더니즘에서도 비판정신은 있었다. 그러나 최인훈과 최인호의 작품에서 비판정신은 1930년대보다 더욱 전략적으로 나타나고 있다.

1) 내면세계의 지향

학습자는 '모더니즘'의 기본개념을 습득하는 것보다 소설의 기본적 개념을 인지하면서 작품을 이해하고, 감상해야 한다. 대상 텍스트인 「수」와 「타인의 방」을 선정한 것은 모더니즘 소설의 특성을 쉽게 추출할 수 있다고 보았기 때문이다. 그러나 처음부터 이점을 강조하기보다 학습자가 두 텍스트를 읽고 리얼리즘 소설을 읽었을 때와는 다른 인상을 받은 것을 나열해 보도록 하자. 그런 연후에 나열한 항목들을 모더니즘 소설의 특성과 연결시키도록 한다. 모더니즘 소설의 특성으로 열거한 '내면세계의 지향', '권태와 유희', '비판의식', '미적 자율성'은 결국 소설의 요소를 특정한 이름으로 개념화시킨 것이다. 이 속에는 인물, 구성, 문체가 리얼리즘 소설과는 변별되는 독특함을 지닌다.

모더니즘 소설에서 '내면의 발견'[13]은 개인과 사회의 대립의식이 관습적인 유대감의 균열로 나타나는 것과 관계 있다. 내면의 발견은 소설 요소에서 인물의 특성을 분석하는 것이다. 인물의 갈등이 자신의 탐색으로 향한 것이기 때문이다. 모더니즘 소설의 작가와 주인공은 자신의 현존을 확인하는 급선무로 외부에 대한 관심이 아니라 내면성으로 눈

---

13) 가라타니 고진, 박유하 옮김, 『일본근대문학의 기원』, 민음사, 2003, 83-94쪽 참조함.

을 돌리게 된다. 유폐된 자아가 주객동일성의 지향을 철회하고 다다른 또 하나의 현실이라 할 수 있으며 내면성의 표출방법은 주로 은유의 시선을 통해 나타난다.[14] 한편으로 그 시선의 자발적인 차단은 회상을 통한 시간 역행의 방법[15]으로 나타날 때도 있다. 학습자에게 내면성의 지향을 발견하도록 유도해야 한다.

「수」는 아내에 의해 정신병원에 감금당한 남편 '나'의 이야기다. '나'의 행위는 정신병원의 감금된 병실에서 '창'을 통해 '바깥세상'을 보는 행위와 '병실 안에 있는 여러 소품'들을 보는 행위로 이루어져 있다. 중간에 '회상하다'의 동사로 알 수 있듯이 외부 대상에 대한 관찰이 지겨울 때는 과거의 시간으로 역행한다. 중요한 점은 이러한 지각 행위가 결국은 외부세계에 대한 관심보다는 자신의 내면세계로 탐닉한다는 점이다. '나'와 세계의 절대적인 구조적 거리화 및 경험적 현실의 무의미함을 표상하는 상징적 장치가 되는 것이다.

'나'에게 관찰의 대상이 되고 있는 것은 찬란한 '빛'에 의해 느껴지는 무상감이다. '나'의 외부 대상에 대한 지각에서 확인되는 것은 그 대상의 본래적 의미보다는 '나'와 외부 세계가 단절되어 있다는 거리감을 나타내는 것이다. 외부 대상은 '나'에게 의미를 상실한 유희의 대상일 뿐이다. '공상'으로 표상되는 '나'의 자의식의 상태에는 무의미해진 자신의 삶의 현실이 깔려 있으면서도 사회에 대한 비판의식이 스며 있다.

> 보얗다. 어떤 땐 보얗고 어떤 땐 뽀얗고 어떤 땐 부옇다.
>
> 어스름녘엔 부옇고 한낮엔 보얗고 아침결엔 뽀얗다. 빛의 모양
>
> 에 따라 다르다. 그러니까 나는 지금 빛 얘기를 하고 있는 것이

---

14) 강상희, 『한국모더니즘 소설론』, 문예출판사, 1999, 19쪽.
15) 김상환, 「해체론과 은유」, 『해체론 시대의 철학』, 문학과지성사, 1996, 247쪽.

된다. 나는 거짓말을 안 한다. 플라타너스도 그림자가 있다. 물론 잎사귀도 있다. 하지만 무어니 해도 줄기다. 또 가지다. 플라타너스는 가지와 줄기다. 줄기가 좋다. 보얗다. 분을 바른 것 같다. 내 아내가 아직 화장이 서툴던 시절 화장을 하고 나면 저랬다. 플라타너스는 백인종이다. 진짜 백인종은 그닥 좋아하지 않지만 플라타너스는 좋다. 껍질이 군데군데 벗겨졌으나 흉하지는 않다. (중략) 플라타너스는 껍질 벗겨진 자리마저 즐겁다. 천사는 피부병을 앓아도 역시 이쁜 거나 마찬가지다. 천사는 그렇다.[16]

'나'는 변심한 아내 때문에 정신병원에 감금당했으면서도 아내에 대한 원망이나 병원에서 탈출을 시도하는 모습을 보이지 않는다. 병실 속에 철저히 유폐된 생활을 하면서 바깥세계와 유일하게 소통하는 회로는 '창'이다. 창을 통하여 관조와 은유의 시선으로 7월 한낮의 화려한 '빛'을 즐긴다. 인용문은 빛에 의해 플라타너스의 색채감이 달라지고 있음을 섬세하게 묘사한 것이다. 이와 같은 시선 속에는 자신의 상황에 대한 정보를 간헐적으로 나타내고 있다. 플라타너스의 흰 줄기를 '화장이 서툰 아내'와 '백인종'이라는 은유적 표현으로 묘사하였다. 여기에는 아내에 대한 그리움과 '백인종'이라는 권력적 인종에 대한 경멸감이 잠재되어 있는 것이다. '나'의 유폐된 생활은 나를 내면세계로 지향하는 조건이 되고 있다. 그러면서도 내면세계의 탐구가 외부세계와 소통하고자 하는 욕망을 보여준다. 이것이 최인훈의 내면세계 지향의 특성이라 하겠다.

그의 사유세계는 의식의 흐름 기법으로 무한이 이어지고, 은유의 시

---

16) 최인훈, 「囚」, 『우상의 집』 최인훈 전집 8, 문학과지성사, 1995, 100쪽. 이하 인용문에서는 쪽수만 표시한다.

선을 통해 유폐된 자신의 상황을 드러내는 데 효과적이다. 예를 들면 빛에 의해 잎사귀에 그늘이 생기는 플라타너스는 누님의 '유똥 치마'로 바뀐다. 그리고 사유의 대상은 자신의 주변에 있는 물건들인 아코디언, 프리즘, 빨강빛 오뚝이 등으로 끊임없이 이어진다. 이러한 대상 중에서 오뚝이는 나를 대신하는 상징적 물건이다. 오뚝이의 정체성은 슬픈 상황에서도 슬픔을 드러낼 수 없는 비극적 운명을 지니고 있다. '나'가 사랑하는 아내로 인해 유폐된 생활을 하면서도 그런 생활을 비극으로 느끼지 않으려고 애쓰는 것과 동일하다. 아내가 찾아왔을 때 그는 불쌍한 오뚝이를 병실에서 나갈 수 있도록 부탁한다. 이때 아내의 거절은 그의 현실과 미래가 암담할 것을 보여주는 것이다.

이 절에서는 주인공 '나'의 내면세계 지향을 살펴보았다. '나'는 아내, 사회와 단절된 유폐의 생활을 하는 동안 자아를 탐색하는 시간을 갖게 되었다. 이것은 학습자가 '인물'의 특성을 내면화 지향의 모습으로 살펴보게 한다. 또한 학습자는 은유의 대상을 아코디언, 프리즘, '나'가 갇혀 있는 방 등으로 넓혀서 생각해 볼 수 있다. '방'에 갇혀 있거나, 나만의 시간에 갇혀 있는 인물은 사유의 깊이를 가질 수 있지만 반면에 고립과 소외의 위험한 상황에 놓일 수도 있음을 알게 된다.

2) 권태와 유희

학습자에게 두 번째로 다룰 모더니즘 소설의 특성은 '권태'이다. 권태도 인물의 모습 중에서 특이한 점으로 부각된 것이다. 권태의 징후는 우리의 소설뿐만 아니라 20세기 현대 문학에서 지배적인 테마였다. 인간 사이의 정상적인 관계가 상실되어 개인이 전적으로 고독해진 상황에서는 개인에게 무관심만이 지배한다. 이런 상태의 지속은 삶을 무의미하게 만들어 권태감에 빠지게 하는데 브로흐는 이런 상황을 영점상황Nullpunkt이라고[17] 불렀다.

그러므로 1930~1940년대의 이상 · 박태원 · 최명익 · 유항림 등의 모더니스트 소설에서 권태나 지겨움의 징후 및 상태가 나타나고 있는 것도 우연이 아닌 세계사적 흐름을 보여주는 것이다.[18] 개인과 개인, 개인과 사회의 유대적 관계가 상실되면 인간은 무관심에 빠지게 된다. 「수」의 '나'와 「타인의 방」의 '그'를 무관심이나 체념의 생활태도로 변모시킨 것은 아내와 가족의 단절감이 가장 큰 원인이었다. 권태의 상태는 시간과 공간의 관념과도 아주 밀접하게 연관되어 있다.[19] 예를 들면 「날개」의 '나'는 장지로 분리된 방, 「수」의 '나'는 정신병원의 1인용 병실, 「타인의 방」에서 '그'는 자신의 아파트이지만 제명에서 나타나듯이 그의 정체성을 느낄 수 없는 그로테스크한 공간으로 설정하여 그들의 권태감을 조장하고 있다.

일반적으로 모더니스트들은 권태의 궁극적인 해결 방법 가운데 하나를 미적 유희에서 찾는다. 미적 유희란 외적 현실에서 의미와 가치를 발견하지 못한 인간이 만들어 낸 권태 넘어서기의 기획이라 할 수 있다. 권태의 심리와 일상적 현실 사이에서 긴장을 조성하는 낭만적 사랑, 명랑성, 독서 등에 비해 미적 유희는 현실을 자의적 변형의 대상으

---

17) 헤르만 브로흐, 김경연 옮김, 『몽유병자들』, 현대소설사, 1992, 811쪽.

18) 문학에 나타난 권태에 대해서 보다 넓고 깊게 정리한 것은 라인하르트 쿤의 경우이다. 그는 권태의 네 유형으로서 무위desoeuvrement, 심신 권태, 단조로움, 아노미 등을 제시하면서 권태의 주요 특성을 4가지로 열거하고 있다. 첫째, 권태는 정신과 신체 양자에 영향을 미치는 상태이다. 둘째, 권태의 상태는 완전히 어떤 외적인 상황과는 독립적이다. 셋째, 권태는 외적 상황과 관계없는 상태일 뿐만 아니라 우리의 의지와도 독립적이다. 넷째, 권태의 상황은 보통 소원estrangement의 현상으로 규정된다.(이재선, 『현대소설의 서사시학』, 학연사, 2002, 74-75쪽)

19) 이재선, 앞의 책, 71쪽.

로 삼는다는 점에서 일층 과격한 권태 파기의 방법이 된다.[20] 삶의 권태에 빠진 인물들이 보여주는 공통된 양식은 잠이나 유아적 놀이에 몰입한다는 점이다. 과잉의 수면을 취하는 것이나 유아적인 놀이가 권태로움에서 벗어나게 하고, 시간과 공간에의 갇힘을 해소하는 것이다.

> 아내가 외출만 하면 나는 얼른 아랫방으로 와서 그 동쪽으로 난 들창을 열어 놓고 열어 놓으면 들여비치는 볕살이 아내의 화장대를 비쳐 가지각색 병들이 아롱이지면서 찬란하게 빛나고 이렇게 빛나는 것을 보는 것은 다시 없는 내 오락이다. 나는 조그만 〈돋보기〉를 꺼내 가지고 아내만이 사용하는 지리가미(휴지)를 그을려 가면서 불장난을 하고 논다. 평행광선을 굴절시켜서 한 초점에 모아 가지고 그 초점이 따근따근해지다가 마지막에는 종이를 끄실르기 시작하고 가느다란 연기를 내이면서 드디어 구멍을 뚫어 놓는데까지에 이르는 그 얼마 안 되는 동안의 초조한 맛이 죽고 싶을 만큼 내게는 재미있었다.[21]

「날개」의 '나'는 '잠'으로 소일하거나 유아화된 상태의 놀이를 즐긴다. 잠은 습관적인 게으름의 표상인 동시에 매일매일의 권태로운 삶 지우기, 즉 관여와 관심의 배제 및 권태 소멸의 의미를 지니기도 하기 때문이다.[22] 또는 일종의 유희 의식을 가지고 행하던 사고 활동들 예컨대, '연구', '발명', '논문쓰기', '시쓰기' 등의 언어유희는 권태에 빠진 지식인 인물들이 시간을 보내는 전형적인 방법이다.

---

20) 강상희, 앞의 논문, 102쪽.
21) 이상, 「날개」, 『동서 한국문학전집 8』, 동서문화사, 1987, 24쪽.
22) 이재선, 앞의 책, 84쪽.

「수」에서 '나'가 하는 미적 유희는 상실감과 권태로움에 시달리는 주체들이 무료한 시간을 보내는 일반적 행위다. 그것은 앞서 보았던 「날개」의 '나'와 너무나도 유사하다. 시를 쓰거나 유아적 놀이로 보내는 것이 특히 그러하다.

> 내게는 또 장난감이 있다. 프리즘이다. 나는 그놈을 손에 들고 다시 창가로 온다. 한 눈을 감는다. 남은 눈에다 댄다. 히야. 신난다. 파랑·빨강·보랏빛. 막 눈부시다. 프리즘을 보는 것만 해도 인생은 살 보람이 있다. 이래서 나는 아내가 좋다. 아내가 사다주었기 때문이다.(102쪽)

> 나는 노끈을 찾아 든다. 오뚝이를 열십자에 한번 더 감쳐 쌀미(米)자로 묶어가지고 침대머리에 달아맨다. 그네 당기듯 쓱 당겼다 놓는다. 점점 폭이 좁아지면서 끝내 멎는다. 또 한다. 소리도 지르지 않는다. 오뚝이 녀석이 웃는다. 나는 발칵 화가 치민다. 그제야 내 실책을 깨닫는다. 이렇게 해서는 오뚝이가 괴롭지 않다는 것을. 도로 푼다. 역시 넘어뜨리기 고문이 제일이다. 이놈은 미치지도 못한다. 전생에 단단히 죄를 지었음이 분명하다.(103쪽)

「수」의 '나'도 「날개」의 '나'처럼 유아적인 놀이로 시간을 보내고 있다. 그가 가지고 노는 물건들, 예컨대, 낡은 아코디언 악기와 오뚝이, 프리즘은 놀이기구임과 동시에 자신의 상황이나 정서를 드러내는 비유적인 물건들이다. 특히 프리즘은 빛의 분산이나 굴절을 일으킬 때 사용하는 과학 도구로서, '빛'의 분산은 '나'의 정신적 분열을 상징한다고 볼 수 있다. 좀더 비약한다면 정상적인 부부의 관계를 해체하는 것이라 볼 수도 있겠다. 빛의 분산처럼.

상대적으로 「타인의 방」은 권태감보다는 소외의식이 강한 편이다. 소시민의 소외감과 물화의 과정이 어떻게 드러나는지 보여주는 작품이다. 그는 아파트 열쇠를 지니고 있으면서도 자신이 직접 문을 열기 싫어서 현관문을 두드리는 소란을 피운다. 이때 이웃의 반응은 집주인을 몰라보고 잡상인 취급을 한다. 이것은 경제개발로 인해 물질의 풍요를 누리기 시작한 1970년대 소시민들이 공동체적 유대감을 상실한 모습이다.

> 그는 욕실 거울 앞에 확대경이 놓여 있는 것을 발견했다. 물론 그는 그것의 용도를 잘 알고 있었다. 그것은 아내가 겨드랑이의 털이나 코밑의 솜털을 제거할 때, 족집게와 더불어 사용하는 것으로 그는 그것을 쥐어 들었다. 그는 그것을 들고 그것을 통하여 자신의 얼굴을 비춰 보았다. 뚜렷한 형상을 가지지 않은 사내가 이상하게 부풀어서 확대되어 있었다. 그는 그것을 움직여 욕실의 형광 불빛을 한곳으로 모으려고 애를 쓰기 시작했다. 햇빛 밑에서 확대경을 움직거리면 날개 잘린 곤충을 태워 버릴 수도 있다. 그는 끈끈하고 축축한 욕실에서 한기를 선뜻선뜻 느껴 가면서 형광 불빛을 한곳으로 모으려고, 빛을 모아 뜨거운 열기를 집중시키려고 땀을 흘리고 있었다.[23]

‘그’는 욕실에서 아내가 쓰고 있는 확대경을 가지고 논다. ‘그’는 아내의 부재를 담담히 받아들이면서 욕실 타일에 붙어 있는 아내가 씹던 껌을 씹기도 한다. 아내의 따뜻한 마음과 몸 대신 아내가 씹다 버린 껌

---

23) 최인호, 「타인의 방」, 『제3세대 한국문학 7』, 삼성출판사, 1985, 227-228쪽. 이하 인용문에서는 쪽수만 표시한다.

을 소유해야 하는 '그'는 전락한 남편의 이미지를 보여준다. 아내가 사용하는 확대경으로 유희를 즐기며 아내로부터의 단절감을 애써 망각하려 한다.

의미심장한 것은 「날개」의 주인공이 확대경으로 휴지를 태우며 즐길 때 '죽고 싶을 만큼 재미있는' 그 놀이가 여기서는 그로테스크한 장면으로 부각된다는 점이다. 아내의 환한 방이 아닌 '축축한 욕실'에서 그는 몸에 한기를 느낀 채 '형광불빛'을 모으려고 애쓴다. 햇빛이 아닌 인공의 형광불빛은 모아질 리가 없다. 결국 그는 진땀까지 흘린다. 1930년대 모더니즘 소설의 미적 유희가 여유를 지니고 있었다면 1970년대 모더니즘 소설에서는 좀더 절박한 상황에서 나타나고 있다.

이 절에서는 아내, 가족, 사회로부터 소외된 인물들이 '권태감'에 시달리며 그러한 시간을 극복하는 방법이 '미적 유희'였음을 살펴보았다. 언어 유희나 확대경 등의 놀이를 하는 것은 이상의 「날개」와 직결시킬 수 있는 모더니즘 소설의 특성이다. 권태와 이를 극복하는 미적 유희는 학습자에게 소설의 '쾌락적 기능'을 환기할 수 있다.

3) 비판의식

학습자에게 「수」와 「타인의 방」의 주제를 분석하도록 할 경우 자연스럽게 비판의식을 찾을 수 있다. 비판의식은 「수」에서는 아이러니에 의해, 「타인의 방」에서는 환상에 의해 나타난다. 「수」의 아이러니[24]는

---

24) 1930년대 모더니즘 소설에서 내면성의 유아론적 고립을 어느 정도 상쇄하는 것은 아이러니를 매개로 한, 외적 현실과의 최소한의 접촉 때문이다. 예를 들면 '돈을 쓸 줄 모른다'고 시치미를 떼고 있는 「날개」의 '나'는 돈을 화장실에 버리기도 하고, 아내와의 관계를 회복하려는 의도에서 내객들처럼 아내에게 돈을 주기도 한다. 「수」와 「타인의 방」에서도 아이러니가 나타난다. 따라서 자신의 작중인물에게 끌려다니지 않고

화자를 광인으로 설정한 데서 발견할 수 있다. 이렇게 광인으로 설정하여 그에게 많은 말을 하도록 하였다. 그 말을 끝까지 들어야 하는 독자는 광인의 말을 어느 선까지 믿어야 할지 잠시 망설이게 된다. 신뢰할 수 없는 화자이기 때문이다. 따라서 이 절에서도 소설에서 작중 인물을 탐구할 수 있다. 인물의 설정은 이름과 직업, 신분 등이 우연히 조합된 것이 아니라 유기적으로 주제와 연관을 맺고 있음을 확인할 수 있다.

> 내 생활은 이렇게 풍성하다. 재미있다. 권태란 말은 참 이상한 말이다. 뻗어버린 태엽은 다시는 움츠리지 못한다. 정말 권태라면 권태가 아니다. 내 생활도 그렇다. 아주 풍성하다. 그래서 당연한 일이지만 아주 가난하다.(101쪽)
>
> 내 생활은 이렇게 즐겁다. 내가 창에 대해서만 얘기하는 데는 까닭이 있다. 도어가 잠겨 있기 때문이다. 내 맘대로 나가지 못한다. 이해하기 힘든 일이지만 할 수 없다. 그저 그렇다는 것뿐이다. 사실 창이 없었으면 나는 조금 쓸쓸할 거다. 내 생각엔 창을 만든 사람은 시인일 게다.(104쪽)

광인의 중얼거림이나 광인의 독백, 절규는 유사한 성격을 지니고 있다. '나'의 진술은 자신의 상황을 반어적으로 '즐겁다'고 하거나 '풍성하다'고 한다. 아내 때문에 사회와 단절된 생활을 하게 되었는데도 그녀를 원망하는 태도는 보이지 않는다. 오히려 창이 없다면 '조금 쓸쓸

끝까지 자신이 텍스트를 관장하는 태도를 보인다.

아이러니를 사용하는 작가는 자신의 책임과 자신의 개성을 이해하고 있기 때문에 끝까지 소설을 자신의 손으로 다룬다.(모오리스 Z. 쉬로우더, 김병욱 편, 최상규 역, 「아이러니와 소설」, 『현대소설의 이론』, 대방출판사, 1984, 45쪽)

할 거다'라는 말을 하고 있다. 그의 진심은 '쓸쓸할 거다'라는 표현 속에 있다고 보아야 한다.

그는 광인들이 지니는 순수함을 가지고 있다. 그들은 남의 눈치를 보지 않기 때문이다. 지식인의 문학에서 광기 또는 어리석음은 이성과 진리의 바로 그 중심에서 작용하고 있었다. 그래서 광기는 인간을 매혹시켰다. 광기가 생성해내는 환상적인 형상들은 순간적으로 나타났다가 사라지는 현상들은 아니다. 아주 이상한 역설처럼 들리겠지만, 가장 지독한 정신착란에서 생겨나는 현상은 이미 존재의 본질 속에 비밀처럼, 접근할 수 없는 진리처럼 숨어 있다.[25]

「수」에서 '나'의 독백은 광인의 중얼거림에 해당한다. 따라서 언술에는 논리성이 다소 결여되어 있으나 많은 말 속에서 한두마디는 비판적인 내용을 담고 있다.

① 그녀는 사람인가, 마네킹인가. 둘러싼 사람을 세어본다. 다섯 사람. 나까지 여섯이다. 아무도 입을 떼는 사람이 없다. 물어보는 사람이 없다. 다 체면을 차리는 거다. 치사한 자식들이다. 이렇게 되면 꽤는 글렀다. 나는 빠져나온다.(105쪽)

② 한국이 세계에서 제일 아름다운 나라라는 말에 반대하는 사람은 추방해야 한다. 국외 추방 말이다. 절대로 필요하다. 도대체 우리나라엔 국외 추방이란 벌을 개인에게 가했다는 소릴 못 들었다. 죽이지 않으면 가둔다. 즉 정치가 없다. 자 나는 이처럼 정치에 대해서도 식면이 높다. 늘 생각하지만 나만큼 다들 똑똑해지

---

25) 미셸 푸코, 김부용 옮김, 『광기의 역사』, 인간사랑, 1993, 26쪽.

면 좋겠다.(105쪽)

③ 나는 열심히 본다. 나중에 손자들에게 옛날 얘기를 해주려고 그런다. 참 이런 구경을 다 하구, 우리 세대의 자랑이다. 햇살이 창창하다. 검게 빛나는 이 숯토막 인간은 위엄에 차 있다. 살아 있는 사람 같은 건 어림도 없다. 살아 있는 사람은 훈장 백 개를 차고 눈을 부라리고 앉아도 이렇게 엄숙하지 못하다. 엄숙하단 말은 그닥 맞는 말은 아니다. 오히려 재미있다. 기쁨이다. 보고 있노라면 가슴이 흐뭇해진다.(112쪽)

'나'의 진술은 개인과 현실의 부조리를 동시에 드러내고 있는 셈이다. ①은 개인의 위선을 비꼰 것이다. 나체의 여인(마네킹)을 감상하고자 하는 욕망을 점잖은 태도로 위장하는 위선적인 대중들의 모습을 '체면', '치사한 자식들'이란 어휘속에 담고 있다. ②는 독재정치에 대한 비판을 드러내고 있다. 그리고 ③에서는 4·19 시가전에서 불탄 여인을 구경하면서 역사의 비애감과 비판의식을 반어적으로 드러낸 것이다. 미친 상태에서야 현실에 대한 바른 말을 할 수 있는 사회 정황은 아이러니 그 자체가 된다. 이러한 외부 현실에 대한 비판의식은 주인공이 사회와의 소통 의사를 지니고 있는 것으로 간주할 수 있다.

「타인의 방」에서의 비판의식은 「수」보다는 상대적으로 약하게 나타나는 편이다.

그러나 그녀는 곧 잃어버린 것이 없는 대신 새로운 물건이 하나 놓여 있는 것을 발견했다.

그 물건은 그녀가 매우 좋아했던 것이었으므로 며칠 동안은 먼

지도 털고 좀 뭣하긴 하지만 키스도 하긴 했었다. 하지만 나중엔 별 소용이 닿지 않는 물건임을 알아차렸고 싫증이 났으므로 그 물건을 다락 잡동사니 속에 처넣어 버렸다. 그리고 그녀는 다시 그 방을 떠나기로 작정을 했다. 그래서 그녀는 메모지를 찢어 달필로 다음과 같이 써서 화장대 위에 놓았다.

여보. 오늘 아침 전보가 왔는데 친정 아버님이 위독하다는 거예요. 잠깐 다녀오겠어요. 당신은 피로하실 테니 제가 출장 갔다고 할 테니까 오시지 않으셔도 돼요. 밥은 부엌에 차려 놨어요.

당신의 아내가 (236쪽)

이 편지는 이미 서사의 앞 부분에서 한번 나온 것이다. 아내의 편지는 남편이 출장할 때마다 동일한 내용으로 쓴 것이다. 이 부분은 다의적인 해석이 가능하다. '그'의 아내도 「수」에 등장하는 아내처럼 남편을 진실로 대하지 않고 있음이 폭로되고 있다. 아내의 부정행위와 비도덕성이 나타난다. 그리고 남편을 '물건'으로 대하는 태도에서 산업화 시대에 인간이 '사물화'되는 모습을 보여준다.

이 절에서는 모더니즘 소설이 전략적으로 보여주는 비판의식을 살펴보았다. 「수」에서는 '나'를 광인으로 설정함으로써 신뢰할 수 없는 화자로 만들었다. 그러나 광인의 진술 속에서 자신의 상황과 사회에 대한 비판의식을 역설적으로 들을 수 있었다. 「타인의 방」에서는 주인공 아내의 편지를 통해 산업화 시대에 소외된 인물의 단적인 모습을 확인하였다.

4) 미적 자율성

이 절은 학습자에게 소설형식의 새로움을 익히는 기회가 될 것이다.

미적 주체에 의해 예술 작품은 평범함을 탈피하며 쉬클로프스키의 '낯설게 하기'를 체험하도록 한다. 미학적 모더니즘은 새로움과 독창성의 원칙을 받아들이고, 이를 통해 창조와 수정·전복의 미학적 세계를 구성한다. 「수」의 소설형식의 새로움을 포착하는 데 특히 관심을 기울여야 하는 것은 시의 삽입과 문체이다. 학습자가 이 작품을 읽은 후 전형적인 소설 구성과 비교할 때 생경한 것은 '시'의 삽입이 된다.

> 포플러 그림자는
> 어룽어룽 나의 바다
>
> 바람이 불면
> 사르르
> 물결도 인다.
> 다리
> 탄탄한 부피가
>
> 보얗게 익으면
> 천사는
> 덕지투성이 (100–101쪽)

인용문은 앞서 보았던 플라타너스에 대한 사유를 시로 전환한 것이다. 이 작품에는 이처럼 주인공의 진술을 정리한 듯한 시가 모두 10여 편 수록되어 있다. 뿐만 아니라 하나의 이야기 꼭지를 마치고 나면 서술 말미에 그것을 시로 변형시킨 것들을 배치하고 있어서 소설형식에 독창성을 부여하고 있다. 이들 시는 모두 '나'의 의식을 서술한 산문을 운문으로 전환한 것들이다. 시의 삽입으로 인해 서사의 전개는 지연되지만, 작중인물의 지적능력과 사유의 폭은 확장되고 있다. 최인호의 「타인의 방」에는 시 대신 '그'가 부르는 노래가 2번 나온다.

나뭇잎에 놀던 새여. 왜 그런지 알 수 없네.
낸들 그대를 어찌 하리. 내가 싫으면 떠나가야지.(227쪽)

이러한 노래는 그와 아내의 단절된 관계, 왜곡된 관계를 은유적으로 나타낸 것이다. 결말을 앞서 말한다면 아내는 사랑이 식어버린 남편을 떠남으로써 가사 내용은 아내의 행위와 일치한다.

「수」에 나타나는 소설 형식의 새로움은 문체에서도 발견된다. 대부분의 문장이 4어절 정도로 되어 있는 간결체가 압도적이다. 이 작품의 문체는 특정한 예문이 아니라 본고에 있는 어느 인용문을 확인하더라도 대체로 4어절로 된 문장이 많음을 알 수 있다. 간결체의 문장은 그의 내적독백과 내면세계의 탐구가 유연하거나 지속적인 것이 아니라 분절되어 있음을 보여준다. '나'의 불안한 심리상태를 반영한 것이다. 아내에 대한 원망이 나타나지 않는 대신 이와 같은 단속적인 문장으로 냉소적인 태도를 유지한다. 또한 외부세계와는 단절되어 있음을 나타낸 것이다. 이와 같은 문체는 화자의 심리를 표현하는데 적절하다고 본다. 최인훈은 한 작품에서도 다층적인 양식과 문체를 선보이거나 상황과 문체 사이의 배반을 통해 텍스트의 의미공간을 다원화하는 양상을 보여준다. 비극적 상황의 설정 속에서 작용하는 그의 요설적 문체, 시적 문체, 희극적 문체, 혹은 에세이적 문체는 독특한 울림을 부여한다.[26]

---

26) 이광호, 『환멸의 신화』, 민음사, 1995, 250쪽.

이렇게 다양한 문체 중에서 이 작품은 시적 문체를 강하게 드러낸다.

「타인의 방」에서 미적 자율성은 환상성에 의해 확보된다. 환상은 멀쩡했던 사람이 가구로 변신하는 믿을 수 없는 상황에서 나타난다. 교육현장에서 만나는 '환상'은 학습자에게 대중적인 질료와의 만남으로 신선함을 줄 수도 있을 것이다. 사이버 게임, 영화, 대중소설 등에서 인기 있는 장르가 '환타지'이기 때문이다. 리얼리즘 소설에 익숙했던 학습자라면 환상성을 수용한 소설의 감상이 어려울 수도 있다. 그러나 이수업을 통해 학습자는 능동적인 독서를 할 수 있어야 한다.

> 그것은 그래도 처음엔 조심스럽게 시작되었다. 하지만 그들의 대상이 무방비인 것을 알자, 일제히 한꺼번에 고래고래 소리를 지르면서 날뛰기 시작했다. 크레용들이 허공을 난다. 옷장 속의 옷들이 펄럭이면서 춤을 춘다. 혁대가 물뱀처럼 꿈틀거린다. 용감한 녀석들은 감히 다가와 그의 얼굴을 슬쩍슬쩍 건드려 보기도 하였다. 조심해 조심해. 성냥곽 속에서 성냥개비가 중얼거린다. 꽃병에 꽂힌 마른 꽃송이가 다리를 번쩍번쩍 들어올리면서 춤을 춘다.(233쪽)

인용문에서 물건들은 생명체처럼 행동한다. 인간의 자리를 대신 차지하는 모습이다. 주인이 집을 비운 동안 가구들은 오히려 집주인처럼 활개를 치며 그들만의 세계를 즐긴다. 그곳에 예정보다 일찍 도착한 집주인은 아내와 그들에게 오히려 '불청객'이 될 뿐이다. 이러한 사실을 깨달은 그는 혼란스러워진다. 그리고 또 하나 경악스러운 사실은 자신의 몸이 서서히 가구처럼 변해간다는 사실이다.

그때였다. 그는 서서히 다리 부분이 경직해 오는 것을 느꼈다. 그것은 우연히 느낀 것이었다. 처음에 그는 이 방에서 도망가리라 생각했었기 때문에, 될 수 있는 한 소리를 내지 않고 살금살금 움직이리라고 마음먹고 천천히 몸을 움직이려 했을 때였다. 그러나 그는 다리를 움직일 수가 없었다. 이상한 일이었다. 그래서 그는 손을 내려 다리를 만져 보았는데 다리는 이미 굳어 석고처럼 딱딱하고 감촉이 없었으므로 별수 없이 손에 힘을 주어 기어서라도 스위치 있는 쪽으로 가리라고 결심했다. 그는 손을 뻗쳐 무거워진 다리, 그리고 더욱더 굳어져 오는 다리를 끌고 스위치 있는 곳까지 가려고 안간힘을 썼다. 그러나 그는 채 못 미쳐 이미 온몸이 굳어오는 것을 발견하였다. 그래서 그는 숫제 체념해 버렸다. 참 이상한 일이라고 생각하면서 그는 조용히 다리를 모으고 직립하였다. 그는 마치 부활하는 것처럼 보였다.(233쪽)

인용문은 환상성의 절정을 보여주는 대목이다. 출장에서 예정보다 일찍 돌아온 남편 '그'가 아내의 위장된 외출을 접하고 소외감을 느끼며, 사물화되는 과정을 겪는다. 이런 점은 학습자에게 동기 유발을 할 수 있도록 이끌어야 한다. 1960년대에 최인훈도 환상성으로 독특한 문학세계를 표출한 바 있다.[27] 최인훈의 환상성이 이념의 무게에 짓눌린 인물들에게 초점을 맞추었다면 최인호는 물질에 대한 숭배와 풍요로움이 개인을 단자화시킨 1970년대의 정체성 상실을 보여주는 데에 주력하고 있다. '그'는 자신의 몸이 석고상처럼 굳어지는 것을 보고 두려움과 절망감을 느끼다가 끝내 체념하고 만다.

---

27) 졸고인 「최인훈 소설의 환상성 연구」(한양대 박사학위 논문, 2003)를 참고하기 바람.

　이 작품의 서사 전개 과정에서 초자연적 사건, 즉 환상성은 독자와 주인공에게 점차 자연적인 사건으로 받아들이게 한다. 카프카는 『변신』에서 그레고르 잠자가 한 마리 갑충으로 변한 자신의 모습을 보고 경악과 절망감을 느끼게 하였다. 최인호는 인간을 동물이나 곤충 대신 사물로 변신시킴으로써 물화되어 있는 인간의 모습을 부각시킨다. 현대소설에서 카프카의 『변신』이 끊임없이 패러디되고 있음은 '변신' 모티프가 모더니즘 소설에서 매혹적인 대상임을 보여주는 예가 될 것이다.[28] 모더니스트는 소설적 기교를 통해 현실의 질서를 부정적인 형태로 재구성하는 데 힘쓴다. 이런 점을 두 소설에서도 발견할 수 있다.

　이 절에서 다룬 것은 소설 형식의 새로움이었다. 「수」에서는 시의 삽입과 간결체를, 「타인의 방」에서는 환상성을 살펴보았다. 특히 '환상성'은 학습자들이 영화나 환타지 소설 등을 통해 익숙한 용어이다. 그것이 본격소설에서는 어떤 모습을 띠고 있는지 확인하는 계기가 되었을 것이다. 나아가 최인훈의 환상소설, 조세희의 『난장이가 쏘아올린 작은 공』이라든가 톨킨의 환상소설 등 그 범위를 확대하여 독서할 수 있는 계기가 될 수 있을 것이다.

3. 모더니즘 소설의 플롯해석: 지연과 폭로

　모더니즘 소설에서 플롯의 문제에 관한 예비적 고찰도 필요하다. 플롯은 아리스토텔레스가 중시한 이래, 소설연구에서 핵심적 위치를 차지하고 있다. 플롯은 모더니즘의 전통에서 해체와 관계 있다. '삶과 형

---

28) 카프카의 『변신』에 대한 패러디는 최인훈의 『서유기』에서도 삽입텍스트로 나오고 있다.

식'의 분리 또는 '담론과 스토리'의 괴리로 말해지는 모더니즘 소설의 특성은 이러한 맥락에서 규정된다. 문제는 이러한 모더니즘 소설의 등장이 전통적인 소설의 서사 구조 내지 플롯의 위기의 징후라는 사실이다.[29] 그러나 플롯의 위기가 플롯의 부재일 수는 없으며 단지 기존의 플롯 전개가 달라지는 모습으로 나타날 뿐이다.

「수」와 「타인의 방」 두 작품은 정통적인 플롯 전개와는 차이가 있는, 지연과 폭로의 성격이 강한 편이다. 강력한 시간적 질서의식은 폭로의 플롯에서보다 해결의 플롯에서 더 중요하다. 해결의 플롯에서 전개는 해결이며, 폭로의 플롯에서는 노출인 것이다. 폭로의 플롯에서 존재하는 것들의 무한한 세부에 관심을 기울이면서 강력하게 인물-지향적이려는 경향이 있다. 그리고 그에 따라 사건들은 최소화되어 예증적인 역할로 감소되어 간다.[30]

두 작품은 외적인 행위보다는 고립된 자아의 자의식에 서술의 초점이 맞춰져 있다. 여기서 지연은 서사이면에 숨겨진 작가 의도와 그 의미 구현의 논리망을 따라서 형성되고 있는 일종의 텍스트 전략이다. 따라서 이 작품은 서사 표면에 나타나는 의미와 숨겨진 의미를 함께 탐색해야 한다. 이 작품에서 '나'가 왜 정신병원에 감금되었는지는 아주 서서히 밝혀진다. 화자 '나'는 팬 신화의 반신반인처럼 아내의 냉담한 행동 때문에 이상한 행위를 하게 된다. 이 부부의 관계는 팬 신화와 유사하므로 작품 속에 요약된 부분을 살펴보자.

제목은 『목신의 오후』다. 내가 제일 좋아하는 얘기다. 옛날에

---

29) 김병구, 「모더니즘 서사 전략과 플롯 구성」, 『현대소설 플롯의 시학』, 한국소설학회, 태학사, 220-221쪽.
30) 시모어 채트먼, 김경수 옮김, 『영화와 소설의 서사구조』, 민음사, 1992, 55쪽.

PAN이란 신이 있었다. PAN은 머리만 사람이고 사지와 몸뚱이는 말(馬)이다. PAN은 유식하기로 이름난 신이었다. 무슨 일이 생기면 그에게 물으러 온다. (중략) PAN은 훌륭한 신이지만 한 가지 없는 것이 있다. 그는 총각이다. 다른 신들이 권해서 PAN도 장가를 들었다. (중략) 침실에서 보는 신부는 더욱 고왔다. PAN은 좋았다. 이런 예쁜 신부를 얻었으니 좋지 않을 리가 없다. 그는 가슴이 띈다. (중략) 신부를 껴안으려던 PAN은 깜짝 놀랐다. 신부는 돌이 돼 있었다. 아무리 쓸어보아도 돌이었다. (중략) 밤내 PAN은 울면서 소리치고 방안을 두루 헤맸다. 이윽고 새벽빛이 불그레 창을 물들이며 닭 우는 소리가 들린다. 그러자 PAN은 보는 것이다. 돌이 된 아내가 조금씩 움직이는 것을. (중략) 그날 하루 PAN은 아내를 등에 태우고 골짜기와 언덕을 두루 안내했다. 맑은 물과 만발한 꽃동산 속에서 아내는 좋아라고 손뼉을 치고 깔깔대며 흥겨웠다. (중략) PAN은 밤이 무서워졌다. 낮에 아내는 비할 수 없이 상냥스러운 여인이었기 때문에 더욱 그랬다. 돌이 된 아내 곁에서 그는 발굽을 들어 자꾸 그녀의 몸을 두드려본다. (중략) PAN의 성질은 점점 거칠어갔다. (중략) 낮에도 PAN이 술을 마시고 피리를 불고 미친 듯 춤추기 시작한 것은 이때부터다.(109-111쪽)

'나'가 좋아하는 이 이야기를 아내는 싫어한다. 이 이야기의 변형이 그들 부부의 생활이기 때문이다. 그녀의 아내는 '나'에게 '돌이 된 팬의 아내'처럼 냉담한 여성이다. '나'와 아내의 성생활을 보면 아내는 '나'에게 심한 모멸감을 안겨줄 만큼 냉정한 여성이다. 이런 아내에 대한 묘사는 마네킹의 차가운 피부와 삽입되어 있는 팬 신화의 내용에서 상징적으로 나타나고 있다. '나'는 그런 아내를 사랑하지만 아내는 '나'의 이상한 행동을 이유로 정신병원에 감금하였으며, 그녀에게는 정부가 있다는 점이 폭로된다.

이 작품의 서사적 긴장은 '나'가 아내와의 관계를 얘기할 때 나타나고, 이완은 '나'가 자신의 속마음을 고백하거나 현실에 대한 비판적인 진술을 아무렇지도 않은 듯이 말하는 태도에서 나타난다.

> 이 사람은 참 기막힌 사람이다. 자꾸 물어본다. 무슨 괴로움이 있느냐다. 자기한테는 숨기지 말란다. 꼭 취조하는 사람이다. 그래서 나는 될 수 있는 대로 무서운 거짓말만 얘기해준다. 그는 좋아서 노트에 적는다. 나는 자꾸 거짓말을 한다. 즉 남이 좋아하는 일을 해준다. 우리 한국 사람이 잘살지 못하는 게 괴롭다고. 길가에서 우는 새끼 거지가 참 불쌍하다고. 전쟁은 무섭다고. 이런 식이다. 물론 다 거짓말이다. 자꾸 조르니깐 할 수 없이 대답한다. (116쪽)

현실에 대한 비판의식을 은근히 드러내고 있다. '나'가 의사에게 진실은 은폐하면서 얘기하는 대목이다. 그는 진실에 대해서는 말하지 않기 위해 의도적으로 거짓을 진술하는 피분석자의 모습을 띤다. '나'는 의사와 상담할 때 당혹감을 느낀다. 그는 더 이상 하고 싶은 말이 없는데 정신분석의인 의사는 계속 말을 시키기 때문이다. 그의 말속에서 병인을 찾으려고 노력하는 의사의 태도를 오히려 조롱하고 있다. 이와 같은 태도를 보인 이유는 의사와 간호사들이 환자를 감금하면서 인격적으로 대우하지 않았기 때문이다. '나'는 의사에게 한 자신의 말이 '거짓말'이라고 했지만 여기에는 그의 진실이 담겨 있다.

문자 '囚'의 이미지[31]는 소설 「囚」에도 그대로 유효하다. 정효구의 분석을 이 작품에 적용해보면 '나'는 병실에 갇혀 있다. 특히 마지막 부분 "유리처럼 투명한 7월의 한낮은 두껍게 나를 싼다. 싼 채 균열한다. 나는 갇(囚)혔다."라는 문장에서 보듯이 '유리처럼 투명한' 것에 싸여진 채, 타인들에게 감시를 당하면서 자신은 균열을 느끼는 '나'의 모습이 비극적으로 그려지고 있다.

> 나는 창가로 뛰어간다. 7월달 햇빛에 이글이글 눈부신 철로와 나란히 기름진 국도(國道)가 바라보이고 국도에 직각으로 마주치는 좁은 길이 보인다. 이 병원에서 국도로 나가는 길이다. 나는 기다린다. 좀 있으면 볼 수 있을 것이다. 나란히 움직이는 아내와 그 남자의 어깨를. 그 길 위에. 언제나처럼.(122쪽)

그렇게 갇힌 '나'는 병원을 떠나는 아내를 보기 위해 창가로 달려가고, 그때 보이는 것은 "7월달 햇빛에 이글이글 눈부신 철로와 나란히 기름진 국도"이다. 철로와 국도는 인공의 대지인 '아스팔트'와 동일한 이미지가 된다. 그리고 인공의 대지는 불모성으로서 이것은 아내의 싸늘한 몸을 상징한다. 철로와 국도는 '나'에게는 보여지기만 하고 걸을

---

31) 신세대 시인의 시를 분석하면서 '囚'라는 글자를 이미지로 풀이한 정효구의 글은 이 작품에 대한 비평은 아니지만 재미있는 자료가 된다. 정효구는 '囚'라는 문자를 풀이하면서 "이 문자의 아래를 강조할 때 이들은 인공의 대지가 가하는 폭력에 갇힌 의식을 보여주며, 또한 인공의 대지를 의미하는 아스팔트에, 그것이 아스팔트이기 때문에 뿌리를 내릴 수 없다는 의식을 보여준다. 이 문자의 위를 강조할 때 이들은 이념, 형이상학의 부재가 야기하는 폭력을 경험하며, 이 문자의 좌우를 강조할 때 이들은 사회적·문화적 환경으로부터의 억압을 감수한다. 요컨대 신세대는 그들이 갇힌 방으로부터의 해방이 어렵다는 것을 알고 있다."고 하였다.(정효구, 「신세대 시인들의 시세계」, 『현대시사상』, 1994. 겨울)

수 없는 끊어진 길이지만, '그들'(아내와 그 남자)에게는 '기름진' 길이 된다. 정효구의 문자 '囚'의 이미지를 적용할 경우, 위를 가리키는 이념과 형이상학의 부재는 '나'에게 이런 감금 생활을 교묘하게 지속시키는 아내의 부정행위를 가리키는 것이 된다. 그러나 감금당한 장소에서 탈출을 기도하는 '나'의 모습이 전혀 보이지 않음으로써 상실감과 권태감에 싸여 삶의 의욕이 마비된 '나'의 모습을 확인할 수 있다. 즉, 주인공은 아내의 부정이 만들이 놓은 부조리 상황에 대해 아무런 반응을 보이지 않는다. 분노, 원망, 증오 등의 정서적 반응이라든가, 감금당한 병원에서 탈출을 기도하는 행동적 반응을 보이지 않고 있다. 이러한 이유는 삶이 무의미한 상태에 있기 때문이다. 그의 이런 삶의 태도는 아내의 부정이 원인이라기보다는 더 근원적인 것이 따로 있을 듯 한데 그에 대한 언급은 없다. 유추해 볼 수 있는 것은 전쟁의 참상이 한 지식인을 황폐화시켰다고 짐작하는 정도이다.

이 작품에서 화자가 결국 폭로하고 싶은 것은 무엇인가. 자신이 아내 때문에 감금되어 있다는 상황과 아내를 원망하지 않는 점, 아내의 부정한 모습 등이다. 그리고 무엇보다 중요한 것은 자신이 정신병원보다는 '꿈에 갇힌 자'라는 점이다.

> 건강한 사람의 공상은, 문득 지나가는 식인 경우가 대부분이다. 만일 꿈에 공을 들이고 거기에 눌러 앉게 되었다면 그것은 정신병의 상태라고 불러야 할 것이다. 정신병자란, 꿈에 갇힌 사람을 말한다. i) 정신병이 아니면서 ii) 꿈에 공을 들이고 특정한 기간(감상하는 기간)에 그 속에 iii) 전적으로 머무는 것이 예술이라는 인간행동이다.[32]

주인공 '나'는 아내와의 관계가 정상이 아니지만 무엇보다 자신의 꿈 속에 갇혀서 외부 환경과 차단되어 있는 인물이 되어 버렸다. 이것은 삶의 목표를 상실한 4·19세대 지식인의 극단적인 모습일 것이다. 「타인의 방」에서도 폭로의 플롯이 나타나고 있다. 2장의 3절에서 보았듯이 아내의 편지는 자신의 외출이 일상적이었던 것을 보여준다. 이것은 남편을 기만하고 있었던 아내의 부정행위를 폭로한 것이다.

지금까지 모더니즘 소설의 플롯을 살펴보았다. 선적인 사건전개를 펼치기보다는 지연과 폭로에 의해 서사속도가 느리게 전개되는 것을 확인할 수 있었다. 결말에 나타나는 충격적인 폭로의 내용은 현대인이 가족과 사회 속에서 유대감을 갖지 못하고 단절, 고립되어 있음을 보여 준다.

4. 맺음말

이 글에서는 최인훈의 「수」와 최인호의 「타인의 방」을 모더니즘 소설의 관점에서 살펴보았다. 이러한 수업 모델은 1930년대 모더니즘 소설교육을 전제로 한 후에 시도해본 것이다. 학습자가 모더니즘 소설의 일반적 특성을 습득하였다는 전제하에 두 텍스트에서 나타나는 모더니즘적 특성을 내면세계의 지향, 권태를 이겨내는 유희, 비판정신, 미적 자율성에 의한 형식의 새로움 등을 발견할 수 있도록 한다. 이러한 특성은 결국 소설의 인물, 구성, 주제, 문체 등을 분석한 것이다. 단지 그 특성을 풀이하는 내용이 달라질 뿐이다.

---

32) 최인훈, 「예술이 추구하는 길」, 『길에 관한 명상』, 청하, 1989, 198쪽.

모더니즘 소설의 인물이 내적지향과 권태의 습성을 지니고 있다는 것을 확인할 수 있다. 그리고 인물을 광인 또는 권태감에 시달리는 인물로 설정할 경우 그 효과는 사회현실에 대한 비판을 간접적으로 드러낼 수 있다는 것을 알 수 있다. 소설형식의 '낯설게 하기'는 시의 삽입, 4 어절로 된 간결체, 환상성의 도입 등으로 형상화된다. 리얼리즘 소설에 익숙한 학습자에게는 소설 형식의 새로움을 접하는 사례가 될 것이다.

두 작품의 플롯은 지연과 폭로의 성격이 강하다. 이 점은 현대소설의 한 양상을 드러내는 것이다. 서사의 지연은 작중인물 '나'가 내면세계에 탐닉하고, 주관적 시간이 풍요롭게 나타나는 데서 이루어진다. 정신병원에 감금된 '나'의 처지와 정신병원에 수감한 인물이 아내라는 사실이 폭로되고, 정신과 의사들의 비리가 폭로되고 있다. 그리고 궁극적인 것은 '나'가 꿈속에 갇혀 있는 인물이란 점이다. 「타인의 방」에서는 아내의 외출이 부정을 의미하며, 그러한 행동이 도덕적 반성을 상기시키는 것이 아니라 반복적 행위가 되고 있음을 폭로하고 있다.

4·19 세대는 자기 세대의 문제를 '개인' 혹은 '소시민'의 문제로 표현하였다. 그 기저에는 자유에 대한 갈망이 잠재한다. '개인의식'이나 '소시민의식'은 근대의 자본주의가 야기하는 개체화와 소외의 산물로서 1960년대 이후의 사회경제적 조건의 변화와 관련이 있다.

산업화 시대의 가장은 한갓 '물건'으로 치부되는 소외의 현상을 보여 준다. 이 시기에 형성된 모더니즘 소설을 특징짓는 의식 속에는 이러한 담론이 내재되었기에 학습자에게 총체적인 사회상을 이해하는 데 효과적일 것으로 기대한다.

근대소설에 나타난 '기차' 모티프 연구

1. 서사공간으로서의 기차

철도는 근대성을 표상하는 문명의 利器다. 기존의 교통수단인 마차, 수레에 비해 속도, 수송량에서 奇蹟을 실감케 하는 신문물임에 틀림없다. 기차는 개인에게는 시공간을 정복하는 새로운 경험을, 국가적으로는 경제력을 신장시키는 새로운 시장영역을 안겨 주었다. 철도와 더불어 근대성의 경험은 가속도를 얻었다. 원활한 교통은 시간의 표준화와 공간의 정복화로 일상생활권의 범위를 확장시킴으로써 생활의 지형도를 바꾸었다.

기차만큼 매혹적으로, 동시에 위압적으로 근대문명을 증거하는 것은 없다.[1] 위력을 지닌 기차의 등장은 우리의 경우 그 충격이 양가적으로 나타난다.[2] 식민치하의 철도는 신문물의 상징임과 동시에 식민지 수탈

---

1) 권보드래, 『한국근대소설의 기원』, 소명출판, 2000, 292쪽.
2) 선진 여러 나라에서의 철도는 국내시장의 형성, 자본의 조달, 경영관리 방법의 혁신, 고용의 창출, 관련산업과 기술의 발전을 촉진했을 뿐만 아니라, 주민의 이동, 문화의 전파, 근대의식의 주입을 통해 민족을 통합하고 결집시켰다. 즉 철도를 국민경제 형성과 민족국가 수립의 지렛대로 활용했던 것이다. (중략) 식민지 혹은 반식민지

을 체계화하는 동맥의 상징이기 때문이다. 기차로 인한 시간의 단축과 공간 경계의 극복은 근대적 생활상을 이루었으나 부설하는 과정에서 광대한 토지와 무수한 노동력이 수탈되었고, 부설 이후에는 식량과 원자재 등의 수탈이 기차를 통해 원활히 이루어졌다. 식민지 영토에서 기차는 이중적 의미를 지닌 채 커다란 사회적 변화로서 사람들의 삶에 싫든 좋든 스며들고 영향을 끼친 중요한 축이라고 할 수 있다.

일상생활에 변화를 준 기차는 문인들의 창작 영역에도 큰 영향을 끼친다. 한 예로 개화기 이래의 기행문학의 등장을 들 수 있다. 가사문학에서도 간과할 수 없는 기행문학이 기차의 등장으로 개화기에 다시 그 융성기를 맞았다고 볼 수 있다. 개화기의 기행문학은 일제말기 우리 작가의 응전력을 재는 자료로서 의미[3]를 지닌다.

이로 볼 때 '기차'라는 근대적 문물이 소설 형성에 끼친 영향을 쉽게 유추할 수 있다. 기차를 모티프로 하는 근대소설은 식민치하의 근대적 경험을 보여주기에 충분하기 때문이다. 이때 기차의 의미는 작가와 시대별로 그 양상에 차이를 두고 있다. 1910년대는 단순한 신문물의 대상으로 그려졌다면 식민체제가 강화될수록 현실을 반영하는 질료의 모습을 뚜렷이 갖게 된다. 식민 직후까지 살펴보면 기차의 속도와 객차 구조, 기차 외관이 소설의 구조와 관계 있음을 발견할 수 있다. 따라서 기차 모티프의 변화는 곧 근대소설의 형성과정을 살펴볼 수 있는 계기

에서의 철도는 그 역할과 성격이 무척 달랐다. 여기에서의 철도는 대체로 제국주의 국가의 자본·상품·군대·이민을 침투시키는 한편, 그곳으로부터 원료·식량을 수탈하는 역할을 담당하는 경우가 많았다. 따라서 식민지에서의 철도는 일면에서 근대 문명과 전파자로서 기능한 면도 있었지만, 총체적으로는 국민경제의 형성을 왜곡하고 현지인의 주체적 성장을 억압하는 역할이 강하였다. 정재정, 『일제침략과 한국철도』, 서울대학교 출판부, 1999, 5쪽, 635쪽.

3) 서경석, 「만주국 기행문학 연구」, 『어문학』 제86집, 한국어문학회, 2004. 12, 344쪽.

가 될 것이다.

근대성의 특성 중 하나는 자아발견에 있으며 이러한 탐색과정은 여행구조에서 일반화되었다. 고대 서사의 여행구조는 주인공의 모험적 사건을 중시하기에 특별히 운송수단을 부각시킨 경우는 드물었다. 따라서 근대소설의 여행구조에서 '기차'는 상대적으로 부각되는 운송수단이라 하겠다. 이는 기차가 문제적 신문물임을 드러낸 것이다. 사실, 마차나 도보여행은 여행자와 경험 대상이 직접 대면하는 상황이 빈번하다. 따라서 여행자가 내면세계로 빠져들 여유가 기차여행보다는 비교적 적다고 할 수 있다. 반면, 기차여행은 일정한 시간동안 동일한 공간에서 다수의 타자와 공존하면서, 자유로운 '관찰'의 시간을 갖게 된다. 이러한 관찰이 외부와 내부로 나뉘면서 주체와 타자를 성찰할 수 있는 계기로 작용하는 것이다.

그동안 염상섭의 「만세전」, 최명익의 「심문」과 「장삼이사」에서 '기차'의 언급이 없었던 것은 아니다. 그러나 논의의 초점이 기차가 아니기에 부분적으로만 거론되었을 뿐이다. 이점은 근대소설에서 기차 모티프를 보이는 다른 소설에서도 유사하게 나타나는 현상이다. 기차 모티프와 작품의 내적 형식이 맺고 있는 상관성은 「고향」과 「장삼이사」에서 본격적으로 다루어지고 있다.[4] 한혜선과 문영진의 연구에 이르면 현진건의 「고향」과 「장삼이사」의 구조를 '기차'의 특성과 연결시킨 치밀한 분석을 볼 수 있다. 그 결과, 철도를 단지 작품의 모티프로 삼거나 운반의 매체로 삼는 데에서 나아가 철도가 지닌 새로운 특성을 문제 삼았고, 철도의 특성 자체를 글쓰기의 중심적 동기로 삼았다는 점에서

---

4) 한혜선, 「「고향」과 「장삼이사」의 서사담론 양상」, 『현대소설연구』 제12호, 2000. 6.
문영진, 「에피파니적 글쓰기와 미시사회의 발견-「장삼이사」를 중심으로」, 『현대소설연구』 제12호, 2000. 6.

특별히 주목될[5] 작가로 최명익을 지적하였다.

기차와 근대소설의 상관성을 고찰하는 이 글은 가라타니 고진과 재일 교포인 이효덕의 시각에서 도움을 받았다. 가라타니 고진은 일본 근대문학의 기원 중에서 '풍경의 발견'을 다룬 바 있다.[6] '풍경의 발견'이란 장에서 가라타니 고진은 '자기·코기토·의식·내부라는 것이 내면적인 전향 속에서 성립됨'으로써 '풍경의 발견'이 이루어진 시점을 일본 근대문학의 기원으로 간주한다. 가라타니 고진의 '풍경의 발견'은 일정한 '가치전도를 통해' 발견된 것이다. 이 부분에서 이효덕은 '기차'의 존재를 부각시킨다. '풍경의 발견'이 '내면의 발견'이라면 아무런 매개도 없이 외부의 '풍경'과 '내면'이 발생적으로 동일하다는 전제를 취한 것은 성급한 것이라고 보았다. 그는 '풍경'과 '내면'을 동시에 성립시키는 '기구'에 관심을 둔 것이다. 그것은 '표현'의 변용을 가져온 대상을 문제삼은 것이다.[7] 그리고 그 대상은 바로 '기차'라는 것을 지적한다. 이점은 우리의 근대소설 형성에서도 적용할 수 있다고 본다.

이 글은 선행 연구의 성과를 토대로 근대소설의 형성과 '기차' 모티프의 관계를 살펴보고자 한다. 먼저 기차 모티프가 주요하게 나타난 작품들을 선별하여,[8] 식민지에서 기차가 갖는 의미에서부터 기차의 공간과 속도, 외양이 소설의 미학적 특성과 어떤 관계를 맺는지 주목하고자 한다. 특히, 다양한 예술 계파에 속한 작가들의 특성상 다각도로 구현

---

5) 문영진, 앞의 글, 171-172쪽.

6) 가라타니 고진이 밝힌 근대문학의 기원은 이외에 '내면의 발견', '고백의 제도', '아동의 발견' 등이 있다. 가라타니 고진, 박유하 옮김, 『일본근대문학의 기원』, 민음사, 1997.

7) 이효덕, 박효관 옮김, 『표상공간의 근대』, 소명출판, 2002, 93-94쪽 참조.

8) 이광수의 『무정』, 염상섭의 「만세전」, 현진건의 「고향」, 한설야의 「과도기」, 이태준의 「철로」, 「농군」, 최명익의 「심문」, 「장삼이사」, 채만식의 「역로」 등을 다루고자 한다.

된 기차의 양상을 살펴보는 것은 문학과 현실인식의 관계를 확인하는 작업이 될 것이다. 이러한 연구는 근대성의 경험을 신문물을 통해 체화시키고, 신문물이 텍스트의 내적 형성에 영향을 끼친 사례를 거칠게나마 통시적으로 확인하는 계기가 되리라고 본다.

2. 선각자의 계몽적 태도와 연설의 공간

이광수 소설에서 기차는 의외로 자주 등장한다. 이는 신문물을 접하는 작가의 태도와 관련이 있을 듯하다. 『무정』, 『유정』, 『흙』, 「재생」, 「어린 벗에게」 등에서 기차는 다양한 모습으로 발견된다. 김동인은 「춘원연구」에서 이 점을 놓치지 않고 지적하였다. 그는 『무정』에 대하여 '기차상의 奇緣'[9]이라고 짧지만, 중요한 지적을 하고 있다. 이러한 지적이 타당한 것은 열거한 작품 중 『무정』은 인물들의 우연한 만남이 기차에서 일어나기 때문이다. 그러한 만남이 단순한 사건으로 그치는 것이 아니라 사건 전개와 인물의 특성을 드러내는 것이기에 주목받을 수 있다.

『무정』에서 '기차'는 우연한 만남의 공간이면서, 선각자의 계몽적 태도를 드러내는 연설의 공간이다. 이 작품에서 우연한 만남은 두 번 나온다. 박영채와 김병욱의 만남, 삼랑진 수해 장소에서 만나게 되는 이형식, 김선형, 박영채, 김병욱의 만남이 그것이다. 기차 모티프를 지닌 소설에서 '우연성'을 배제하기는 어렵다. 주인공을 비롯한 객차 안에서 만나게 되는 승객들은 일시적인 관계를 지닌 인물들이기 때문이다. 따

---

9) 김동인, 「춘원연구」, 『김동인 전집 16』, 조선일보사, 1988, 55쪽.

라서 우연한 만남이 크게 새로울 것도 없다. 그러나 『무정』의 우연은 일회적이고, 단절적인 만남이 아니라 작중인물에게 영향을 끼치는 사건이기 때문에 관심을 둘 필요가 있다.

박영채와 김병욱의 우연한 만남은 영채에게 인생의 전환점이면서, 그 장소가 문화적 충격을 주는 '새로움'의 공간이란 점에서 의미를 지닌다.

> 차가 흔들리건마는 그 부인은 까딱없이 평지를 가는 모양으로 영채를 끌고 차실 저편 끝 세면소로 간다. (중략) 영채는 비틀비틀하면서 그 부인의 뒤를 따라 세면소로 갔다. 부인은 대리석 판에 백설같은 자기로 만든 세면기에 물을 따라 손으로 휘휘 저어 한 번 부셔내고 맑은 물을 가뜩이 부어 놓은 후에 비누갑을 열어 놓고 붉은 줄 있는 큰 타올로 영채의 어깨와 옷깃을 가리어 주고 한 손으로 안는 듯이 영채의 몸을 자기의 몸에 기대게 하고, (중략) 영채는 그것이 무엇인지를 몰랐다. 구멍이 숭숭한 떡 두 조각 사이에 얇은 날고기를 낀 것이다. 영채는 무엇이냐고 묻기도 어려워서 가만히 앉았다.(155쪽)

정조를 상실한 박영채는 자살을 결심하고 떠나는 길에 신여성 김병욱을 기차에서 만난다. 이 만남은 그녀의 인생에서 전환점이 되는 사건이다. 삶의 목적을 상실한 영채에게 김병욱의 만남은 절망적인 시공간에서 희망적인 시공간으로 선회하기 때문이다.

기차 안에서의 만남은 신문명에 대한 영채의 반응에서 의미 있다. 우선, 객차 내에서 김병욱과 박영채의 대조적인 걸음걸이로 상징성을 드러낸다. 울고 있는 영채를 씻기려고 세면소로 데려가는 병욱의 모습은 흔들리는 기차 안에서도 '평지를 가는 모양'이고 영채는 '비틀비틀하면서' 뒤따르는 모습이다. 이와 같은 대조적인 모습은 근대성의 경험에 직면한 구세대적 인물과 신세대적 인물을 상징적으로 묘사한 것이라 볼 수 있다.

영채가 기차(거시적 신문물) 내에서 만나게 된 미시적 신문명은 경이로운 대상들이다. 먼저 '백설 같은 세면기', '비누 갑' 등은 영채에게 신기한 물건들이다. 병욱이 먹으라고 준 '구멍이 숭숭한 떡'(샌드위치-필자)을 보고 그녀는 어찌해야 할 줄 모른다. "어려워서 가만히" 있는 영채는 구시대 인물로서 신문명 앞에 주눅 든 모습이 역력하다.

사실, 기차에서 영채가 만난 가장 '낯선' 것은 신교육을 받은 김병욱이라 할 수 있다. 그녀가 영채에게 들려주는 새로운 사상은 구시대적 사고를 지닌 영채가 수용하기에는 벅찬 것들이기 때문이다. 그러나 김병욱에게 몸을 의지하여 세수를 하는 박영채의 모습은 상징적이다. 김병욱은 '영채의 몸을 자기의 몸에 기대게' 하여 안전하게 한 다음 세수를 하도록 한다. 이러한 보호와 의존의 모습은 앞으로 김병욱의 존재가 영채에게 정신적으로 의지하는 인물임을 보여준다. 이와 같은 김병욱의 등장은 긴급 투입된 수혈적 인물의 성격이 짙다. 계몽적 태도를 드러내는 선각자 이형식만으로는 부족하기에 신교육을 받은 여성인물의 설정이 필요한 것으로 보인다. 박영채는 구여성의 상징적 인물로서 확대하면 구시대에 해당하는 우리민족의 모습이라 할 수 있다. 따라서 영채의 변화를 이끌 동성의 선각자 김병욱은 영채의 변화에 결정적인 역할을 하기에 간과할 수 없는 인물이 된다.

이제, 기차는 우연한 만남의 공간에서 '연설의 공간'으로 바뀌게 된다. 연설의 공간은 다른 '기차 모티프' 작품에서는 발견되지 않는 『무정』에서만 보이는 특징이다. 이는 주인공이 선각자라는 점에서 비롯된

현상이라 할 수 있다. 일반적인 기차 모티프의 작품에서도 우연한 만남
은 나타난다. 그것은 주인공이 자신의 성찰과 타자, 즉 민중의 식민지
생활상을 관찰하기 위해서 '우연'의 만남이 필요하기 때문이다. 그러나
주인공이나 화자는 관찰적 태도가 지배적이기에 타자를 설득하거나 교
화시키려는 '연설'의 언행은 보이지 않는다. 반면, 『무정』은 이광수의
계몽의식이 작품을 지배하고 있어 연설의 공간으로 부각되고 있다.

「살지요! 왜 죽어요?」

영채는 깜짝 놀라 여학생을 본다. 여학생은 힘있는 목소리로,

「첫째, 영채씨는 속아 살아 왔어요. 이형식이란 사람을 사랑하
지도 아니하면서 공연히 정절을 지켜 왔어요. 부친께서 일시 농
담삼아 하신 말씀 한마디 때문에 영채씨는 칠팔 년 헛된 절을 지
킨 것이외다. 사랑하지 않는 사람을 위해서, 피차에 허락도 아니
한 사람을 위해서 절을 지키는 것이 헛된 일이 아니야요? (중략)
그 아름다운 마음과 그 굳은 절을 바칠 사람이 따로 있지 아니할
까요. 하니깐 지금 영채씨가 그이를 사랑하시거든 지금부터 그에
게 몸과 마음을 바치실 것이요, 만일 그렇지 않거든 다른 남자 중
에 구하실 것이오.」(157쪽)

(중략) 열차는 산속을 벗어나서 서흥 벌판으로 달아난다. 맑은
냇물이 왼편에 있다가 오른편에 가다가 한다. 두 사람은 잠자코
바깥을 내다본다. (159쪽)

병욱의 설교를 들은 후 영채는 감화를 받고 세계관의 변화를 수용한
다. 병욱은 이제껏 영채가 '사랑'이라고 생각하고 행동했던 것을 구습
의 틀에서 벗어나지 못한 행동이라고 역설한다. 영채에게 이제 필요한

것은 주체성을 갖고 자신의 의지와 결정으로 삶을 살아야 한다는 점이다. 그러므로 '부친께서 농담삼아 하신 말씀' 때문에 사고와 행동이 제한되고 자살까지 하는 일은 모두 '헛된 일'이라고 병욱은 설득한다. 영채가 병욱의 설교에 감화되어 죽음을 포기하는 선택의 순간이 '기차역'이라는 점도 중요하다. 즉 잠시 정차하는 기차역은 짧은 시간에 선택을 해야 하는 장소이다. 선택에 따라 승·하차가 결정되면서 인생도 결정되는 것이다. 따라서 기차역은 선택의 기로에서 긴박감을 부여하는 장소가 된다.

두 번째 우연한 만남은 주인공들의 유학 길에 나타난다. 작품 결말 부분에서 유학을 떠나는 영채와 형식의 일행은 같은 기차를 탄 사실이 밝혀지면서 형식과 영채는 다시 내적 갈등을 겪는다. 그러나 삼랑진에서 수해를 만나 정차를 하는 동안 개인의 갈등은 해소된다.

> 「그러면 철로가 불통하지나 않을까?」 선형도 눈이 둥그래진다. 우선은,
>
> 「글세, 비를 아끼구 아끼구 하더니……」 하면서 창 밖으로 고개를 내밀어 휘휘 둘러본다.
>
> 황혼이라 자세히 알 수는 없으되, 하늘은 온통 검은 구름으로 덮이고 선뜩선뜩한 바람에 이따금 굵은 빗상울이 섞여 떨어진다. 다른 승객들도 신문을 보고는 철로길이 상할 것을 근심하는 말을 한다.(188쪽)

결말에서 나타나는 우연한 만남과 연설은 자연 재해 앞에서 연설을 하는 이형식에 의해 형상화된다. 이로 인해 개인의 애정에서 비롯된 갈등은 사회적인 차원으로 전환하여 해소된다. 형식은 수해를 당한 백성

을 보고 조선에 문명을 보급하여 자연의 힘에 대처할 수 있는 힘을 길러야 한다고 역설한다. 이는 주인공들의 유학의 당위성을 더욱 공고히 하며 지금까지 있었던 개인의 갈등을 사회적인 차원으로 전환시킨다.

『무정』은 이 글의 대상 작품 중에서 발표시기가 가장 빠른 1917년이다. 그만큼 '기차'라는 근대문명을 1910년대 식민치하의 현실과 연결시켜 그 의미를 표출해내기에는 아직 이른 시간이 된다. 근대화를 식민지 문제와는 무관한 반봉건, 즉 문명개화와 산업화로만 이해했던 보편주의적 근대관이 이광수 계몽주의의 추상성을 초래한 것[10]이고 보면, 신문물인 '기차'로 인한 민중들의 변모된 생활상을 드러낼 여유와 인식까지는 없었다고 할 수 있다. 새로움에 대한 놀라움과 선망의 태도가 더 적절하리라고 본다.

우연한 만남의 잦은 빈도수는 이 작품을 신소설의 범주에 머물게 할 수도 있다. 신소설과 비교할 때 '우연한 만남'의 장소가 신문물의 공간이란 점에서는 신선함을 줄 수 있으나 소설의 내적 형식에는 큰 영향을 끼치고 있지 않기 때문이다. 그러나 장소의 '새로움'은 주인공에게 문화적 충격이 될 수 있기에 주목할 필요가 있다.

3. 여행자의 관찰적 태도와 비판의 공간

여행자의 다양한 경험은 서사의 풍요로움과 통한다. 여행자가 출발과 도착 두 지점 사이의 빈 공간을 문학적 상상으로[11] 채우기 때문이다.

---

10) 하정일, 「보편주의의 극복과 複數의 근대」, 『염상섭 문학의 재인식』, 문학과 사상연구회, 깊은샘, 1998, 61쪽.
11) 요아힘 패히, 임정택 역, 『영화와 문학에 대하여』, 민음사, 1997, 110–114쪽 참조.

따라서 기차여행은 한편으로는 외부 사물에 대한 가감 없는 관찰을, 또 다른 한편으로는 주체 내부의 환상이나 회상, 성찰[12]의 기회를 제공한다. 3장에서 살펴볼 기차 모티프의 소설은 두 가지로 분류할 수 있다. 하나는 「만세전」의 여행구조와 상호텍스트성을 보이는 최명익의 「심문」과 「장삼이사」, 채만식의 「역로」를 중심으로 한다. 여기에서 지식인 화자의 주체와 타자의 관찰이 자기비하, 비판, 풍자 등으로 나타나는 면을 볼 수 있다. 다른 하나는 식민치하의 이농민 모습을 다룬 현진건의 「고향」, 한설야의 「과도기」, 이태준의 「농군」을 통해 식민지 현실을 반영한 작가적 편차를 발견할 수 있다.

1) 자기비하, 비판, 풍자의 시선-「만세전」, 「심문」, 「장삼이사」, 「역로」

「만세전」은 동경 유학생 이인화가 귀국하는 과정을 서사의 기본 축으로 한다. 이인화의 이동경로는 동경에서 신호, 하관과 부산, 김천, 대전 등을 거쳐 서울에 이르는 공간이다. 이 경유지는 당시의 철도 노선을 따른 것이다. 경유지를 중심으로 정차와 승차가 반복적으로 이루어진다. 이때 정차 시간은 대합실 풍경, 거리의 풍경을 관찰할 수 있는 허락된 시간이다. 이러한 시간은 식민지 현실을 드러냄과 동시에 그것을 인식하는 지식인의 내면세계를 보여주게 된다.

최근 연구에서 「만세전」에 대한 상반된 견해는 여로 구조에 대한 시각의 차이에서 나타난다.[13] 여행구조를 '구심적 구성'[14]으로 밝힌 하정

---

12) 김양선, 『1930년대 소설과 근대성의 지형학』, 소명출판, 2003, 211쪽.

13) 박상준은 『한국 근대문학의 형성과 신경향파』(소명출판, 2000)에서 이 작품의 구조가 그리 탄탄하지 않다고 보고 있는 반면 하정일은 「보편주의의 극복과 복수의 근대」

일의 견해는 본고의 방향에 틀을 제공하였다. 그가 주장한 구심적 구성의 내적 형식은 기차와 상관성이 크기 때문이다. 정차와 승차의 반복적인 연쇄로 연결되는 주인공의 이동공간은 기차의 외관과 유사하다. 즉 여러 객차가 이어진 모습이다. 여러 객차가 이어져서 하나의 기차 외형이 완성된 것처럼 「만세전」은 단편적인 서사가 기차역을 중심으로 연결된 형상이다. 하정일은 기차 모티프에 대한 언급은 하지 않았으나 하나하나의 삽화들이 '식민지성을 구심점'으로 하고 있다는 견해는 기차의 외관을 연상시킨다. 이러한 작품의 구조는 작가가 기차의 특성과 외형을 염두에 두고 의장된 구조라 볼 수 있다. 여러 곳의 정차를 배치함으로써 얻을 수 있는 효과이기 때문이다.

또 하나 이 글에서 지적하고 싶은 것은 「만세전」의 여행구조는 기차 모티프에서 나타날 후속 소설의 선구적, 원형질의 성격을 지닌다는 점이다. 이는 이 작품과 최명익의 「심문」, 「장삼이사」와의 상호텍스트성을 확인하는 예가 된다. 「만세전」을 경유지마다 떼어놓고 볼 때 그것은 하나의 독립된 단편의 모습으로서 「고향」, 「장삼이사」, 「심문」, 「역로」 등에 나타나는 기차 모티프의 선구라 할 수 있다.

(『염상섭 문학의 재인식』, 1998, 깊은샘)에서 이 작품이 주제와 구성이 절묘한 조화를 이룬 경우라고 밝히고 있다.

14) 「만세전」은 표면적으로는 다양한 삽화들이 비유기적으로 나열되어 있다. 그래서 삽화적 구성이란 비판을 받기도 하는데, 삽화들 사이의 유기성이 부족하다는 점에서 이러한 비판은 일리가 있다. 그러나 유기적 연관이 부족하다고 해서 실패한 플롯은 아니다. 이러한 비판은 삽화와 삽화가 계기적으로 연결되는 전통적 플롯의 전범으로 상정한 데 따른 결과이다. 「만세전」은 그런 식의 전통적 플롯은 아니지만 나름의 방식으로 플롯의 통일성을 성취하고 있다. 그 방식이란 '구심적 구성'이다. 서사의 중심에 식민지성이 있다. 삽화들은 하나같이 식민지성에 관련된다. 삽화들 하나하나는 따로따로 떨어져 있지만, 그것들은 어느덧 식민지성이라는 중심으로 집중된다. 말하자면 식민지성을 구심점으로 해 바깥쪽의 삽화들이 모여들고 있는 것이다. 하정일, 앞의 글, 67쪽.

「만세전」에서 식민지 현실의 황폐상과 식민지 지식인의 심리적 추이가 파노라마적으로 전개되고 있다. 이와 같은 서사의 전개는 정차가 여러 군데 있는 철도 노선과 관계 있다. 유학 중 기말고사를 치르던 이인화는 아내가 위독하다는 전보를 받고 급히 귀국해야 하는 입장이다. 그러나 동경 시내를 배회하는 그의 행동은 '부유하는' 모습이다. 귀국과정에서 보면 동경과 서울은 그가 정착해 있는 장소이다. 그럼에도 불구하고 정착지의 이인화는 가장 '부유'하는 모습을 보인다. 하관에서 승선한 연락선이나 부산에서 탄 기차에서 다양한 식민지 군상들을 관찰하는 태도와는 대조적으로 정착지에서는 뚜렷한 목적의식이 없는 '표류'하는 지식인의 모습을 지닌다.

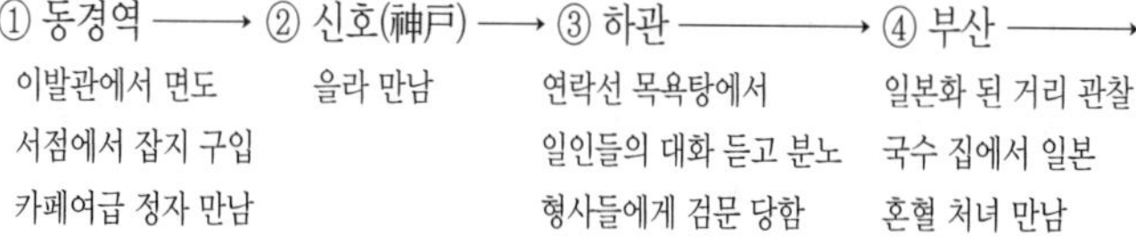

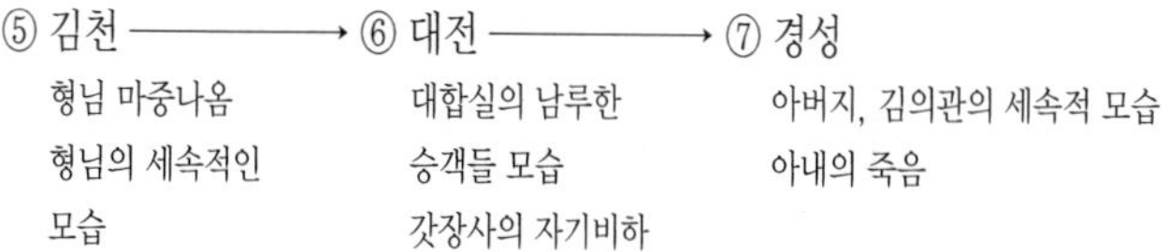

①동경에서 이인화의 행동을 보면, 아내가 위독하여 급히 귀국해야 하는 상황에서도 절박함이 없다. 이발관, 서점, 카페를 전전하는 모습은 아내에 대한 애정이 없는 것도 원인이 되겠지만 더 궁극적인 것은 그의 삶에 중심이 되는 목적의식이 없기 때문이다. 그에게는 정자나 을라 등에 대한 연애감정도 의미가 없어 보인다.

⑦경성에서 아내의 장례를 치른 이후 서둘러 동경으로 떠나는 모습

은 '경성'을 일탈하고자 하는 지식인의 모습을 극단적으로 보여준다. 이것은 최명익의 「심문」에서 아내의 죽음 이후 하르빈으로 떠나는 주인공의 모습과 유사하면서도 상이성을 지닌다. 그러나 이인화의 표류, 부유하는 지식인의 태도에서 새롭게 변한 모습이 드러난다.

두 인물에게 경성이란 공간은 삶이 탈색된 '일탈'의 공간이며, 그들의 지향공간은 국외로 그려진 점이 동일하다. 차이가 있다면 지향공간에 대한 인식태도이다. 1920년대 지식인 이인화에게 동경은 신문명, 신문화의 성소처럼 여겨지는 희망의 공간이다. 그러나 1940년대의 지식인에게 할빈은 이미 생산적인 장소는 아니다. 부유하는 공간 중의 하나일 뿐이다. 또한 아내의 '죽음'을 대하는 태도도 상반된다.

> 여긔에온 것이 決코 無意味하얏다고는 생각할 수 업습니다. 事實이번에와서 妻를일코 갑니다. 그러나, 나는 일코가는 것이안이라 엇고간다고생각안을수업습니다. 어떠튼 우리는 우리의길을 차자서나가십시다. (중략) 우리는다만 呼吸을하고 意識이남아잇다는 明瞭하고 嚴肅한事實을正確히洞察하며 스스로의길을 힘잇게밟고 굿세게살아나가야할 自覺만을 스스로 自己에게 強要함을 깨다라야할것이외다.[15]

이인화에게 아내의 죽음은 인간적으로 볼 때 아내의 인생에 연민을 갖게 하지만 아내는 사랑의 상실감을 주는 인물은 아니다. 오히려 그에게 인생의 새로운 출발을 할 수 있는 계기점이 된다. 아내의 죽음은 조선이 '무덤'이라는 사실을 실제적으로 경험한 사건이자 그의 삶의 전환

---

15) 염상섭, 「만세전」, 『염상섭 전집 1』, 민음사, 1987, 105쪽.

점이 된다. 그가 정자에게 보낸 편지의 한 구절에서 그러한 변화를 알 수 있다.

「심문」의 나에게 아내의 죽음은 상실감을 주는 충격적인 사건이며 이로 인해 세상과 단절하고 싶은 태도를 갖게 된다. 이러한 작중인물의 태도는 기차의 속도감에서 극단적으로 드러난다. 「만세전」은 기차의 특성을 서사성에 활용하면서도 '속도'에 대한 부분은 빠져 있다. 그러나 「심문」은 기차의 속도감에 의해 아내를 잃은 상실감, 유동적인 태도의 화자의 내면세계를 보여준다. 기차의 속도, 기차의 내부 구조 등이 글쓰기와 긴밀한 관계를 보여주는 작품이라 할 수 있다.

> 시속 50 몇 킬로라는 특급차 창밖에는 다리 쉼을 할 만한 정거장도 역시 흘러갈 뿐이었다. 산, 들, 강, 작은 동리, 전선주, 꽤 길게 평행한 신작로의 행인과 소와 말. (중략) 간혹 맞은편 홈에, 부풀 듯이 사람을 가득 실은 열차가 서 있기도 하였다. 그러나, 무시하고 걸핏걸핏 지나치고마는 이 창 밖의 그것들은, 비질 자국 새로운 홈이나 정연히 빛나는 궤도나 다 흐트러진 폐허 같고, 방금 브레이크되고 남은 관성과 새 정력으로 피스톤이 들먹거리는 차체도 폐물 같고, 그러한 차체에 빈틈 없이 나붙은 얼굴까지도 어중이 떠중이 뭉친 조련자같이 보이는 것이고, 그 역시 내가 지나친 공간 시간 저편 뒤에 가로막힌 캔버스 위에 한 터치로 붙어 버릴 것같이 생각되었다.[16]

「심문」은 주인공 '나'가 할빈을 방문한 여행기이다. 화자가 느끼는

---

16) 최명익, 「심문」, 『한국해금문학전집 12』, 삼성출판사, 1988, 11쪽.

기차의 속도감은 「만세전」을 비롯한 다른 작품에서는 발견되지 않는다. 이 작품에 나타난 시속 50㎞의 속도는 여행자에게 놀라운 경험이다. 사물을 관찰하는 화자의 태도는 '창'의 존재로 드러난다. '비질'이 잘된 플랫폼이나 '빛나는' 궤도가 모두 '흐트러진 폐허'나 '폐물'로 인식된다. 사람들의 얼굴조차 '어중이 떠중이 뭉친 조련자'로 인식한다. 기차로 상징되는 근대적 문물의 속도감은 '흘러간다'는 말속에 압축되어 있다. 이것은 '나'의 전반적인 삶의 태도를 반영한 것이다. '나'는 아내의 죽음 이후 삶의 중심을 잃고 부유하는 인물처럼 유동의식에 휩싸여 있다. 이런 의식이 '나'를 하르빈의 여행까지 떠나게 한 동인이다. 인용문에서 보듯 궤도, 사람이 '폐허·폐물·조란자'로 묘사된 것은 '나'의 의식이 상당히 황폐해 있음을 드러내는 것이다.[17] 동경으로 새 출발을 앞둔 이인화의 모습과는 격차가 큰 모습이다. 이는 식민체제의 중반기에 있었던 지식인과 말기에 있는 지식인의 차이라고 할 수 있다.

「심문」에서 기차의 역할은 화자의 세계관을 보여주는 데 기여하고 있다. 그러나 「장삼이사」에 비하면 다소 단편적인 역할이다. '기차'에 대한 특성은 작품 발단에서 과거회상과 현재를 교차 진술하는 데 효과적으로 사용될 뿐이다. 연상이나 회상 같은 의식의 흐름을 기차의 속도와 흐름에 맞춰가며 서술할 수 있기 때문이다.[18] 작품 발단에 언급된 기차 모티프는 이 정도에서 종료된다. '나'가 할빈에 도착하면 옛 연인이었던 여옥과 그녀의 첫사랑이었던 사회주의자 현혁과의 삼각관계를 보여주는 데 주력하기 때문이다. 여행자가 지니는 관찰태도가 기차의 속도, 기차 내부구조와 상당한 관계에서 나타나는 것은 「장삼이사」에 와서야 이루어진다.

---

17) 이계열, 『한국현대소설의 자아의식 연구』, 국학자료원, 2001, 118쪽.
18) 최혜실, 『한국모더니즘소설 연구』, 민지사, 1992, 189-198쪽 참조.

이인화가 서울로 오는 동안 교통수단이 배에서 기차로 교체되거나, 기차역에서 정체하는 장면은 연극의 막과 상통한다. 이때 새로운 역에 승차하는 승객들의 묘사는 「장삼이사」의 승객과 마찬가지로 등장과 퇴장을 반복하는 배우와 유사하다. 「장삼이사」를 연극적 공간으로 분석[19]한 논의점은 「만세전」에도 소급하여 적용할 수 있을 것이다.

하관에서 탄 연락선의 목욕탕은 첫 번째 연극적 공간이라 할 수 있다. 이인화가 조선인인 줄 모르고 대화를 나누는 일본인들의 대화는 충격적이다. 조선의 경상남·북도 농민을 노동자로 전락시키는 노동자 인신매매가 하나의 장사로 제도화되었음을 폭로하고 있다. 이것은 최명익의 「장삼이사」에서 '갈보 장사'로 변형된다. 이제 일본인들이 주도한 인신매매는 조선인들에 의해서도 횡행한다. 「장삼이사」의 승객들은 도망치다 붙잡힌 색시와 그녀를 폭력적으로 대하는 포주에게 관심을 갖는다. 두 작품 모두 지식인 화자를 설정하였기 때문에 식민지 지식인의 내면세계와 약삭빠르거나 비굴한 민중의 모습을 승객들을 통해 섬세하게 보여주고 있다.

「만세전」은 식민지 지식인의 심리적 상태를 객관적으로 보여줌으로써 성찰적이다. 주인공 이인화는 자신에 대한 내면세계를 성찰적으로 드러낸 후, 승객이나 민중에 대한 비하, 조소의 태도를 갖는다. 타자에 대한 비하는 대전역에서 승차한 갓장사에게 잘 나타난다. 왜 머리를 아직도 기르고 있냐는 이인화의 질문에 대한 갓장사의 답변이 이를 입증한다. 그는 머리를 깎으면 경찰에게 개화당이나 운동가 아닌가 하는 의심을 사 고생하게 되니 천대받더라도 머리 기르고 사는 것이 훨씬 편하다고 대답한다. 굴종을 도리어 편하게 생각하는 갓장사의 태도는 자기

---

19) 문영진, 앞의 글.

비하의 극치라 해도 과언이 아니다.[20]

「장삼이사」에서는 자기비하가 지식인 화자 '나' 자신에게로 향한다. 이 작품은 붐비고 혼잡한 삼등차간을 배경으로 하여 우연히 동석한 익명의 승객들을 그리고 있다. 화자인 '나'는 색시와 포주, 승객들의 대화에 개입하지 않고 시종일관 관찰자적 태도를 유지한다. '방심상태'의 관찰태도를 지니지만 '색시'에 대해서는 특별한 관심을 갖는다. 색시가 포주의 아들에게 매를 맞는 모습과 다른 승객들에게 놀림을 받는 것은 군중의 폭력적인 모습이다. 이처럼 언어적 폭력과 물리적 폭력이 나약한 '색시'를 괴롭히고 있다. '나'는 이러한 색시가 화장실에서 자살할 것으로 염려한다. 그러한 걱정이 극에 달했을 때 색시는 화자의 우려를 기우로 만들만큼 말짱한 모습으로 돌아온다. 이때 무엇보다 중요한 것은 주인공의 자기풍자다. 타인에게 향한 경멸 또는 연민이 교차하는 가운데 나타난 분열상은 자신의 인격조차 긍정하지 않고 철저히 비하하는 것이다. 자기풍자는 자의식의 과잉 상태에서 출발하게 되는 것이 당연하다.[21]

풍자는 채만식 소설에서 역사의식, 시민의식이 희박한 민중에게로 다시 향해 있다. 그의 '기차' 모티프는 「차중에서」와 「역로」에서 나타난다. 「차중에서」는 만원의 기차에서 자리를 얻지 못한 가난한 부녀의 모습에서 시작한다. 가난한 부녀는 엄연히 기차표를 가지고 있으면서도 먼저 탄 승객이 두 좌석을 모두 차지하고 잠든 척하고 있을 때 그들의 부유한 옷차림만 보고 '감히' 자리를 내어달라는 말을 못한다. 이를 보고 있는 지식인 화자는 자신의 권리를 찾지 못하는 가난한 민중에게 화가 치민다. 그리고 화자 부부는 어린 딸이 여공으로 지내다가 '폐결

---

20) 하정일, 앞의 글, 58쪽.
21) 이강언, 『한국현대소설의 전개』, 형설출판사, 1992, 226쪽.

핵'이라는 불치병 때문에 아버지와 귀향하는 내용을 듣는다. 이는 당시 농촌의 피폐상과 노동자의 혹독한 노동력 착취의 모습을 보여주는 것이다. 이처럼 객차는 축소된 사회로서 다양한 승객들의 모습을 통해 사회상을 반영하는 작은 무대가 되고 있다.

「역로」(1946)의 경우는 지금까지의 작품과 달리 해방 직후의 혼란한 사회상을 기차역을 중심으로 보여주고 있다. 서울에서 대전까지의 기차여행 동안 대합실의 모습과 승차를 위해 실랑이를 벌이는 승객의 모습은 식민 직후의 혼란상을 반영한 것이다.

> 역의 대합실은 낮과 아침부터 서울과 부산과 호남선이 실어다 붙인 승객으로 콩나물 동이를 이루었다. 보퉁이를 깔고 앉아 혹은 가마니 폭을 자리 삼아 앉았는 사람, 자는 사람, 그 중에도 절창(絕唱)은 투전판이 벌어져 있는 것이었다.(중략)
>
> 이튿날 새벽 다섯 시.
>
> 비는 옷을 적시고도 과할 만큼 내렸다. 밤새껏 떨며 기다리던 이리행의 혼합 열차를 꾸며다 폼에 대어 놓기는 하였으나 객차 세 칸에 곳간차 열 개가 사람이 열리듯 하였다. 그러고도 태반은 타지를 못하였다. 내남없이 곳간차 꼭대기나마 타지 못한 사람들은 내리는 궂은 비처럼 우울한 얼굴들이었다. 조금 있다 기관차가 무슨 생각으론지 혼자 달려가더니 난데없이 좋은 객차를 한목 다섯 칸이나 달아 가지고 온다. 처진 승객들은 희색이 얼굴에 넘치면서 다투어 그리로 돌진한다. 그러나 허망한지고. 찻간에는 미국 병정이 칸마다 삼사 인 혹은 사오 인씩 한가로이 타고 있었다.[22]

---

22) 채만식, 「역로」, 『채만식전집 8』, 창작과비평사, 1989, 289쪽.

해방 후라는 시공간에 새로이 부상한 '미군'은 또 다른 식민 지배세력의 한 모습이다. 국민들은 우중에서 기약없이 기차를 기다려야 하는 상황이지만 미군은 '좋은 객차'를 타고 등장하며, 더구나 그 차를 타기 위해 비굴한 태도를 보이는 남루한 노인은 피지배 민족의 현실을 드러내는 것이다.

지금까지 지식인 화자인 여행자가 객차와 대합실을 공간으로 하여 자신의 내면과 타자의 모습을 관찰한 것을 살펴보았다. 「만세전」은 기차 모티프로서 선구적 모습을 보인다. '속도'를 묘사하는 부분만 나오지 않을 뿐 다른 점에서는 신문물 기차가 소설 형성과 맺는 관계를 다양하게 보여준 작품이다. 최명익의 「심문」, 「장삼이사」, 채만식의 「차중에서」, 「역로」와 상호텍스트성을 유지한다. 이는 지식인 화자를 설정하여 민중들을 관찰하는 내용이기에 동일한 선상에 있는 것이다. 이때 민중과 자신의 내면을 관찰하는 태도에서 차이점이 드러난다. 이인화의 심리는 표류하는 젊은 지식인의 갈등을 보이지만 민중에 대한 동정이나 연민은 절제되어 있는 편이다. 이에 비해 「장삼이사」, 「역로」에서는 화자의 민중에 대한 연민이 비판과 풍자 속에 함께 나타난다.

식민지 작가들이 이처럼 소설에 '기차'를 빈번하게 등장시킨 것은 기차 대합실과 객차의 공간이 지닌 집약적 이미지 때문이라 할 수 있다. 전국의 국민들이 쉽게 군집될 수 있는 장소로서 기차만큼 용이한 공간은 없다고 본다.

2) 이농민의 비애-「고향」, 「과도기」, 「농군」

현진건의 「고향」에서도 기차의 공간은 작품의 내적 형식에 영향을 미치고 있다. 지식인 관찰자와 유랑인이 된 농민의 모습은 「만세전」 객차의 한 모습으로 볼 수 있기에 상호텍스트성을 띤다고 할 수 있다. 그러나 「만세전」과 달리 화자인 '나'와 관찰대상자인 '그' 사이에 처음에 있었던 거리감이 해소되고, 연민-동질의식-민족의식으로 '나'의 심리상태가 변한다. 객차에서 만난 낯선 인물을 통해 이러한 감정의 변화를 겪는 데에는 매개체로서의 '술'[23]의 역할도 간과할 수 없다.

기차는 이동하는 동안 제한된 객차에서 익명의 승객들이 대화를 할 수 있는 기회를 제공한다. 협소한 공간에서 낯선 사람들, 여러 계층의 사람들이 만날 수 있으므로 협소한 공간이지만 열린 공간을 지향한다. 뿐만 아니라 인간관계에서도 승객들의 태도 여하에 따라 '열린 공간'을 유지할 수 있는 곳이다.

> 대구에서 서울로 올라오는 차중에서 생긴 일이다. 나는 나와 마주앉은 그를 매우 흥미있게 바라보고 또 바라보았다. 두루마기 격으로 일본 옷을 둘렀고, 그 안에서 옥양목 저고리가 내어 보이며, 아랫도리엔 중국식 바지를 입었다. 그것은 그네들이 흔히 입는 유지모양의 번질번질한 암갈색 피륙으로 지은 것이었다. 그리고 발은 감발을 하였는데 짚신을 신었고 짧게 깎은 머리엔 모자도 쓰지 않았다.
>
> 우리가 자리를 잡은 찻간에는 공교롭게도 세 나라 사람이 다 모였으니, 내 옆에는 중국 사람이 기대었다. 그의 옆에는 일본 사람이 앉아 있었다. 그는 동양 삼국 옷을 한 몸에 감은 보람이 있어 일본말도 곧잘 철철 대이거니와 중국말에도 그리 서툴지 않은 모양이었다.

---

23) 이재선, 「술의 문학적 위상」, 『한국문학 주제론』, 서강대학교 출판부, 1996, 208-225쪽 참조.

「고향」에서 '나'는 처음 세 나라의 옷을 입은 그를 '흥미있게' 바라보다가 나중에는 인간적인 관심을 갖게 된다. 그의 어울리지 않는 기괴한 옷차림은 사회적 기표로서 '그'가 떠돌았던 유랑지역을 반영한 흔적이다. 「장삼이사」의 발단에서도 인물 소개의 방식은 이처럼 옷차림으로 나타났다. '모자 대신 편물 목테를 머리에다 감은 농촌 젊은이', '당꼬 바지', '가죽짜켓을 입은 젊은이', '캡 쓴 젊은이' 등의 차림새는 승객들의 이름을 대신하는 명명법이다. 옷이나 그의 휴대품은 익명성을 띤 인물들의 사회적 기표로서 승객들의 사회적 지위를 담고 있다. 이러한 예는 거슬러 가면 「만세전」의 '갓장사', '금테모자' 등과도 통한다.

한설야의 「과도기」(1929년)는 귀향 모티프로서 「고향」에서 나타난 '그'의 황폐화된 고향 모습을 구체화시킨 작품이라 할 수 있다. 또한 직업을 구하기 위해 고향에서 경성으로 상경하는 '그'의 미래 모습이 곧 '노동자'로 안착될 것임을 보여주기도 한다. 기계화와 공업화에 의해 폐촌이 된 농촌의 모습이 구체적으로 드러나 있다. 이 작품은 이태준의 「철로」와 함께 기차 모티프에서 다루어지지 않은 내용을 보여준다.

「과도기」는 운송수단의 역동성을 지닌 기차보다는 기차의 부설지역의 황폐성을 드러내고 있다. 이것은 기차의 등장을 긍정적으로 보는 것이 아니라 우리민족을 황폐화시킨 장본인으로 기차를 인식하고 있는 것이다.

구룡리 뒷재는 끊어졌다. 철도길이 살대같이 해변으로 내달았다. '후미기리'에 올라서니 '레일'이 남북으로 한없이 늘어져 있다. 어디서 왔는지 어디까지 갔는지 끝간 때가 아물아물 사라진다. 놀랍고 야단스러워 보였다. 그러나 그만큼 눈에 서툴고 인정모가 보이지 않았다. 소수레나 고깃배가 얼마나 정답게 생각되는지 몰

랐다. 「뿌…아 – 앙」 하는 기차 소리는 귀에 어지러웠다.(291쪽)

　(중략)

　지금은 모든 것이 달라졌다. 산도 그렇고 물도 그렇다. 철도길
이 고개를 갈라놓고 창리포구에 어선이 끊어졌다. 구수한 흙냄새
나는 마을이 없어지고 맵짠 쇠냄새 나는 공장과 벽돌집이 거만스
럽게 배를 붙이고 있다. 소수레가 끊어지고 부수레(기차)가 왱왱
거린다. 농군은 산비탈 으슥한 곳으로 밀려가고 노가다(노동자)
떼가 쏘다닌다.[24)

　창선이 일가를 데리고 다시 귀향했을 때, 고향을 가로지르는 철도의
모습이 흉물스럽게 놓여있다. 고향은 자본주의의 상징인 철도가 들어
서서 농사를 지을 수 있는 장소가 아니었다. 이 작품에서 '귀향'의 의
미는 현실의 변화 앞에서 어쩔 수 없이 필연적으로 굴복할 수밖에 없는
주인공의 삶의 전환점으로서의 의미를 띤다.[25) 창선 부부는 농민으로
서 더 이상 고향에 살 희망이 없자 만주로 이주하였다. 그러나 그곳의
생활 역시 가난의 악순환임을 깨닫고 귀향하였는데, 고향 역시 암울한
장소이다.

　고향땅에서 창선 부부에게 비친 기차 '레일'은 '남북으로 한없이 늘
어져' 있어 '정답게' 다가올 수 없는 폭력적인 물체이다. 긴 기차 레일
은 피해지역의 방대함을 상징하는 것으로서 한국철도의 '남북종관형'
이 식민수탈의 동맥임을 실감케 한다. 이는 일본세력을 일거에 한반도
의 중심으로 전파하고 나아가서 만주에까지 뻗치도록 설계된 것이다.[26)

---

24) 한설야, 「과도기」, 『카프대표소설선 1』, 사계절, 1994, 295쪽.
25) 서경석, 『한설야』, 건국대학교 출판부, 1996, 75쪽.
26) 정재정, 앞의 책, 640쪽.

식민지 현실에서 '기차'의 존재의미를 이렇게 구체적으로 드러낸 작품은 보기 드문 편이다. 창선은 결국 기차 선로와 공업단지로 변한 고향에서 노동자의 길을 걷게 된다.

이태준의 1939년도 작품인 「농군」에도 이농민이 등장한다. 이 작품은 일가족이 만주로 이농하는 기차 내의 모습에서 정착하기까지의 과정을 그리고 있다. 작품 발단에는 창권의 가족이 3등실 열차에서 남루한 모습으로 앉아 있는 모습과, 헌병에게 심문당하는 모습이 나온다.

> 봉천행 보통급행 3등실, 내리는 사람보다 타는 사람이 더 많다. 세면소에는 물도 떨어졌거니와 거기도 기대고, 쭈크리고, 모두 자기 체중에 피로한 사람들로 빼곡하다. 쳐다보면 시렁도 그득, 가죽 가방, 헝겊 보따리, 신문지에 꾸린 것, 새끼에 얽힌 소반, 바가지 쪽, 어떤 것은 중심이 시렁 끝에 겨우 걸치어 급한 커브나 돌아간다면 밑의 사람 정수리를 내려치기 알맞다.(중략)
>
> "그저 난 병만 들건 차에 얹어라…… 70년이나 살던 델 두구 어디가 묻히란 말이냐! 한새울 사람들이 아무 밭머리에구 나 하나 감장(勘葬) 안해주겠니……." (중략) 아낙네는 여태 무릎 위에 얹었던 신문 뭉치를 펼친다. 팥알들이 꼬실꼬실 마른 시루떡 부스러기다. 파리가 와 붙은 대로 아들한테 내민다. (중략) 이번엔 영감 옆에 앉은 처녀인지, 색시인지 분간 못할 젊은 여자에게 내어민다. 살갗이 맑지는 않은데 햇빛을 못 본 얼굴인 듯, 너리도 없는 이빨이 누렇게 보이도록 창백하다. (중략) 시루떡을 집으러 오는 손이 새마다 짓물렀던 자리가 있다.[27]

27) 이태준, 「농군」, 『한국해금문학전집 1』, 삼성출판사, 1988, 313-315쪽.

　비록 고향을 떠나는 길이지만 죽어서는 고향에 묻히고 싶어하는 창권 할아버지의 심정은 한국 이농자들의 염원이라 할 수 있다. 기차에 자신의 시체만이라도 태워 귀향시키라는 할아버지의 말은 페이소스 짙은 여운을 남긴다. 창권의 아내로 밝혀진 '창백한 색시'는 제사공장에서 혹사당한 식민 노동자의 모습이다.

　작가들에게 기차가 매력적인 글쓰기 대상이 될 수 있는 이유는 이처럼 좁은 공간에서 다양한 사람들을 등장시키고 관찰하여 다양한 삶의 양상을 제시할 수 있기 때문이다. 동승한 승객이 하차하는 순간까지는 관찰이 허락된 시간으로서 소설 플롯의 한 틀을 제공하는 글쓰기 유형을 이루고 있다.

　세 작품에서 기차는 인물들을 여행자, 유랑자, 귀농자로 만든다. 특히 「과도기」는 철도의 양가성 중에서 부정적인 모습을 극명하게 보여준 예가 된다. 농토를 잠식한 철도의 이미지는 식민지화의 상징적 모습이다. 이 작품은 작가의 현실 인식이 돋보이는 작품이라 하겠다. 앞서의 작품들은 기차 자체가 식민지의 상징이란 인식을 보이지는 않았다. 이태준의 「농군」도 기차 내에서 헌병에게 심문당하는 창권의 모습과 노동으로 지친 병약한 아내의 모습을 통해 식민치하의 고달픈 민중의 모습을 보여주고 있다. 그러나 만주에서 정착하는 창권의 가족 모습은 그곳에서 다시 귀농을 할 수밖에 없는 「과도기」의 창선과는 너무 대조적이다. 이것은 만주국에 대한 작가의 인식이 달랐기 때문으로 본다. 만주사변 이후 일본에 의해 세워진 만주국은 당시 국내에서는 '희망의 공간'[28]으로 인식되는 장소였다. 기차 모티프는 경성(국내)에서 국외로 향하는 여행의 모습과 「농군」을 제외한 국외 이주자들이 귀국하는 모

---

28) 서경석, 「만주국 기행문학 연구」, 『어문학』 제86집, 2004. 12, 346-349쪽 참조.

습으로 드러난다.

4. 정주자의 심미적 태도와 아이러니 공간

1930년대의 기차 모습은 이태준의 작품에서도 발견할 수 있다. 그의 1936년도 작품인 「철로」는 앞서 살펴 본 '기차' 모티프의 작품과는 이질적인 모습을 보여준다. 첫째는, 지식인 관찰자가 등장하지 않는다. '나'라는 화자가 자신의 얘기를 직접 하는 것이다. 도회지로 향해 있는 기차에 대하여 선망, 욕망을 드러낸다. 둘째로는 대부분의 작품이 길든 짧든 간에 '여행'의 형식을 띠고 있는데 비해 이 작품은 기차역(간이역)을 중심으로 벌어진 일을 담고 있다. 즉 기차를 탄 승객이 아니라 간이역에 살고 있는 정주자가 선망의 대상으로 바라본 기차와 기차를 타고 다니는 사람에 대한 이야기이다. 셋째는 암담한 식민지 상황이 아닌 사랑의 감정을 겪는 어촌의 가난한 젊은이의 감정 변화를 보여주고 있다. 연정을 키우면서, 신분적 차이를 느끼는 것이다. 이 작품에서 기차는 이별과 만남의 전형적인 역할을 충실히 드러낸다. 여기서 기차는 이별과 단절의 매개체이다. 이러한 성격은 이효석의 「돈」에서 그려진 철로의 상징과 일맥상통한다. 기차는 길이 전환된 매체로, 길이 지니고 있는 만남과 헤어짐, 떠남과 도착 등의 상징적 의미를 내포한다. 그러므로 기차는 공간의 교차, 인물들의 운명의 교차를 엮어 가는 공간으로서 삶의 아이러니를 지닌다.

　　송전(松田) 정거장은 간이역이다. 플랫폼 위에, 표를 찍고 들어간 손님들이나 잠깐 앉았으라고 지어놓은 것 같은 바라크 한 채가 일반 대합실이요 역원실의 전부이다. 그래 순사나 운송점원 아닌 사람도 누구나 입장권 없이 무상 출입을 하게 되었다. 우연히 바람 쏘이러 나갔다가도 아는 사람을 맞을 수 있고, 그리 친하지 않은 사람이 가는데도 여럿이 따라 나와 떠나는 이를 즐겁게 해줄 수 있다. 그리고 화원(花園)이 없는 데라 달리아라도 꽃이 보고 싶으면 언제든지 여기로 올 수 있고, 유리창만 다 밀어놓으면 별장들보다 더 시원하니 어떤 사람은 낮잠을 자러도 이리로 나온다. 이런 것은 간이역이 가진 미덕이다.[29]

송전은 함경남도 남동해에 위치한 지역으로 원산과 함께 해수욕장으로 유명한 곳이다. 송전은 규모도 작고 개인 소유의 해수욕장 같아서 지식층 명사들의 별장이 많았던 곳이다. 이곳을 지나가는 철도는 동해북부선이다. 원래 경원선의 안변에서 동해안을 따라 강릉, 삼척, 울진, 포항까지 연장하여 동해남부선을 통해서 부산까지 직접 연결시킬 계획으로 착수된 철도선이다. 1929년 9월 11일 안변, 흡곡 사이가 개통되고 1937년 12월 1일 양양까지가 개통되었다. 나머지 구간은 공사가 계속 진행되었으나 광복으로 완공하지 못하였고, 6·25 때 휴전선~양양 사이의 철도는 철거된 채 현재에 이르고 있다.[30]

휴양지이자 간이역인 송전의 공간은 서정적 분위기를 지닌다. 간이역으로 낮잠을 자러 오는 인물, 화단 등의 모습에서 간이역의 '미덕'을 보인 예문은 식민치하의 피폐한 삶과는 유리된 공간으로 드러난다. 그러나 한편으로는 '미덕'의 이면성이 드러날 것이라는 예감을 갖게 한다.

---

29) 이태준, 「철로」, 『한국해금문학전집 1』, 삼성출판사, 1988, 281쪽. 이하의 인용문은 쪽수만 표기한다.
30) 민충환, 『이태준 소설의 이해』, 백산출판사, 1992, 208쪽.

기차는 큰 장난감같이 보였다. 객차나 기관차를 떼었다 달았다 하는 것이며 빽−빽 하는 기적 소리, 언덕을 올라갈 때면 치치팡 팡거리는 소리, 밤이면 이마에다 불을 달고 꼬리에는 새빨간 새끼 등을 단 것, 모두 재미있으라고 만든 것 같았다. 그것을 타고 오는 사람, 가는 사람, 손님들도 모두가 무슨 볼일이 있어 다니는 것이 아니라 장난으로 타보기 위해 다니는 것만 같았다.

'나는 언제나 한번 저놈을 타보나?'

혼자 몇 달을 별러서 양 한 돈을 내고 고저(庫底)까지는 타보았다. 그 눈이 어찔하게 빠르던 것, 굴 속으로 지나갈 때, 생판 대낮인데도 밤중처럼 캄캄하던 것.

'야! 나도 육지에서 무슨 벌이를 하면서 늘 기차를 타고 다녔으면!'

하는 욕망이 절로 치밀었다.(281−282쪽)

사랑하는 사람에게 멋진 모습으로 보이기 위해 기차역을 모두 외우는 '나'의 모습은 순진하지만 그로 인해 상처를 받을 것이 암시된다. 삶의 아이러니를 드러내는 것이다. 이와 같은 아이러니는 순진한 인물과 현실과의 괴리 때문에 발생하는 것이다. 어촌의 젊은이 '나'는 '기차'를 보면서 육지에 대한 욕망을 지닌다. 육지에서 방학마다 오는 서울 여학생은 '나'에게 사모의 대상이다. 그는 어느새 기다림을 배우게 되고, 그녀를 기쁘게 할 행동으로 기차역을 모두 외우는 순진한 행동을 한다. 그러나 그녀의 약혼자가 나타난 이후의 상황 전개는 이태준 소설에서 섬세하게 그리고 있는 인간적 비애를 보여준다.

이태준이 부여한 예술성의 구체적인 모습은 형식적 완결성이나 완성도에서 나타난다. 그가 구사하고 있는 다양한 심미적 장치의 본질은

'아이러니'에 있다. 그 중에서 「철로」는 서사구성 기법으로서의 아이러니[31]에 해당한다. 이러한 구성의 소설에 등장하는 초점인물들은 대부분 비참하거나 현실로부터 소외된 생활을 하고 있는 인물들이다. 그들은 그 속에서 아주 작은 행복이나 기쁨에 대한 소망, 더러는 분수에 어울리지 않는 욕구를 가지고 있다. 그러나 그 욕구는 실현되기 전에 좌절당하거나 주위 사람들의 비웃음으로 끝나고 만다.[32]

1930년대 이태준이 묘사한 기차 모티프는 다른 작품과는 이질적인 모습이다. 우선 기차 자체가 아닌 기차역을 다룸으로써 역동적 공간이 아닌, 정적 공간을 부각시킨다. 정지된 장소에서 '육지'(대도시)로 향한 욕망은 가득하지만 떠나지 못하는 인물, 사랑을 하지만 그것을 전할 수 없는 인물의 아이러니가 기차역을 중심으로 드러나고 있다. 이러한 아이러니는 인물과 환경의 부조화가 원인이다.

5. 맺음말

근대소설의 '새로움'은 외재적으로 주어진 근대적 경험에 따라 달라지기도 한다. 그 '새로움'은 정신적인 것으로, 또는 물질적인 것으로 우리를 육박한다. 더구나 근대소설의 형성이 식민치하일 때 식민지 '상황'은 작가들에게 이중적 부담을 안겨줄 수 있다. 그러한 부담은 위기의식과 반성, 비판의 의식으로 나타나게 된다. 이 글에서는 '새로움'을 문물인 '기차'를 중심으로 살펴본 결과 주체와 타자의 반응이 다양함을

---

31) 서영채, 「두 개의 근대성과 처사 의식」, 『이태준 문학연구』, 상허문학회 지음, 깊은 샘, 1993, 64쪽.
32) 서영채, 앞의 글, 65쪽.

알 수 있었다. 식민지 민중에게 기차의 의미는 철저히 양가적인 대상이다. 속도와 수송 면에서 생활을 변화시켰지만, 국토를 남북으로 관통하는 철로는 곧 우리 민족을 수탈하는 동맥이라 할 수 있기 때문이다.

1910년대부터 식민지 말기까지의 근대소설에서 나타난 '기차'의 모티프는 식민지 현실을 반영함과 동시에 소설 형성에도 영향을 주고 있다. 1910년대는 그러한 부분이 미미한 편이었다. 『무정』에 나타난 기차는 '새로운' 서사공간으로서 계몽태도를 보이는 주인공의 연설공간으로 활용되고 있다. 1910년대라면 철도공사로 인한 부설지역의 농민들의 희생이 두드러졌을 시기이지만 그런 점을 찾기는 어려웠다.

염상섭의 「만세전」은 다른 작가들의 기차 모티프에서 보여준 서사적 장치가 종합된 작품이라 할 수 있다. 화자가 자신의 내면세계 지향과 승객들을 관찰함으로써 식민지 지식인과 민중의 모습을 비하와 비판적으로 나타낸다. 이것은 현진건의 「고향」을 비롯하여 최명익의 작품들에서도 이어지는 현상이다. 특히 주인공 이인화가 경유하는 공간에서 승·하차하는 승객들을 탐색하는 것은 최명익의 「장삼이사」에서 절정에 이른다. 그들의 모습은 객차 공간을 무대로 삼아 배우처럼 등장과 퇴장을 하는 모습이다. 승객들이 보여주는 짧은 기간의 에피소드는 연극에 해당하는 것이다.

고향을 등진 이농민의 모습은 현진건의 「고향」, 한설야의 「과도기」, 이태준의 「농군」 등에서 나타난다. 이들 작품은 작가의 예술관, 현실관의 편차만큼이나 '기차' 의미의 낙차도 크다. 카프 문인인 한설야의 경우는 1930년대의 농촌을 황폐화시킨 근원적 원인이 산업화에 있음을 인식하고 그 단적인 모습을 공장과 철로의 이미지로 선명하게 보여준다. 기차를 통한 이러한 현실인식은 다른 작가에게서는 보기 어려운 면이다.

기차 모티프에서 또 하나 새로운 것은 이태준의 「철로」이다. 지금까지의 작품들이 여행자 위주로 그려졌다면 이 작품은 정주자의 관점에서 다루고 있다. 간이 기차역에 거주하고 있는 청년의 애정을 중심으로 삶의 아이러니를 보여준 작품이다.

제 2 부

패러디문학과 소설교육

패러디를 활용한 소설교육의 방법

1. 문제제기

소설교육에서의 딜레마는 학습자들이 소설을 읽지 않는다는 점이다. 이와 같은 이유는 여러 가지가 있을 것이나 가장 큰 것으로 두 가지를 생각할 수 있다. 하나는 학습자에게 국어 교과서에 실린 소설 텍스트가 흥미의 대상이 아니라는 점이다. 국어 또는 문학 교과서에 실린 텍스트는 학습자의 생활환경과 그 격차가 심한 편이다. 작품의 창작시기나, 작품의 시·공간적 배경이 그러하다. 수록된 작품의 배경이 대체로 식민지와 6·25를 중심으로 하고 학습자가 비록 역사를 통해 인식하였어도 단절감이 있기 마련이다. 배경 또한 농촌이 압도적으로 많고, 내용 면에서는 서정성이 지배적이어서 현대의 학습자에게는 이해마저도 무리가 있는 것이다. 따라서 흥미에 있어서는 더 말할 나위가 없다고 본다.[1] 또 하나 원인은 '대학수능평가'라는 입시제도의 현실에서 찾을

---

1) 최시한, 「중등학교 국어 교과서의 현대소설 단원 검토」, 『문학교육의 새로운 구도와 실천』, 한국문학교육학회, 태학사, 2000. 권순긍, 「교과서의 변천과 문학교육의 방향」, 『문학교육의 새로운 구도와 실천』, 한국문학교육학회, 태학사, 2000. 참조함.

수 있다. 입시에 압박을 받고 있는 학습자들에게 소설 읽기는 수험 전략과 너무 멀리 떨어진 것이어서 '읽기' 지도가 어려운 편이다.[2]

텍스트를 읽지 않은 상태에서 소설교육은 반쪽자리 수업밖에 될 수 없다. 그것도 학습자 중심이기보다는 교사가 중심이 되어 실체중심 내지는 속성중심의 문학교육으로 흐를 우려가 있다. 물론 소설교육에서 실체중심과 속성중심의 설명 방식도 필요한 것이다. 그러나 학습자의 '소설 읽기'가 전제되지 않은 상황에서는 문제가 발생한다. 이럴 경우에 교사의 텍스트 해석이 학습자에게 여과 없이 수용되며, 더 심각한 사태는 참고서를 이용한 소설 자료의 암기를 통해 학습자는 자신이 문학을 온전히 수용한 것으로 착각한다는 점이다. 이렇게 되면 문학교육의 목표 가운데 하나인 "작품의 수용과 창작활동을 함으로써 문학적 감수성과 상상력을 기른다."[3]는 항목은 기대하기 어려워진다.

따라서 학습자에게 텍스트를 읽고 싶은 욕망이 들면서, 한편으로는 우리의 입시 상황을 반영한 소설교육을 모색해야 한다. 아무리 이상적이어도 입시상황과 너무 유리된 수업은 학생들에게 괴리감을 줄 수 있다. 이러한 여건을 고려할 때, 상황을 개선할 수 있는 소설교육이 '패

---

2) 일선 교사의 글을 보면 "소설 수업에서 제대로 시간 때우기의 핵심은 한 시간 동안 작품 전문읽기이다. 작품 선정의 기준은 우선 재미와 수능 출제 가능성이었다. (중략) 약 두 달간 자신이 10편의 소설을 읽었다는 것 자체가 학생들에게 대단한 성취감을 느끼게 해주었고, (중략) 자신감을 가지게 되었다. 교사가 떠들지 않아도 수없이 될 수 있다는 사실은 나뿐만 아니라 학생들에게도 고무적이었던 것이다."라는 내용은 소설읽기의 실제가 얼마나 이루어지지 않고 있는지 알 수 있다. 참고로 학생들이 가장 재미있게 읽은 작품은 「우상의 눈물」, 「우리들의 일그러진 영웅」, 「꺼삐딴 리」, 「역마」 등이고, 가장 읽기 힘들어하는 작품은 「두 파산」이었다. 서진석, 「교실에서 소설 읽기: 멈춤(pause, 止)과 늦춤(slow, 緩)」, 『함께하는 국어교육』, 2004. 여름호, 63-64쪽 참조.

3) 교육인적자원부, 『고등학교 교육과정 해설 2 국어』, 대한교과서주식회사, 2001, 303쪽.

러디'의 활용이라고 본다. 학생들에게 인지도가 높고, 문학성이 뛰어나며, 입시를 반영한 텍스트를 선정한다면 관심을 유발할 수 있기 때문이다. 그리고 게임을 즐기듯이 읽기를 할 수도 있다. 일반적인 텍스트를 읽을 때와는 달리 원작과 패러디 작품이라는 2권의 읽기 대상에서 차이와 유사성을 찾아내는 과정은 게임을 할 때 느낄 수 있는 재미나 긴장감을 불러일으킬 수 있기 때문이다.

패러디는 1990년대 중반까지 문학연구자들에게 학문적 담론이었던 주제였으나[4] 정보매체의 대중화로 이제는 일반화된 문학용어이다. 더구나 영상 매체에 익숙한 학습자에게 '패러디'는 더 이상 어렵고 낯선 문학용어가 아니다. 인터넷에 정치인을 패러디한 영화 포스터 등의 범람과 광고의 패러디 등등 그 자료를 얼마든지 접할 수 있기에 친숙한 것이다. 오히려 정통 문학의 패러디를 너무 늦게 만나는 셈이다. 오늘날처럼 영상매체의 세례를 집중적으로 받고 있는 학습자를 인쇄매체로 '모셔오기' 위한 방안에서라도 대중매체와 친연성이 높은 '문학이론'을 소설교육에 도입하는 것도 하나의 방법이라고 할 수 있다. 이런 점에서 패러디는 소설교육의 효율적인 대상이 될 것이다.

최시한은 소설교육의 이유를 ① 예술의 언어운용능력을 기르기 위하여 ② 상상력을 기르기 위하여 ③ 아름다운 감정과 진실된 가치의식을 갖게 하기 위하여 ④ (한국)문학에 대한 이해와 애정을 갖게 하기 위하여[5] 등 네 항목으로 제시한 바 있다. 이와 같은 소설교육의 목표는 시간이 지나도 기본적 구도에는 큰 변화가 없음을 보여주는 것이다. 특히

---

4) 패러디를 주제로 한 석사논문은 30여 편이 되며, 박사학위 논문을 단행본으로 발간한 것은 정끝별의 『패러디 시학』(문학세계사, 1997), 송경빈의 『패로디와 현대소설의 세계』(국학자료원, 1999), 이미란의 『한국현대소설과 패러디』(국학자료원, 1999)를 들 수 있다.

5) 최시한, 「문학교육은 왜 하는가?」, 『모국어교육』 제6호, 1988. 5.

패러디 소설을 교육할 경우 예술의 언어운용, 작가의 상상력에 대하여 고찰할 수 있는 계기를 마련할 수 있다. 또한 한국 문학에 대한 이해와 애정을 원텍스트와 패러디의 '차이와 반복'의 의미를 발견하면서 심화시킬 수 있다. 원텍스와 패러디 사이의 차이성과 유사성을 발견하고 그 의미를 밝히는 과정이 바로 소설 속으로 몰입하는 과정으로서 이해와 애정의 구체적인 모습이라 할 수 있기 때문이다.

시교육에서는 일찍부터 패러디에 관심을 두었다. 이처럼 패러디가 시교육의 창작과 수용 면에서 활발하게 이용된 것은 시 전문을 읽어오는 것이 소설보다 좀더 유리하기 때문일 것이다. 소설교육에서 패러디는 상대적으로 활용이 적은 편이라 할 수 있다.[6]

이 글에서는 패러디 텍스트가 많은 최인훈의 작품을 대상으로 살펴보고자 한다. 작가의 인지도와 문학적 성취도로 보아 학습자가 충분히 수용할 수 있는 작가이자 텍스트라고 여겨진다. 그의 패러디 텍스트를 일별하면 「금오신화」, 「열하일기」, 「옹고집뎐」, 「춘향뎐」, 「놀부뎐」, 「크리스마스 캐럴」, 「구운몽」, 『서유기』, 『소설가 구보씨의 일일』 등이 있다. 뿐만 아니라 패러디 중에는 환상성을 지니고 있는 작품도 많은 편이다. 학습자에게 환상성 또한 친숙한 문학 용어이므로 텍스트 읽기를 기대할 수 있는 유리한 점들이 많다고 본다. 이 글에서는 「옹고집

---

6) 시교육에서 패러디 활용은 유영희(「패러디를 통한 시 쓰기와 창작교육」, 『국어교육연구』 2집, 서울대학교 사범대학 국어교육연구소, 1995), 정끝별(「21세기 시문학의 미학적 특성과 시교육 방법론」, 『문학교육학』 제9호, 2002), 송지현(「패러디와 문학교육」, 『문학교육의 본질과 방법』, 푸른사상, 2003), 장창영(「패러디 시 활용의 교육적 의미」, 『한국언어문화』 제26집, 2004. 12) 등이 있고, 서사교육에서 활용은 고영화(「다시 쓰기 활동의 비평적 성격에 대하여—전래 동화 다시 쓰기를 중심으로」, 『문학교육학』 제3호, 한국문학교육학회, 1999), 선주원(「패러디를 활용한 허구적 글쓰기 교육」, 『소설 교육의 원리와 방법』, 새미, 2003) 등이 있다.

면」과 『소설가 구보씨의 일일』을 중점적으로 살피고자 한다. 두 작품은 읽기와 쓰기를 동시에 병행할 수 있는 장점들을 지니고 있기에 소설교육에 적당한 대상이라 할 수 있다.

2. 패러디 이론과 소설교육의 의의

패러디(Parody)는 원작을 재구성하는 창조적 모방이다. 창조적 모방이란 원작의 구조와 인물을 차용하면서도 원작에 대한 비판이나 풍자, 작가에 대한 비판까지 표현하기 때문에 원작을 극복하고 있다는 의미가 된다. 패러디 작가가 어떤 태도를 견지하느냐에 따라 패러디의 성격이 달라진다. 패러디 작가가 원작에 대해 친화적 입장을 보이면 원텍스트에 내재한 이데올로기를 승인하게 된다. 따라서 원텍스트의 계승이나 의미 확장[7]에 치중한다. 그러나 원작에 대해 비판적 입장을 보이게 될 때는 원작의 이데올로기에 저항하며 원텍스트의 새로운 해석이나 비판적 개작에 주력하게 되는 것이다.[8] 학습자들이 주의깊게 읽어야 하는 부분도 바로 이것이다. 패러디와 원작과의 유사성과 차이성을 발견하는 읽기 과정 속에서 패러디가 생산된 시대의 의미를 알 수 있다. 즉 패러디 작가의 비판적 정신이나 태도를 알 수 있는 것이다.

패러디는 패러디 작가의 인생관, 작가의식, 문학관 등이 고스란히 드러나는 문학양식이라 하겠다. 따라서 창작과 비평적 함의를 동시에 지니는 서사전략이라 할 수 있다. 이처럼 패러디의 범주는 어휘나 문체, 어조, 구성 등의 형식적인 요소들과 함께 주제적인 측면, 작가적 인식

---

7) 정끝별, 『패러디 시학』, 문학세계사, 1997, 69쪽.
8) 이미란, 『한국현대소설과 패러디』, 국학자료원, 1999, 11쪽.

까지 광범위한 영역을 포함한다.

　현대의 패러디 작가들은 비평적 독자인 셈이다. 이러한 독자의 입장에서 원작의 주제나 형식, 문체, 제재 등을 당대의 감수성에 따라 새롭게 해석하여 자신의 창조성을 확보하는 것이다. 학습자는 최종적인 독자로서 패러디를 통해 원작과 패러디의 시차만큼 발생하는 정치, 경제, 사회, 문화 체제에 대한 변화를 습득할 수 있다. '차이가 있는 반복'[9]에서 '반복'이 문학의 근간이라고 한다면 '차이'는 작가의 '비평적 거리'로서 후배 작가들이 패러디를 하는 이유가 이 속에 담겨 있다.

　패러디의 어원은 희랍어 명사인 'paradia'라는 용어로 소급한다. 이 것은 '대응노래(counter-song)'를 뜻하는 것으로서 텍스트간의 대조나 대비라는 패러디의 보편적 의미의 근간이 되고 있다. 그러나 'para'라는 양가적 의미를 지니는 어근 때문에 두 갈래 해석이 가능하다. 하나는 'against'나 'opposite'에 주안점을 둘 경우 원작을 조롱하거나 우습게 만들려는 의도를 지닌다. 이럴 경우, 하나의 텍스트를 다른 텍스트와 대조시킨다는 의미의 규정이 가능해진다. 또 다른 의미는 'beside'나 'near to'로도 규정할 수 있다. 이때의 의미는 대조나 대비의 의미에 국한되기보다 일치와 친밀성의 의미를 띠게 되므로 패러디는 조롱의 효과를 산출하는 희극적 패러디뿐만 아니라 진지한 형태의 패러디[10]까지도 포함할 수 있다.

　학습자에게 어원을 알려주는 것은 실체중심의 문학교육으로서 짧은 시간동안 활용한다면 효과가 있다. 그러나 이에 대한 이론이 길어지면 본 학습에 주목하는 태도가 약해질 수 있으므로 교사는 이론을 수업할 때 간단 명료하게 하는 것이 좋을 것이다.

---

9) 린다 허천, 김상구 · 윤여복 역, 『패로디 이론』, 문예출판사, 1992, 36쪽.
10) 린다 허천, 앞의 책, 54-56쪽, 90쪽 참조.

　패러디의 대중화는 포스트모더니즘의 영향과 일치한다. 때문에 학습자에게는 상당히 현대적인 문학이론으로 보일 수 있다. 그러나 이 양식은 매우 오랜 문학전통을 갖고 있다. 크리스테바는 '모든 글은 모자이크처럼 인용문이라는 작은 타일들로 구성되어 있으며, 다른 글의 흡수 아니면 변형에 불과하다'[11]고 지적하였다. 이것은 작가들이 기록문학, 구비문학의 방대한 소재에서 신화를 수용한 글쓰기, 패러디를 활용한 글쓰기를 지적한 것이다. 이처럼 문학의 '낯설게 하기'의 과정에서 패러디는 견인차 역할을 하고 있다.

　유구한 전통을 가진 패러디가 항상 긍정적인 평가를 받았던 것은 아니다. 창조성을 가장 가치 있게 여기는 예술 분야에서 다른 작품을 모방한다는 편협한 의미로만 이해할 때는 폄하되거나 주변부에 위치하는 부정적인 평가도 받아왔다. 패러디의 가치를 인식한 비평가들은 바로 러시아 형식주의자들이다. 패러디는 낡은 형식으로부터 새로운 형식을 만들어 내고, 이 새로운 형식은 낡은 형식을 파괴하지 않으면서 그 기능만을 변경시켜 발전[12]한다고 하여 러시아 형식주의자들은 패러디를 문학사의 발전상의 원칙으로 간주하였다. 최근, 패러디의 잠재적 가능성이 발휘되면서 대중화되었다. 패러디를 중요한 창작원리로 내세우는 작가들이나 비평가는 과거와 전통이 부여하는 효과에 주목한다. 그리고 패러디 작가들은 하나의 특정 대상을 깨뜨리면서 동시에 독자를 위해 그 대상을 새롭게 만듦으로써 전통을 기반으로 하는 새로운 예술 창조의 가능성의 지평을 열게 된다.[13]

　패러디에서 주목받는 최인훈도 소설 형식을 새롭게 하려는 실험 정

---

11) 이형식, 『작가와 신화—프루스트의 신화세계』, 청하, 1993, 26쪽.
12) 빅토르 어얼리치, 박거용 역, 『러시아 형식주의』, 문학과지성사, 1987, 332–333쪽.
13) 린다 허천, 앞의 책, 206쪽 참조.

신에서 패러디 텍스트를 발표했으리라고 본다. 이런 근거는 패러디의 이중적 성격 및 기능을 밝힌 그의 평론에서 찾을 수 있다.

> 문학적 관념에서의 방법과 풍속의 불안한 구조에서는 아무리 고전적 세련에 이른 경우라 할지라도 그 풍속적 부분은 문학 밖의 현실 풍속과 완전한 절연 상태를 유지할 수 없으며, 현실의 풍속과의 격차가 심해질 때 문학 속의 풍속적 부분은 곧 패러디화되고 만다.[14)]

최인훈은 패러디의 이중적 성격을 풍속과 방법의 분열 및 통합이라고 보았다. 이것은 패러디를 당대 현실과 예술 형식의 대응적 관계 속에서 파악한 것이다. 급격히 변화하는 현대적 상황 속에서 풍속적 부분을 포괄하여 추상화하는 새로운 예술적 양식이 아직 발견되지 않았을 때 소설 형식의 실험적 기법은 패러디로 향하고 있음을 보여준다. 즉 과거의 양식을 재구성하여 당대의 사회 현실의 풍속에서 분열을 일으키고 있는 예술 매체에 구조적 안정감을 주려는 의도가 깔려 있는 것이다. 이 글에 의하면 그는 원작에 대한 비판보다는 원작의 구조를 차용함으로써 구조의 안정감을 얻고자 하는 의도를 보인다. 따라서 원작이 비판의 대상이 되는 고전적 패러디의 기능은 약해진다. 오히려 당대의 현실을 비판하는 데 관심을 두고 있다.

패러디 이론은 교사의 노력에 따라 체계화된 이론으로 정리할 수 있는 부분이다. 교사가 알고 있는 지식을 모두 전달하려고 애쓴다면 바람직한 학습 분위기가 이루어지지 않을 것이다. 교사는 적시적소에 학생

---

14) 최인훈, 「신문학의 기조」, 『최인훈문학예술론집 꿈의 거울』, 우신사, 1990, 22쪽.

들의 오류를 바로 잡아줄 수 있는 역할로 충분하다. 그러므로 지식을 과시의 수단으로써 축적하는 것이 아니라 가장 필요할 때 활용할 수 있는 '준비용'으로 갖추고 있어야 한다.

패러디를 소설교육에서 활용할 경우 기대할 수 있는 효과는 수용과 창작을 극대화시킨다는 점이다. 즉 소설교육에서 패러디는 읽기와 쓰기, 토론 등에서 다양하게 활용할 수 있는 장점을 지닌다.[15] 간략하게 보면 다음과 같다.

읽기의 차원에서 본다면 학생들에게 '읽기'에 대한 관심을 유발할 수 있고, 작품을 분석적으로 읽을 수 있다. 그리고 실제 독서를 하는 동안 고전과 현대 작품을 비교·대조함으로써 원전과 패러디의 차이를 발견하는 기쁨을 얻고, 소설 읽기에 대한 관심을 확장할 수 있다. 패러디를 읽는 것은 소설을 2배로 꼼꼼하게 읽는 것이다. 원작과 패러디의 비교에서 구조와 인물, 배경 등의 유사성을 찾아보는 데에 주력해야 한다. 한편, 대조에서는 패러디를 하면서 재구성, 인물의 변화, 주제의 변화가 무엇인지 발견할 수 있다.

패러디에서 차이를 발견하는 것은 학습자의 독해력을 드러내는 부분이다. 학습자가 대화적 의사 소통에 의한 텍스트의 이중적 목소리와 상호 텍스트적 문맥을 인지하지 못한다면 일반 텍스트와 구별되기 어렵다. 패러디적 진술을 발견하여 의미를 해석하고 이해하는 것이 학습자

---

15) 장창영은 시교육에서 패러디의 교육적 효과를 7가지로 들고 있다. ① 원텍스트의 의미를 분석·파악하고 새롭게 고찰할 수 있다. ② 패러디 시는 형식의 자유로움과 금기 파괴와 같은 새로운 형식실험에 효과적이다. ③ 미의식의 다양성 확보가 용이해진다. ④ 원텍스트 해석과정에서 주체의 능동적이고 적극적인 참여가 이루어질 수 있다. ⑤ 독자의 참여 영역 확장에 기여한다. ⑥ 문학의 상호텍스트성의 활성화에 기여한다. ⑦ 학습자들의 창작의욕 고취가 가능하다.(장창영, 「패러디 시 활용의 교육적 의미」, 『한국언어문화』 제26집, 2004. 12, 285-290쪽 참조)

의 역할이다.[16] 작가 의식이 시대적 상황을 어떻게 반영하고 있는지를 투명하게 알 수 있을 것이다. 학습자들은 유사성과 차이들을 발견하는 동안 가장 적극적인 독서 태도를 갖게 될 것이다. 이를 항목화하여 정리한 것을 조별 발표를 통해 교환할 수도 있다.

쓰기의 차원에서 본다면 글쓰기에 대한 두려움을 해소하고, 글쓰기를 시도해 볼 수 있다. 막연하게 창작을 하는 때와 원작의 구조와 인물을 상정해 놓고 글쓰기를 시작하는 것은 학생들의 심리적 부담감을 줄일 수 있다고 본다. 쓰다가 막히면 원작으로 되돌아와서 다시 시작하든가, 고쳐 쓸 수 있기 때문이다. 그리고 다른 관점에서 본다면 유명한 작가들도 창조적 모방을 하고 있다는 점에서 심리적 위안을 얻을 수도 있다.

세 번째로는 패러디를 통해 토론 학습을 창출할 수 있다는 장점을 지닌다. 예술에서 '창의성'을 강조하는 분위기는 패러디에 대한 반응을 찬반으로 나뉘게 할 것이다. 이것은 학습자들에게도 그대로 나타나리라고 본다. 교사가 패러디에 대한 순기능과 역기능 중 어느 한쪽을 너무 강조하지 않아야 균형있는 토론을 할 수 있다. 이러한 토론은 패러디 그 자체에 대한 것이다. 패러디 소설 읽기를 통해 토론의 주제는 다양하게 제시될 것이다.

3. 패러디 소설 읽기의 실제

최인훈의 패러디 읽기를 단계적으로 시도할 수 있다. 최인훈의 패러

---

16) 선주원, 『소설 교육의 원리와 방법』, 새미, 2003, 219쪽.

디 작품은 분량이나 내용 면에서 다양한 편이다. 학습자에게는 먼저 단편소설들을 중심으로 읽기를 실행하는 것이 작품 이해에 도움을 줄 것이다.

원작의 구조를 단순화시킨 「옹고집뎐」은 자아 분열을 겪는 현대의 소시민상을 구현하고 있다. 고소설 「雍固執傳」에서 옹고집은 고약한 성벽과 탐욕 때문에 스님에게 보복을 당하고 개과천선하는 인물이다. 하지만 최인훈의 「옹고집뎐」의 주인공은 원작과는 정반대로 고집스럽지도 않고, 특별한 개성도 없는 인물이다. 오히려 '특징이 있다면 꼭 한 가지, 아무 특징이 없다는 특징 밖에는 없는' 지극히 평범한 소시민이다.

최인훈은 원작의 구조에서 주인공의 진짜-가짜 대립을 수용하였다. 하지만 그의 「옹고집뎐」에서 진짜와 가짜 옹고집은 충돌을 일으키지 않는다. 진짜 옹고집은 서울 변두리에 겨우 전셋집 한 칸을 얻어 살고 있는 무능력한 가장이다. 그는 구직을 하러 다니다 집에 돌아와 자신과 똑같은 가짜 옹고집을 대면하지만 '가짜 옹고집'에게 순순히 물러선다.

「옹고집뎐」의 주인공 옹고집은 산업화된 도시의 '풍문인'이라 할 수 있다. 경쟁논리가 지배하는 자본주의 사회에서 편법을 모르는 도덕적인 인물이다. 그러나 이러한 옹고집의 태도는 물질적 부를 이룬 장인과 불편한 관계를 유지하며 이로 인해 아내에게 무능한 남편이라는 평가를 받는다. 도덕적인 옹고집의 삶의 태도가 바람직함에도 불구하고 전쟁 이후 환도한 서울은 옹고집 같은 인물은 외면하고, 약삭빠르게 행동하는 사람들이 중심이 되었다. 장인이 서울 중심에서 부유해질수록 옹고집은 서울 변두리로 옮기는 주변부 인생으로 전락한다. 실직자 옹고집에게 최악의 사태는 직장을 구하다 집에 도착했을 때 벌어진다. 문틈으로 보이는 그의 가정에는 자신이 벌써 귀가하여 가족들과 단란한 시간을 즐기고 있는 것이다.

> 어딘가 이상한 일이었다. 그는 대문 틈으로 들여다보았다. 방문이 활짝 열렸는데 식구들한테 둘러싸여서 자기가 앉아 있다. 옹고집은 막내를 무릎에 앉히고 큰소리로 이야기하고 있었다. 다른 두 아이를 보고 옹고집은 놀랐다. 새옷으로 말끔히 갈아입고 있었다. (중략) 옹고집은 봉투 하나를 꺼내 아내에게 건네 준다. 그러면서 그는 대문 쪽을 보는 것 같았다. 문틈으로 들여다보고 있던 옹고집은 얼른 비켜 섰다. 그는 들키지 않게 처마밑에 바싹 들어섰다. (중략) 옹고집은 도무지 모르는 일이었다. 잘못 보지는 않았나 싶어서 다시 대문간으로 가서 틈새로 들여다본다.(「옹고집뎐」, 194쪽)

이중인의 등장은 자아 분열의 상징적인 모습이다. 민담 중에서 「옹고집 이야기」나 「쥐 둔갑 이야기」 등에 나타나는 '이중인'에 대해 이부영은 "무의식에 있는 그림자가 의식 표현에 나타난 의식적 갈등의 계기"라 보고, 현실에서의 사회적 관계 상실, 인격의 해이를 그 이유로 꼽았다.[17] 최인훈의 '옹고집'도 여기에 부합하는 인물이라 할 수 있다.

옹고집은 '또 다른 나'의 등장으로 자신의 가정을 잃을지도 모르는 절박한 상황에 놓인다. 그럼에도 불구하고 별다른 방책을 찾지 못하는 무능함을 보여준다. 고소설에서는 진짜와 가짜 옹고집이 자신의 정체성을 확보하기 위해 충돌하는데 이 작품에서는 그러한 갈등이 아예 나

---

17) 이부영, 『한국민담의 심층분석』, 집문당, 1995, 81쪽.

타나지 않는다. 오히려 '또 다른 옹고집'은 친절하게도 옹고집에게 현대적 삶의 방식을 충고한다.

> 그때 문이 비꺽 열리더니 안에서 사람이 나오는데 자기가 아닌가. 자기는 곧장 자기한테로 오더니 옹고집은 자기의 곁에 와 서는 것이었다. 「어쩌자구 이러고 있소?」「실례합니다.」「실례구 잣이고. 여보 임자. 불만이 있소?」「아니올시다.」「그럼 뭐요?」「네 지나는 길이라—」「지나는 길?」「아니 저 늘 살던 집이라—」(중략)「허, 또 답답한 소리를 하는군. 왜 그리 옹고집이요. 옹고집이? 옹고집만 버려요, 옹고집을.」「네」(중략)「그게 못쓴단 말이요. 아 그 옹고집을 버리라니깐.」(중략)「옹고집을 버리라, 나를 버려라, 이런 말씀이지요?」「그렇대두요. 아 이 딱한 양반아. 그래 임자가 꼭 옹고집이어야 할 게 뭐란 말이요. 그 옹고집만 싹 버리고 나면 만사는 끝나는 일이 아니겠소. 그래 당신이 부득부득 옹고집일 필요가 어디 있단 말이요?」「알겠습니다. 선생.」옹고집은 자기의 손을 덥썩 잡았다. 「자 가 보슈. 뒤도 돌아보지 말고 가 보슈. 여기서 보고 있을 테니.」옹고집은 이렇게 말하고는 원래가 고집스럽지도 아무렇지도 않은 사람이라 선선하게 골목을 걸어 나왔다.(「옹고집면」, 195-196쪽)

가짜 옹고집이 진짜 옹고집에게 해주는 충고는 아이러닉하다. 그는 물질 만능의 사회 속에서 한 가정을 제대로 꾸려나가기 위해서는 양심을 버리고 현실과 타협해야 제대로 살아갈 수 있다고 충고한다. 이런 충고에 아무런 응수를 하지 못하는 옹고집은 현대 사회의 경쟁 원리를 받아들여야 하는 상황에서 어떤 태도를 취해야 할지 모르는 인물이다.

최인훈의 「옹고집뎐」에는 현대 사회에서 개체의 유일성을 상실한 모습을 보여준다. 페르소나에 대한 그림자로 '또 다른 옹고집'이 등장하고 있다. 옹고집에게 옹고집을 버리고 살라는 것은 그의 '정체성'을 버리라는 뜻이다. 자아 분열, 자아 이탈의 과정은 옹고집의 무의식이 전면으로 부상한 것이다. 현재 옹고집은 이부영의 지적대로 사회적 관계를 상실한 인물이다. 장인에게는 사위대접을 제대로 받지 못하고, 실직을 한 상태이므로 그는 직장에서도 그 위치를 잃어버린 인물이다. 이미 실업자가 된 옹고집은 사회에서 정체성 위협을 받고 있는 상황인데 설상가상으로 벌어진 가정에서의 '또 다른 자아'의 등장은 그의 정체성을 완전히 해체시키는 상황이다. 이러한 사태는 그의 무의식에 잠재한 무능력한 도시인의 불안심리가 전면화 되었기에 발생한 것이다. 즉 산업화의 도시에서 특별난 기술도, 배움도, 자본도 없는 소시민의 생활에 대한 불안심리가 '이중인'의 등장을 야기한 것으로 볼 수 있다. 경제적인 이야기를 바탕으로 한 이 작품은 최인훈의 작품에서는 드문 예에 속한다.

「옹고집뎐」은 고소설 「雍固執傳」의 구조를 패러디하면서도 자신의 진위를 밝히기 위해 갈등을 일으키는 진짜와 가짜 옹고집의 다툼은 제거하고 있다. 이것은 '또 다른 옹고집'의 출현이 원작에 등장하는 포악한 옹고집을 개과천선시키기 위해 설정된 것이 아니기 때문이다. 이 작품에서 '가짜' 옹고집의 출현은 한 인물의 무의식이 표출된 것으로서 물질만능의 현대 사회를 보여주기 위함이다.

이 작품의 배경은 물질 만능의 세태 속에서 평범한 도시 빈민이 겪고 있는 소외 의식과 자아 분열로 인한 자기 정체성의 위기 등 도시 근로자의 실존적 문제를 제기하는 데 바탕이 된다. 그런 점에서 최인훈의 환상적 서사에서는 다소 이례적인 작품이라 하겠다. 자본주의 체제 때문에 소외되는 개인의 모습을 보여준 「옹고집뎐」은 최인훈의 일련의 환상적 서사의 주제와 거리가 있기 때문이다. 그가 다루는 소외인들은 대체로 경제적 문제보다는 정치·사회적인 문제가 결정적 요인이 되는 경우가 더 많은 편이다.

최인훈의 탈식민성을 드러내는 패러디로서『소설가 구보씨의 일일』은 간과할 수 없는 작품이다.[18] 이 작품에 이르면 그의 소설에서 강세를 띠고 있던 환상성이 퇴조하는 것을 엿볼 수 있다. 1969년부터 발표하기 시작한 이 작품은 원작의 구조를 환상적으로 변형시키기보다는 인물의 내면 심리에 관심을 기울이고 있다.

박태원의 원작은 '소설가'라는 직업을 가진 작중 인물 '구보'가 경성을 배회하는 순환 구조를 지니고 있다. 이 작품에서 순환 구조는 작중 인물 구보가 외출을 하고 있는 동안 공간 이동에 의해 이루어진다. 이동 공간에 따라 그의 관찰 대상이 달라지며 그에 따른 사유 세계도 변화하는 것을 효과적으로 보여준다. 최인훈은 원작의 순환 구조와 '소설가'라는 유용한 직업을 차용하면서도 자신의 문학 세계를 공고히 할 수 있는 모습으로 재구성하였다. 작중 인물 구보를 원작과는 달리 '비판적인 인물'로 형상화한 점이 그러하다.

1930년대 지식인 구보의 태도는 자신의 개인적인 문제에만 집착하고 있을 뿐 사회적 환경에 대해서는 전혀 언급없이 침묵하고 있다. 원작의 구보는 무명 소설가로서 목적 없이 시내를 배회하며 도시의 만화경적인 주변의 세계에 반응하다가 귀가하는 일상의 에피소드를 배열하고 있다. 일상의 무료함과 적막함이 바로 어디에서 연유되는가에 대해

---

18) 박태원의 「소설가 구보씨의 일일」을 원작으로 한 최인훈과 주인석의 『소설가 구보씨의 일일』을 수용이론의 관점에서 고찰한 연구로 이대규의 「지평의 혼용과 수용사적 관점으로 텍스트 읽기」, 『문학교육과 수용이론』(이회, 1998)을 참고할 수 있다.

서 작가는 분명한 해명을 보류하고 있다.[19] 박태원이 당시의 사회적 압력 때문에 인물을 이렇게 창조할 수밖에 없었다 하더라도, 최인훈의 문학관인 '문학은 현실을 비판하는 것'이라는 생각으로 이 작품을 대하면 박태원의 작가 정신은 비판받을 부분이 된다. 1930년대 지식인 구보는 시대 정신의 구현 의지가 약하기 때문이다. 그래서 최인훈의 구보는 그가 누릴 수 있는 문학적 자유 내에서 대화나 그의 작품을 통해 사회적, 역사적 부조리를 냉철하게 비판하고 있다.

최인훈의 '구보'가 원작의 구보와 변별성을 띠는 것은 그의 비판정신과 상고주의적 태도라 할 수 있다. 그는 6 · 25의 현상적인 면만 파악하는 것이 아니라 한국이 약소국으로 처하게 된 세계정세의 내면도 투시하고 있다. 이는 분단의 과정과 의미를 정확하게 파악하고 있다는 뜻이다. 이러한 모습은 소설 장르에 신문 기사를 직접 인용하여 그에 대한 견해를 드러내는 것으로 나타내고 있다. 중공과 미국의 화해 분위기를 다룬 기사, 중공이 UN에 가입되는 경위, 강대국 미국의 본질 등이 구보의 개인적 판단과 비판으로 다루어지고 있다. 구보의 비판정신은 한국의 실정을 파악하는데 있어 국제정세가 작용하고 있음을 통찰한 것이다. 그는 월남한 피난민이지만 전쟁의 상황이나 이산가족의 비애를 격한 감정으로 토로하는 인물이기보다는 한국의 현재 상황을 만들어 낸 원인이 무엇인지를 객관적으로 보여주려 하고 있다.

구보는 국내에 범람하는 서구문화를 재식민화의 모습으로 받아들이고 한국인의 정체성을 찾는 데에 관심을 둔다. 이것은 상고주의적 태도로 나타난다. 구보의 상고주의적 태도는 외출하는 장소와 관계 있다. 그가 외출하는 장소는 목적 없이 시내를 배회하는 것이 아니라 과거와

---

19) 김동욱 · 이재선 편, 『한국소설사』, 현대문학, 1992, 445쪽.

현실을 연결시키는 고궁이나 유물전시장, 미술관 등이다. 또한 전통혼례식, 한약에 대한 신뢰감이나 아파트에서 한옥으로 이사한 이유, 唱이 가지는 호소력, 김장하는 날 맛보는 쌈의 묘미, 거북선 모형을 정성껏 제작하는 노인의 모습 등을 각 장마다 제시하고 있다. 이러한 소재는 전통적인 성격을 강하게 드러내는 것으로서 공동체의식을 환기시키는 것들이다. 최인훈의 구보가 특히 관심을 두었던 것은 종교이다. 서구의 문화를 지배하고 그들을 구원할 수 있었던 종교가 기독교라면 한국인을 구원하고, 한국인의 정서에 부합하는 종교는 '불교'라는 것을 은밀히 드러내는 것이다. 3장과 15장에서 구보가 사찰을 방문하는 것은 이러한 의미를 지닌다.

　이 작품은 15장으로 된 연작 소설이어서 구보의 사유 과정과 세계인식의 태도를 반복적으로 보여준다. 표제에서 알 수 있듯이 이 작품은 소설가 구보가 하루의 일과를 마치고 집으로 귀가하는 과정이 중심 플롯이다. 연작이기 때문에 사계절 동안의 구보의 행보를 담고 있다. 이 작품에서 실질적인 서사의 진행은 구보의 '걷는' 행위를 통해 이루어지며, 보폭의 리듬은 자유연상을 즐기는 사유의 과정과 일치한다. 이것은 모더니즘 소설 기법에서 주목받은 '의식의 흐름'을 활용한 것이다. 학생들에게 이론으로만 그칠 수 있는 기법을 구체적으로 예시할 수 있다.

　　지금이 그러는 시간인지 공작은 후두두 소리를 내면서 꼬리를 펴고 있는 중이었다. 부챗살처럼 활짝 꼬리를 펼 때, 소리마저도 **부채질할 때 같은 소리**를 낸다. 종이가 찢어져서 살이 털털거리는 그런 부채가 아니고 여러 겹으로 안전 면도날을 손에 몰아쥐고 트럼프 장 펴듯이 펴는 것처럼 **쇠붙이스런, 싸아악 하는 소리**

였다. 텅 빈 동물원의 한낮에, 꼬리를 활짝 펴는 그 모습은 좀 섬뜩한 것이었다. 마치 꽃망울이 열리는 현장에 맞닥뜨린 때처럼, 어떤 외설한 모습이었다. '**開花**'라는 낱말이 떠올랐다. 저 리듬, 까무라칠 만큼 아득한 어느 때부터 비롯한 버릇, 시무룩한 낯빛으로 꼬리를 잔뜩 펴고 있는 모습은 '공작처럼 거만한' 어쩌구 하는 모습처럼은 보이지 않았다. 그보다는 **원수의 땅에 포로**로 잡혀왔으면서도 하루의 정한 시간에는 자기네 부족의 법식에 따라 예배를 드리고 있는 모습같았다. 아, 그렇지, 언젠가 TV에서 타일란드식 권툰가 태권인가 무슨 그런 짬뽕 같은 경기에서 선수가 시합 전에 기도 같은 걸 드리는 걸 봤지, 그 놀이군, 흐흠. 살다보니 별구경 다하네 그랴.(『소설가 구보씨의 일일』, 40쪽) (강조-인용자)

「昌慶苑에서」라는 부제가 붙은 2장은 구보가 창경원에 들러 동물들을 구경한 감상이다. 구보는 공작 우리 앞에서 느낀 감정들을 자유연상으로 표현하고 있다. 정오가 되면 날개를 펴는 공작의 동작에서 '부채질할 때' 나는 소리를 연상한다. 이어서 그것은 '면도날에서 나는 쇠붙이'의 소리로 들린다. 시각을 청각화한 후, 다시 청각에서 시각으로 변한다. 즉 날개를 펴는 동작은 꽃망울이 피는 '개화'의 순간으로 연상되다가 이국 땅에서 치르는 어느 부족의 법식처럼 보이는 것으로 종결되는 것이다.

구보의 이와 같은 연상에서 중요한 것은 우리 속에 갇혀 있는 공작의 포즈가 원수의 땅에 포로로 잡혀온 이방인의 모습이라는 점이다. 공작이 12시에 날개를 펴는 동작은 그의 부족이 치르는 중요한 의식을 잊지 않고 거행하고 있다는 연상으로 비약되어 공작의 행위를 가치 있게 만든다. 이처럼 동물들의 동작 하나하나, 또는 사소한 물건에서 구보가 놓치지 않는 것은 전통성을 부각시킬 수 있는 단서를 찾아내는 것이다. 『소설가 구보씨의 일일』에서 전통의 존재 가치를 강조하는 것과 이식된 서양 문화의 범람에 대한 우려를 보이는 구보의 인식은 탈식민성이 잠재한 것이다. 이러한 사유의 과정이 의식의 흐름으로 전개되고 있다.

느린 템포로 동물원을 구경하는 구보의 걸음은 이 작품의 문체와 일치하고 있다. 동물원 우리에서 구보의 걸음은 느린 속도와 정지의 순간이 교차하면서 동물들을 감상한다. 이러한 구보의 보폭 리듬은 사유의 과정과 병행하는 것이다. 동물 우리를 천천히 걷거나, 잠시 정지해서 구경을 하는 구보의 행위는 끝없이, 실타래처럼 풀리는 문장의 흐름과 일치한다.

이와 같은 단편 패러디 읽기를 집중적으로 학습한 후에 원작의 구조를 급진적으로 변형시킨 『西遊記』와 「구운몽」을 학습할 수도 있다. 더 바람직한 것은 다른 작가의 패러디 작품으로도 관심을 확산시켜 읽기에 대한 욕망을 갖는다면 소설교육에서 패러디의 기여도는 현저히 커질 것이다.

읽기를 한 연후에는 그에 대한 점검이 필요하다. 패러디의 경우는 원작과 패러디의 대상 작품이 명확하고, 비교와 대조를 분명하게 찾아낼 수 있으므로 소설의 요소 중 어떤 것들이 변화하였는지 항목화하는 것이 좋을 것이다. 이것은 창작활동에도 필요한 자료가 될 수 있다.

4. 소설교육에서 패러디의 활용 방안

문학영역은 문학의 이해와 감상을 비롯하여 문학의 창조에 이르기까지 문학능력의 함양을 목표로 하고 있다. 문학의 이해와 감상은 물론 문학의 수행(퍼포먼스)이나 실천을 요구하는 것이 특징이다. 문학교육은 "인간의 삶을 총체적으로 이해하고 문학적 상상력 향상"을 목표로 하면서 학습자의 참여와 활동을 강조한다. 이것이 7차 교육과정의 특징 가운데 하나이다. 언어문화인 문학은 주체의 적극적 참여를 전제로 하여 성립한다고 해도 지나치지 않다.[20] 따라서 패러디 소설 읽기를 학습하였다면 그 다음 단계로 학습자의 적극적인 참여를 유도하는 수업을 활성화시켜야 한다. 문학의 이해와 감상이 창조적 활동으로 자리잡기 위해서는 토론이나 글쓰기를 통해 계발할 수 있다. 먼저, 패러디 소설을 읽고 토론을 함으로써 소설 읽기의 학습을 점검할 수 있다. 이런 토론 시간은 동료 학습자의 다양한 견해를 들으면서 자신의 의견과 비교하는 시간을 가질 수 있게 한다.

패러디 소설을 읽고 작품 자체에서 문제제기를 할 수 있는 사항은 이런 것들을 예로 들 수 있다.

①「옹고집뎐」에서 옹고집이 가짜 옹고집을 만났을 때 순순히 물러난 것은 바람직한 행동인가?

②『소설가 구보씨의 일일』에서 소설가 구보는 피난민으로서 독신이다. 그러나 만약 가족을 이룬 상태라면 '구보씨의 일일'은 얼마나 달라질 것인가?

이와 같은 작품 자체에 해당하는 질문을 한 후, 다음의 글을 제시하고 토론학습으로 진입할 수 있다.

> 패러디를 많이 하게 된 이유는 …… 논리적으로 미학의 방법론

---

20) 우한용, 「문학교사의 양성과 재교육」, 『문학교육의 새로운 구도와 실천』, 태학사, 2000, 282쪽.

을 터득하는 것보다 실제로 있는 고전을 현대적으로 변용시켜보는 것은 훨씬 쉬운 일이었지요. 그래서 나는 그 고전을 가지고 씨름해보면서 예술이란 무엇인가, 예술의 핵이란 무엇인가, 예술에서 표면적인 것은 무엇이고, 보편적으로 변하지 않는 것은 무엇인가를 생각해보았던 것이지요. 그런데 나는 패러디를 통해 현대적 감각을 유지할 수 있었고, 고전을 논리적으로 미학의 방법론에 도달하기 위한 나침반으로 삼을 수 있었던 것이지요.[21]

인용문은 최인훈이 대담에서 패러디를 하게 된 이유를 밝힌 부분이다. 이 대담에서 패러디로 글쓰기를 하는 이유를 구조의 안정성이라고 밝히고 있다. 작가가 패러디를 하게 된 이유를 밝힌 이 부분은 학습자의 토론을 유도할 수 있는 자료가 된다. 패러디에 대한 긍정적 반응의 학습자가 있는 만큼, 부정적인 반응을 보이는 학습자도 나타날 것이다. 즉 문학이라는 조상들의 문화유산을 너무나 쉽게 '창조적' 모방이라는 허용의 분위기에서 작품 구조를 얻는 것이다. 기존의 작품을 재구성하는 데 쏟는 열정으로 새로운 소설 기법을 고안해 낸다면 소설양식은 더욱 풍요로와질 수도 있는 것이다. 이런 면들을 학습자 동료들끼리 토론하여 문학의 창의성 범주는 어느 정도인지를 생각할 수 있을 것이다.

제7차 국어과 교육과정에서 지향하는 창작 교육은 전문적인 창작인을 육성하기 위한 것이 아니라, 전반적인 문학적 능력을 향상하기 위함이다.[22] 문학적 능력이란 문학의 적극적 수용과 재구성 능력이라 할 수 있다. 실제의 수업에서 패러디를 활용한 소설창작을 시도하는 학습방법은 교사와 학생에게 모두 효율적인 것이다.

---

21) 김인호, 『해체와 저항의 서사』, 문학과지성사, 2004, 288쪽.
22) 교육부, 『국어과교육과정』, 교육부 고시 제1997-15호, 1998, 150쪽.

창작수업은 학생도 힘들어 하지만 교사도 어려움을 갖고 있는 수업이다. 학교 현장에서 직접적인 창작 교육의 주체라고 할 수 있는 교사들은 창작 교육에 대한 두려움을 갖고 있다. 창작은 전문적인 소양을 갖춘 사람만이 가르칠 수 있다는 편견이 있기 때문이다.[23] 이러한 현상은 그동안 학교에서 실제적인 창작 활동이 이루어지지 않았기 때문이다.

읽기에서 다룬 작품을 대상으로 하여 소설 쓰기를 시도할 경우, 먼저 엽편소설[24]로 시작하는 것도 학습방법의 하나이다. 처음 글을 쓰는 학습자에게 글쓰기에 대한 두려움은 분량에서도 나타나기 때문이다. 엽편소설은 원고지 20매 정도의 콩트에 해당하는 짧은 글이기 때문에 분량이 주는 압박감을 해소할 수 있다. 그리고 나서 창작의 처음은 '인물'의 창조에서부터 시작해 보자. 읽기를 시도한 두 편의 패러디도 '인물'의 특성이 강화된 작품이다. 소설 창작을 할 때 인물과 인물 관계를 먼저 설정하게 되면 전체 이야기의 틀도 어느 정도 구축할 수 있다. 따라서 창작을 할 때 인물부터 설정하는 것이 창작을 쉽게 할 수 있도록 해준다.[25]

---

23) 한귀은, 「읽기에서 창작으로 이어지는 소설 수업」, 『현대소설교육론』, 삼지원, 2003, 225쪽. 한귀은은 4장 「소설의 읽기와 창작의 통합적 수업 방법」에서 교실에서 이루어질 수 있는 창작의 과정을 구체화하고 있어 창작지도에 어려움을 겪고 있는 교사에게 수업모형을 제시하고 있다. 그가 제시한 창작방법은 "집단 소설 쓰기", "엽편 소설 쓰기", "'나'를 주인공으로 하는 소설 쓰기" 등이다. 본고에서도 이를 활용하여 패러디와 연계지었음을 밝힌다.

24) 엽편 소설은 소설의 길이 혹은 독서 시간에 따른 분류 항목으로, 길이는 원고지 20매 정도이며, 독서 시간은 1분에서 10분 사이가 되는 소설을 일컫는다.(김경수, 『현대소설의 유형』, 솔, 1997, 67쪽) 최근, 널리 알려진 엽편 소설로는 최성각의 『택시 드라이버』를 들 수 있다.

25) 한귀은, 위의 책, 28쪽.

먼저 「옹고집뎐」을 가지고 패러디할 경우는 '어떤 상황'에 있는 인물을 진짜-가짜로 설정할 것인지가 관건이 된다. 원작은 욕심 많은 옹고집을 벌주기 위함에서 '가짜'를 설정하였고, 최인훈은 소외되고 정체성마저 혼란을 겪는 소시민의 모습을 보여주기 위해 '가짜'를 설정하였다. 그렇다면 학습자 '나'는 어떤 인물로 '가짜'를 만들 것인가. 이때 학습자의 신분인 학생의 위치와 그들이 겪는 고뇌가 자연스럽게 표출될 수 있을 것이다.

예를 들면, 과학의 정점에 있는 복제인간을 중심으로 글을 써가도록 할 수도 있고, 학습자의 실제 상황을 이용하여 글쓰기를 시도할 수 있다. 시험을 두려워하는 학생, 학급에서 왕따를 당하고 있는 학생들의 심리를 드러낼 때 진짜-가짜의 인물 창조는 학습자의 글쓰기를 학습함과 동시에 학습자의 고민을 해소할 수 있는 방법이 될 것이다.

또한, 「옹고집뎐」의 패러디는 환상성을 다룰 수 있으므로 세심한 배려가 필요하다. 패러디 읽기에서 다루지는 못했으나 「금오신화」의 경우도 학습자들이 관심을 지니고 있는 환상성이 드러나기에 적절히 이용할 수 있을 것이다. 이때 교사는 환상성에 대한 정의를 설명하면서 무협지와 환타지 소설을 탐닉하는 독서 현황을 비판적 시선으로 지적할 수 있어야 한다. 교사가 설명해 주는 것으로 충분하지 않을 때는 학습자의 발표를 통해 보완할 수도 있다. 교사의 지적이나 비판적 내용이 길면 문화적 능력의 고양보다는 또 하나의 억압이 되기 쉽고, 발견적이라기보다는 교훈적인 것으로 여겨지기 때문이다. 대중문화 텍스트의 해독을 교사가 학생들에게 깨우쳐 주어야 한다고 생각하는 것은 여전히 학생들을 계몽의 대상으로만 한정한다는 이유에서만이 아니라, 대중문화를 교육에 도입하고자 한 근본 의의와 모순된다는 점에서도 거부되어야 한다.[26] 따라서 학생들이 비판의 시선을 가질 수 있도록 하는 것이 필요하다.

『소설가 구보씨의 일일』에서는 작중인물의 직업을 무엇으로 정하느냐 하는 것이 글의 방향을 좌우할 것이다. 인물은 행위의 주체이면서 사건과 갈등을 일으키는 출발점이 된다. 원작에서 '소설가'였다면 다른 예술가로 대체할 수 있을 것이다. '미술가', '음악가' 등등. 그러나 이렇게 원작의 작중인물이 예술가였으므로 패러디에서도 굳이 예술가로 정하는 것은 일종의 토포스에 구속되어 있는 것이다. 새롭게 등장할 수 있는 인물은 역시 학습자에게 달려 있다고 본다. 학습자가 앞으로 원하는 '직업'을 먼저 생각하고, 그것을 짧게 정리한 다음, 그것을 토대로 「○○○ ○○의 하루」로 시작할 수도 있을 것이다.

특히, 『소설가 구보씨의 일일』은 집단 소설 쓰기에 활용할 수 있는 텍스트이다. 한 반의 학생들에게 동일한 직업으로 설정하여 하루씩의 이야기를 적어 본 후에 이것을 한편으로 묶어 내면 최인훈의 소설처럼 구보씨가 1년 동안 겪었던 이야기와 유사해진다. 좀더 자유로운 방법으로는 조별 학습을 할 수도 있을 것이다. 5~6명으로 이루어진 조를 구성한 후, 각 조의 주인공 설정을 다르게 한다면 한 학급에서 『소설가 구보씨의 일일』로 나타나는 패러디 텍스트는 7~8편이 될 수 있을 것이다. 이것을 모두 윤독한다면 각기 다른 직업의 주인공들이 겪는 하루의 생활상은 학생들에게 흥미의 대상이며, 토론 수업으로 활용할 수도 있어 학습효과를 더욱 높일 것이다. 결국 학생들이 생산한 소설은 그들 자신을 비추는 거울이 된다. 따라서 소설 쓰기는 학생들의 자아정체성 찾기에 도움을 주리라고 본다. 학생들은 소설을 구성하면서, 특히 인물을 구성하면서 자아의 모습을 살필 수 있기 때문이다.

---

26) 정재찬, 『문학교육의 현상과 인식』, 역락, 2004, 58쪽.

5. 맺음말

이 글에서는 소설교육의 방법으로 패러디의 활용 가능성을 살펴보았다. 대상 텍스트는 최인훈의 「옹고집뎐」, 『소설가 구보씨의 일일』로 하였다. 패러디는 1990년대 중반 무렵 문학연구자들에게 학위논문의 테마로 연구된 문학이론이다. 그러나 '패러디'가 문화적으로 대중화되면서 학습자에게 패러디는 어려운 문학이론이기보다는 문화생활에서 익숙한 것이 현재의 실정이다. 그러므로 이러한 상황을 십분 활용한다면 소설 읽기와 소설 쓰기의 난제도 해소하면서 국어교과서나 문학 교과서에 수록된 텍스트를 좀더 쉽게 접근할 수 있을 것이다.

최인훈의 패러디는 원작이 고전들이기 때문에 친숙한 제명들이다. 따라서 학습자에게 원작과의 비평적 거리를 찾아내는 데에 관심을 집중시킬 수 있을 것이다. 「옹고집뎐」은 실직 상태에 있는 가장 옹고집의 '또 다른 자아'를 등장시켜 주변부 인생으로 전락한 소시민의 모습을 드러내는 작품이다. 『소설가 구보씨의 일일』은 '의식의 흐름'이 잘 드러난 패러디로서 작가의 탈식민성을 드러내고 있다. 1930년대 박태원의 원작에서 구보가 개인적인 문제에 경사되었다면 최인훈의 구보는 시대정신을 반영한 인물로 그려져 있다. 그는 사회·역사적 부조리를 국내외적으로 통찰한 후 그것을 재식민화의 모습으로 보고 있다. 그것을 극복하는 방법으로 전통문화를 강조하여 상고주의적 태도를 보인다.

이와 같은 읽기를 학습한 후 소설 쓰기로 연계할 수 있다. 「옹고집뎐」은 분량이 짧은 엽편소설로, 학습자들의 관심이 지대한 환상소설로 쓰기를 지도할 수 있다. 『소설가 구보씨의 일일』은 집단 소설 쓰기로 지도하여, 조별 학습을 이룰 수 있다. 창작 활동에 있어서는 인물의 설정을 중시하였다. 그럴 경우에 「옹고집뎐」에서는 학습자의 당면한 고민을 엿볼 수 있으며, 『소설가 구보씨의 일일』에서는 집단 소설을 창작함으로써 학생들의 자아 반영이 된 '인물'을 통해 주체 형성 과정을 탐색할 수 있을 것이다.

『심청전』의 현재적 변모 양상에 대한 연구

1. 머리말

『심청전』은 『춘향전』과 함께 많은 독자들에게 널리 읽혀진, 또는 줄거리를 잘 알고 있는 고소설이다. 백여 종의 이본[1]이 있는 이 작품은 패러디도 다양하다. 채만식, 최인훈, 이청준, 황석영 등으로 패러디 계보를 잇고 있다. 이는 원전의 문학적 '생명력'을 입증하는 예가 될 것이다. 심청전을 패러디한 작가는 자신의 '당대'를 해석해내기 위해 구조와 인물의 재생이 절실했을지 모른다. 이 글은 여기에서 시작한다. 원작이 지니고 있는 구조와 인물의 어떤 미덕이 이렇게 많은 작가들을 사로잡고 있는지 분석한 것이다.

이 글에서는 『심청전』을 패러디한 현대 작품에 초점이 있기 때문에 원작에 대한 특성은 고전문학 연구자들의 합의된 논의점에 의존하고자 한다.

이 작품은 앞서도 밝혔듯이 이본이 방대하다. 그만큼 이본 사이에는

---

1) 최운식, 최동현·유영대 편, 「〈심청전〉의 구조와 의미」, 『심청전 연구』, 태학사, 1999, 78쪽.

내용과 인물의 편차가 심하게 드러난다. 이본은 내용상 세 계열로 나눌 수 있다. 한남본, 송동본, 완판본 계열이 그것이다. 태몽설화, 효행설화, 인신공희설화, 재생설화, 개안설화 등을 배경설화로 하여 한남본이 가장 먼저 성립되고, 이것이 판소리와 관련을 맺으면서, 송동본, 완판본으로 변화된 것이라 본다. 따라서 『심청전』의 논의는 세 계열의 모든 이본이 공통적으로 지니고 있는 '공통 단락', 예컨대 심청의 출생, 심청의 성장과 효행, 심청의 죽음과 재생, 부녀상봉과 개안, 심청이 천상계로 돌아감 등을 논의하는 것이 가장 합리적이라 생각한다.[2] 이와 같이 이본이 다양하기 때문에 현대작가가 어느 판본을 원작으로 하였느냐에 따라 패러디 양상도 크게 달라진다. 공통적인 내용에서 벗어난 내용이 이본에는 상당하기 때문이다. 이 글에서도 그러한 점을 밝히게 될 것이다.

『심청전』의 이본 중에서 가장 큰 차이는 문장체 『심청전』과 판소리체 『심청전』에서 나타난다. 전자에 해당하는 경판 24장본 내지 26장본 『심청전』은 명실상부한 『심청전』으로서 '심청'이 사건의 중심이다. 그러나 판소리 문학본 『심청전』은 '심봉사'를 중심으로 하고 있기에 「심봉사전」의 모습을 띠고 있다. 당연히 그 내용과 인물에서 변화가 클 수밖에 없다. 심청전→심봉사전, 천상성→지상성, 신성성→세속성, 양반성→서민성, 비장성→골계성, 신 중심의 세계관→인간 중심의 세계관 등을 반영하는 작품으로 전이되고 있음을 볼 수 있다. 이와 같은 변화는 문장체인 개인작 소설에 해당하는 경판 24장본 『심청전』이 판소리체인 그 밖의 『심청전』 이본보다 앞선 것에서 그 이유를 찾을 수 있다.[3]

---

2) 최운식, 앞의 글, 78-83쪽 참조함.

3) 성찬경, 최동현 · 유영대 편, 「〈심청전〉론 (2)」, 『심청전 연구』, 태학사, 1999, 130-134쪽 참조.

『심청전』의 현재적 변모 양상을 논하기 전에 패러디에 대한 이론적 고찰을 살펴보는 것이 선결 과제가 될 것이다.

패러디(Parody)는 원작을 재구성하는 창조적 모방이다. 원작에 대한 비판이나 풍자에서부터 작가에 대한 비판까지 나타낼 수 있으므로 패러디 작가의 비판적 태도를 알 수 있다. 즉 패러디 작가가 세상을 보는 눈, 작가적 사명, 문학관 등이 패러디 속에 고스란히 드러나는 문학 양식이라 하겠다. 따라서 창작과 비평적 함의를 동시에 지니는 서사전략이라 할 수 있다. 이처럼 패러디의 범주는 어휘나 문체, 어조, 구성 등의 형식적인 요소들과 함께 주제적인 측면, 작가적 인식까지 광범위한 영역을 포함한다.

패러디 작가가 어떤 태도를 견지하느냐에 따라 패러디의 성격이 달라진다. 즉 패러디 작가가 원작에 대해 친화적 입장을 보이면 원텍스트에 내재한 이데올로기를 승인하게 된다. 따라서 원텍스트의 계승이나 의미 확장[4]에 치중한다. 그러나 원작에 대해 비판적 입장을 보이게 될 때는 원작의 이데올로기에 저항하며 원텍스트의 새로운 해석이나 비판적 개작에 주력하게 되는 것이다.[5]

현대의 패러디 작가들은 비평적 독자인 셈이다. 이러한 독자의 입장에서 원작의 주제나 형식, 문체, 제재 등을 당대의 감수성에 따라 새롭게 해석하여 자신의 창조성을 확보한다. '차이가 있는 반복'[6]에서 '반복'이 문학의 근간이라고 한다면 '차이'는 작가의 '비평적 거리'로서 후배 작가들이 패러디를 하는 이유가 이 속에 담겨 있다.

이 글에서 다루게 될 『심청전』의 현재적 변모 양상은 채만식, 최인

---

4) 정끝별, 『패러디 시학』, 문학세계사, 1997, 69쪽.
5) 이미란, 『한국현대소설과 패러디』, 국학자료원, 1999, 11쪽.
6) 린다 허천, 김상구·윤여복 옮김, 『패로디 이론』, 문예출판사, 1993, 36쪽.

훈, 황석영의 문학관과 작가의 당대 상황에 의해 그 편차가 심하게 드러날 것은 예상할 수 있는 일이기에 그 양상이 지닌 의미에 관심을 두게 된다.[7] 세 명의 작가들이 발표한 패러디는 공교롭게도 그 시차가 한 세대를 이룬다. 이러한 시간적 격차는 패러디와 당대 사회와의 관계를 보여주기에 충분하다고 본다. 각 작가들이 고전을 현대로 옮겨오면서 일반적이고 보편화 되어버린 '심청'의 고정된 틀을 깨뜨리는 것은 당대를 살아가는 작가 자신의 경험세계와 현실인식을 표출한 흔적이다. 이러한 흔적의 발견과 그 의미를 천착하는 것이 바로 원전과 패러디의 생존력을 확인하는 것이며, 이는 현대문학과 고전문학의 계승점을 확인하는 계기도 될 것이다.

2. 부정적 현실의 비극적 知識人: 채만식의 「심봉사」 계열

채만식은 고전 『심청전』을 가지고 10여 년 동안 세 차례나 패러디하였다. 희곡 두 편, 미완의 중편소설 1편이 그것인데, 제목은 모두 「심봉사」이다. 제명에서 '심봉사'를 주인공으로 표방하고 있듯이, 실제 작품에서 '심청'의 존재는 미미하다. 따라서 채만식의 패러디에서는 '심봉사'의 성격 창조가 초점이 된다.

1936년에 발표한 첫 번째 패러디 「심봉사」는 7막 20장으로 된 희곡으로서, 전체적인 구성은 원작 『심청전』과 유사하다. 장편소설에 해당하는 이러한 서사적 전개는 연극으로서의 實演은 불가능한 레제 드라마의 성격이 강하다. 줄거리를 모두 알고 있는 관객들에게 다소 지루한

---

7) 이청준의 패러디를 제외한 것은 동화로서 각색한 것이기에 이 글의 논의와는 다소 거리가 있어서이다.

작품이라 할 수 있다. 그러나 채만식이 이런 고전의 줄거리를 단순히 반복하기 위하여 패러디를 하지는 않았을 것이다. 그의 패러디에 대한 포부는 희곡의 附記에서 잘 나타나고 있다. 그는 "……「심청전」의 커다란 底流(저류)가 되어 있는 불교의 '눈에 아니 보이는 힘'을 완전히 말살 무시한 것, 그리고 특히 재래 「심청전」의 전통으로 보아 너무도 대담하게 결막을 지은 것"[8]이 자신의 패러디에서 주목할 부분이라고 언급하고 있다. 이때 '눈에 아니 보이는 힘'을 무시한다는 것은 불교의 '인과응보' 사상이 중세 시대에는 지배적 사상이 될 수 있었겠지만 식민지 현실에서는 부합되지 않고 있음을 드러낸 것이다. 이런 연유에서 '심청'을 중심인물로 삼지 않은 듯 하다. 이 작품이 주목받을 부분은 가장 극적인 의미가 집중되는 결말이다.

> 장승상 부인: 여보, 심생원 그런 게 아니라 심청이는, 정말 심청
> 　　　　　　 이는 저 임당수에서…….
>
> 심봉사: 네, 임당수에서? 아니 아까 그건?
>
> 장승상 부인: 아까 그건 거짓말 심청이고 그래서 심생원이 눈을
> 　　　　　　 뜨니까 질겁을 해서 달아났다우. 그리고 정말 심청이는,
> 　　　　　　 여보 심생원 정말 심청이는 임당수에서 아주 영영 죽
> 　　　　　　 었…….
>
> 심봉사: (자기 손가락으로 두 눈을 칵 찌르면서 엎으러진다) 아이
> 　　　　 구 이놈의 눈구먹! 딸을 잡아먹은 놈의 눈구먹! 아주 눈알
> 　　　　 맹이채 빠져버려라. (마디 마디 사무치게 운다) 아이구우
> 　　　　 아이구우.[9]

---

8) 채만식, 『채만식전집 9』, 창작과비평사, 1989, 101쪽.
9) 채만식, 앞의 책, 100–101쪽.

원작과 비교해 볼 때 「심봉사」는 결말 부분에서 극적인 반전과 변형을 보이고 있다. 심청이 살아 있다는 말에 눈을 뜬 심봉사는 그 심청이 가짜임을 알고 스스로 눈을 찔러 실명의 상태로 돌아간다. 자신의 開眼 욕망이 소중한 딸을 죽게 했다는 자책감이 극단적인 행동을 유발한 것이다. 심청의 죽음을 안 심봉사의 이런 반응은 원작에 없는 것으로서 채만식만의 재구성이다. 특히 심봉사가 스스로 눈을 멀게 하는 자해 장면은 세 번째 패러디에서도 동일한 행위로 그려짐으로써 심봉사의 주체적인 자해 행위가 채만식 패러디의 의미발견에서 주요한 모티프임을 알 수 있다.

외디푸스 신화를 일부분 패러디한 심봉사의 자해 행위는 「심봉사」에서 두 가지 의미로 해석이 가능하다. 하나는 인간의 욕망을 억제하지 못한 자신에 대한 처벌로 볼 수 있다. 즉 자신의 불구를 벗어나려는 집착과 욕망이 결국 딸 심청을 죽게 했다는 죄의식이 스스로를 처벌한 것이다. 또 하나는 절망적인 현실에 대한 거부이다. 심봉사의 눈을 뜨게 만든 힘은 딸을 보고자 하는 열망이었다. 그러나 눈을 뜬 현실에서 그 딸은 가짜로 판명된다. 딸이 가짜라는 사실은 심봉사의 희망을 일거에 무너뜨리는 냉혹한 현실이다. 따라서 그 참담한 현실을 심봉사는 보지 않으려 한 것이다. 그 거부가 눈을 멀게 하는 자해 행위로[10] 표출되었다.

이런 심봉사의 행위는 심봉사 개인적인 차원뿐만 아니라 당시의 시대적인 문맥에서도 해석이 가능하다. 심봉사가 자신을 처벌한 의미는 나라를 일본에 빼앗긴 몽매한 선조들에 대한 비판으로 볼 수 있다. 비약적이긴 하지만 논리성을 찾을 수 있다. 먼저, 선비인 심봉사가 '눈이

---

10) 배봉기, 「희곡 작품에 나타난 역사의식」, 『채만식 문학 연구』, 국어국문학회 편, 한국문화사, 1997, 182-183쪽.

먼' 상황이 된 것은 현실을 제대로 파악하지 못한 개화기의 지식인으로 볼 수 있을 것이다. 개안에 대한 욕망 때문에 혈육을 사지에 몰아넣은 심봉사는 개화기의 지식인과 유사하다. 현실을 정확히 인식하지 못하면서도 개화, 근대화, 신문명에 대한 동경을 지닌 지식인들의 과도한 욕망이 나라를 잃게 되는 과정과 동일하다고 볼 수 있기 때문이다. 따라서 마지막에 심봉사의 자해는 지식인의 자각과 반성의 태도로 볼 수 있다. 채만식은 「심봉사」를 통해 당시 일제 시대의 역사적 현실에 대한 냉철한 해석을 드러낸 것이다. 역사적 현실에 강한 저항과 거부, 그리고 나아가 새로운 역사에 대한 갈망이 극적으로 표출된 것이다.[11]

채만식의 두 번째 패러디는 소설 「심봉사」이다. 이 소설은 4회까지 연재되다 중단되었다. 희곡에서 소설로 전환한 것은 첫 번째 「심봉사」가 희곡임에도 불구하고 완판 71장본 「심청전」과 유사하여 극적 긴장감이 떨어지고, 實演과는 거리가 있음을 의식했기에 소설로 전환했으리라 본다.

소설 「심봉사」의 패러디는 '심봉사'의 세속적 성격을 한층 구체화시키고 있다. 이 작품에 이르러 심봉사는 허구적, 소설적 존재를 넘어 역사적 실존성을 부여받은 존재로까지 변모한다. 채만식은 여기서 화자의 목소리를 빌어 심봉사가 눈을 뜨고 싶어 하는 욕망은 자녀를 두고 싶은 욕망보다도 더 큰 것이라고 말한다. 이러한 근거는 이 작품 2장의 제목이 '슬픈 代償'이라는 것에서 유추할 수 있다. 자식에 대한 소망 때문에 아내 곽씨 부인이 희생양이 되었고, 이제 과거 급제를 위한 개안 욕망이 아내를 대신한 '딸'을 '代償'으로 한 것일 때, 그의 욕망은 인간 존재에 대한 탐구로 볼 수 있다. 방민호는 이 점에 착안하여 이 작

---

11) 배봉기, 위의 글, 183쪽.

품이 연재가 중단되지 않고 완성을 볼 수 있었다면 "장대하면서도 비극적인 서사적 드라마"[12]가 되었을 것이라고 지적하였다. 그러한 근거는 이 작품의 '서장'에 등장하는 신들의 대화에서 암시받을 수 있다. "인간세계의 운명을 맡아보는 신 양주"의 이야기를 통해서 드러나듯이, 심봉사는 하나의 실험적 인물이라 할 수 있다. 인간세계의 운명을 담당하는 신들은 "대체 그 인간들이 비극이라는 걸 얼마침이나 견디어내는 끈기가 있을"지에(165쪽) 대해 의문을 제기하면서, 그것을 심봉사를 통해 보여주겠다는 것이다. 따라서 이 소설이 비극적 인간의 탐색기라는 것을 알 수 있다. 이와 같은 비극적 인간의 탐색은 식민지 말기의 지식인에게 '절망적' 현실은 어디까지이며, 그것을 어떻게 견뎌내야 하는가에 대한 탐구라 하겠다.

채만식은 「심봉사」의 시공간적 배경을 고려조로 설정하였지만 그 성격은 근대적 인간으로 그려내고 있다. 욕망의 실현을 위해 타인을 그 수단이나 매개물로 전락시키고 마침내는 자신도 파멸해 버리는 근대적 인간의 어리석음을 보여주고자 한 것이다. 이는 이미 그의 『탁류』에서도 도저하게 보여준 주제라 하겠다. 『탁류』의 여주인공 초봉이가 고태수와 결혼하고 파멸하는 과정은 근대적 인간의 어리석음을 지닌 아버지 '정주사'의 판단 때문이다. 정주사와 심봉사는 동궤에 있는 인물이라 할 수 있다. 이 작품은 미완이기 때문에 심청을 희생시키는 아버지의 강한 욕망을 드러내는 부분까지만 보인다.

마지막으로 씌어진 패러디는 다시 희곡으로 되돌아간다. 첫 번째 희곡이 7막 20장에 달했던 것에 비해 훨씬 간결한 구조인 3막 6장의 작품이다. 세 번째 패러디 「심봉사」에는 새로운 인물이 등장한다. 송달과

---

12) 방민호, 『채만식과 조선적 근대문학의 구상』, 소명출판, 2003, 184쪽.

홍녀, 상당히 세속적인 화주승이 그들이다. 먼저 심청의 애인으로 등장하는 송달은 원전에 없는 인물이다. 심청의 정혼자인 그를 통해 심청의 인간적 고뇌를 증폭시키고, 심청이 한창 사랑을 속삭여야 할 꽃다운 소녀임을 환기시킨다. 따라서 심청을 희생으로 이끄는 이기심과 폭력성에 대한 작자의 비판의 강도가 느껴진다.[13] 심청에게 이성과의 사랑이라는 모티프를 부여함으로써 심봉사의 부질없는 욕망이 젊은이들의 사랑을 좌절로 몰아간다는 사실을 부각시키고 있다. "죽었어두 살았으나 다름없습니다. 만대나 살 효성아녜요?"(196쪽)라는 송달의 대사는 심봉사에 대한 비난의 뜻을 드러내고 있어 이 작품이 해방 직후의 신구세대 갈등의 문제를 내포하고 있음도 보여준다. 이는 이 작품이 시대적인 문제를 의식한 작품임을 의미한다.[14] 송달은 합리적인 사고방식을 가진 건실한 청년으로서 식민지 시대가 요구한 새로운 세대의 모습이라 할 수 있다. 그는 부처님께 시주를 하면 눈을 뜰 수 있다는 말을 믿지 않으며, 가난한 사람에게 공양미 삼백 석을 요구하는 행위는 우매한 백성을 현혹하는 것이라 생각한다. 심청의 **賣身**이 오히려 진정한 효가 될 수 없다고 심청을 설득하기도 한다. 이러한 합리적이고 현실적인 사고 방식을 가진 송달을 통하여 채만식은 원전의 비현실적이고 초월적인 세계관을 부정[15]하기보다는 당대 구세대의 보수적이고 비합리적인 사고방식을 부정하고 있다.

이 작품에서 탁발승은 주목할 만하다. 채만식의 패러디 의도가 엿보이는 인물이기 때문이다. 원전의 화주승과 달리 「심봉사」의 탁발승은 지극히 세속적이다. 심봉사의 개안에 대한 강한 열망과 탁발승의 사기

---

13) 김정숙, 「심청전 패러디 연구」, 군산대 석사학위 논문, 2000, 20쪽.
14) 방민호, 앞의 책, 186쪽.
15) 김정숙, 위의 글, 44쪽.

성이 농후한 행위가 심청을 희생시킨 원인이 되는데 이는 이기적인 세상의 폭력에 의해 연약한 존재들이 희생되고 있음을 드러낸 것이다. 채만식은 탁발승의 패러디를 통하여 종교인이 순진하고 우매한 민중을 교활하게 우롱하고 이용하는 현실을 풍자한다. 당시 불교계의 친일적 행위를 비롯한 부패는 심각한 상황이었다.

세 번째 패러디 희곡의 '심봉사'는 현실성이 결여된 지식인으로서의 면모가 두드러진다. 1막 시작에서 심봉사는 『맹자』의 公孫추장을 읽다가 助長에 관한 일화에서 막힌다. 이 부분은 이 글 전체를 암시한다고 할 수 있다. 심봉사의 과거급제에 대한 욕망은 곧 개안에 대한 무리한 욕망을 불러일으킨다. 과거를 향한 집념, 개안에 대한 현실성 없는 욕망은 곧 심청의 희생으로 이어진다. 송나라 농부가 곡식을 빨리 자라게 하기 위해서 무리하게 곡식의 싹을 잡아 당겨 결국 곡식을 죽게 만들었듯이, 심봉사는 실현 가능성이 희박한 꿈 때문에 자식을 희생시킨 것이다. 중국 고전을 인용한 주제의 표출은 『태평천하』의 방식에서도 유사함을 볼 수 있다.[16] 첫 번째 패러디와 마찬가지로 심봉사는 심청의 죽음을 알고 잠시 개안했던 두 눈을 자해한다. 이는 무능력한 지식인이 보이는 처절한 자기반성이며 각성이다.

채만식의 패러디에서 심청의 재생, 귀향은 보이지 않는다. 이것은 원작의 기저에 놓인 중세적인 이원적 사유에서 채만식은 벗어나 있기 때문이다. 원작의 순환구조가 배제된 것은 식민지 당대, 특히 말기의 암흑기는 초월세계가 구현되기 어려운 절망적인 현실로 인식되기 때문이다. 또한 채만식은 '지식인'의 삶의 자세에 관심을 두었기 때문에 '심

---

16) 『태평천하』의 마지막 장 소제목은 「亡秦者는 胡也니라」이다. 이 제목은 윤직원의 몰락이 가정 내부에서 비롯하는 것을 진나라의 멸망이 진시황제의 아들 '호'에서 비롯된다는 역사를 인유하여 드러낸 것이다. 이와 같은 글쓰기가 「심봉사」와 유사하다.

봉사'의 디테일한 모습 구현에 치중했을 수도 있다. 채만식의 세 편의 패러디는 모두 욕망이 강한 '심봉사'를 통해 근대적인 세속인의 종말을 보여준다. 그러나 채만식이 추구한 「심청전」의 세속화는 그만의 독특한 발상은 아니다. 그가 완판본 판소리체『심청전』을 원전으로 삼았다면 충분히 나타날 수 있는 구성이다. 앞에서 이미 보았듯 판소리체『심청전』은 「심봉사전」이라고 할 만큼 '심학규'에 맞추어져 있다. 채만식은 경판본 문장체보다 완판본 판소리에 더 친숙할 수 있는 독자이다. 그의 고향이 판소리의 고장이며 그의 다른 작품에서도 판소리의 미학을 계승하고 있다는 것은 합의된 부분이다. 그리고 채만식은 '지식인'의 삶에 관심이 있는 작가이다. 그러므로 자연히 심청보다는 '심봉사'에게 관심이 있을 것으로 본다. 심봉사에게 초점을 맞춤으로써 그는 인과응보에 의해 그 삶이 결정된 중세적 인간이 아니라 스스로 운명을 초래하는 인간, 선악의 도덕률에 지배되는 인간이 아니라 욕망에 이끌리고 열정적으로 그것을 추구하다가 그것에 지배되고 마침내 파멸하기까지 하는 인간, 즉 극히 근대적인 인간의 형상을 그려[17]낼 수 있기 때문이다.

채만식의 패러디는 입신의 욕망이 강한 심봉사의 내면세계를 전면화시킴으로써 원작과는 다른 충격적인 파국을 끌어내어 근대적 인간의 욕망, 타락이 파멸로 치닫는 비극적 종말을 극적으로 재현하고 있다. 이는 비합리적인 지식인의 모습이라 할 수 있다 이 작품은 일제 말에서 해방 공간에 이르는 시대를 살아간 인간 군상들의 내적 결함을 보편적으로 드러내고 비판하는, 또 작가 자신의 행적마저도 함께 비판하고 반성하는 의미를 함축할 수 있었다.[18]

---

17) 방민호, 앞의 책, 178쪽.
18) 방민호, 앞의 책, 188쪽.

3. 부조리한 현실의 代贖者: 최인훈의 「달아 달아 밝은 달아」

고전 『심청전』의 패러디로 다룰 두 번째는 최인훈의 희곡 「달아 달아 밝은 달아」(1978)이다. 최인훈은 채만식과 황석영의 중간 지점에 위치한 입지의 특성상 두 작가의 교량적인 모습을 띠고 있다. 그러나 '교량'으로서의 성격보다는 그의 패러디 작가로서의 창의성과 희곡 장르의 특성을 살린 점을 천착해야 할 것이다. 먼저 최인훈은 세 작가 중에서 가장 많은 패러디를 창작한 작가[19]이다. 이점은 그가 패러디의 기능에 대해 고민과 연구를 많이 한 증거가 될 수도 있다. 최인훈은 자신의 패러디적 글쓰기를 "미학의 방법론에 도달하기 위한 나침반으로 삼을 수 있었던 것"[20]이라고 고백하였다. 그가 밝힌 패러디를 하게 된 이유는 원작이 지닌 구조의 미학에 관심을 둔 것이다. 이점을 「달아 달아 밝은 달아」에서 살펴보면 원작의 구조를 차용하되 이를 현대적으로 변용함으로써 '낯설게 하기'의 한 방법을 선보였다고 할 수 있다.

「달아 달아 밝은 달아」는 그간 최인훈이 창작한 패러디의 원숙함을 희곡 장르에서 드러낸 것이다. 이는 장르의 특성인 연극성을 치밀하게 보여준 것을 의미한다. 앞서 살핀 채만식의 희곡이 상연이 불가능한 것과는 대조적인 모습이다. 그의 희곡에 대한 관심은 지대하다. 작가의 서술적 개입이 차단되는 희곡 장르의 특성[21]을 통해 극의 압축과 대사

---

19) 최인훈의 패러디 작품을 보면 다음과 같다. 「금오신화」, 「옹고집뎐」, 「춘향뎐」, 「놀부뎐」, 「열하일기」, 「구운몽」, 「서유기」, 「크리스마스캐럴」 등은 소설이고, 「어디서 무엇이 되어 만나랴」, 「둥둥 낙랑둥」, 「옛날 옛적에 훠어이 훠이」 등은 설화를 패러디한 희곡이다.

20) 김인호, 『해체와 저항의 서사』, 문학과지성사, 2004, 288쪽.

21) "직감적으로 희곡이란 희곡 대본을 쓴 사람의 힘, 연극하는 배우의 힘, 이런 것을 넘

의 유연성을 살려 관념 이전의 인간의 삶 자체에서 파생되는 비극에 대하여 새로운 해석을 시도하고자 한다.

최인훈의 패러디는 원작과의 차이성이 워낙 크므로 차이성의 발견에 의의를 두기보다는 그 의미를 천착하는 것이 더 중요하다고 본다. 이 글의 논의를 위해 서사전개를 간략히 요약하면 다음과 같다. 최인훈의 희곡은 장막 구분이 없기에 내용상 구분하여 3막으로 분절하였다.

(1막)

① 심봉사는 부처님과의 약속을 이행하지 않아 저승사자에게 끌려가는 가위에 눌리고, 심청에게 공양미 삼백석에 대한 이야기를 실토한다.

② 심청은 뺑덕어미 주선으로 남경 상인들에게 기생으로 팔려간다.

③ 심봉사는 뺑덕어미에게 심청이 떠나는 날 장면을 재연하게 한다.

④ 뺑덕어미는 자신과 심봉사, 심청이 합의하여 '기생'이 된 것을 말하며 심청의 행위를 합리화한다.

⑤ 뺑덕어미는 심봉사와 함께 재산을 가지고 색주가를 차리자고 제안, 고향 황주 도화동을 떠난다.

(2막)

① 심청은 대국 색주가 '용궁'에서 뭇사내들에게 성적으로 유린

어선 가외의 힘이 보태지는 장르라고 봐요. 형식 자체가 가지고 있는 창출력, 혹은 축적된 그것 자체의 양식화의 능력, 양식이 갖고 있는 표현은 다 못할망정, 표현을 증폭시켜 주는 개방성, 그런 것이 있는 것 같아요." 최인훈, 「하늘의 뜻과 인간의 뜻」, 『문학과 이데올로기』, 문학과지성사, 1998, 383-384쪽.

당한다.

② 심청은 조선 사람 김서방을 만나 사랑을 하고, 먼저 고국으로
떠나는 길에 해적들을 만나 봉변당한다.

(3막)

① 해적들이 임진왜란에 참전하면서 심청은 고향 황주 도화동으
로 돌아온다.

② 고국은 임진왜란 중이며, 불신감이 팽배하다.

③ 할머니가 된 심청은 아이들에게 조롱받지만 여전히 아버지와
김서방을 기다린다.

위와 같은 서사전개의 의미가 무엇인지 발견하면서 최인훈 패러디의
특성을 살펴보겠다. 먼저, 「달아 달아 밝은 달아」에서 원작에 익숙한
독자들에게 충격과 당혹감을 줄 수 있는 부분은, 효의 상징이자 권선징
악의 표본으로 여겨졌던 심청이 '창녀'로 패러디 되었다는 점이다. 1막
에서 심청이가 '기생'이 될 수밖에 없는 사연의 개연성이 나타난다. 장
승상 댁의 소실로도 들어 갈 수 없는 처지에서 자신의 목숨을 내놓지
않은 상태로 아버지를 구할 수 있는 방법은 '기생'이 되는 길밖에 없
다. 그리고 이것을 주선한 인물은 뺑덕어미이다. 심청의 비장한 결단도
삶의 현실을 인식하도록 한 뺑덕어미에 의해 이루어진 것이다. 채만식
의 희곡에서 '심봉사'의 성격이 강화되었다면 최인훈의 희곡은 '뺑덕
어미'를 강화시키고 있다. 뺑덕어미는 이 작품에서 골계적인 인물로서,
선비인 심봉사마저도 골계화시키는 인물이다. 원작에서 그려진 '추악
한 여인, 부도덕한 아내, 유랑하는 서민상'[22)과는 다소 거리가 있다. 뺑
덕어미가 딸을 판 자책감에 시달리는 심봉사를 위로하는 말에서 그녀

의 인생관이 드러난다.

> 뺑덕어미: 부처님 앞에 공양미 삼백석을 바치면 눈이 떠진다고
> 하나 그 말을 어찌 믿겠소? 그러니 삼백석 한 무더기로
> 바칠 게 아니라 백 오십 석만 바치면 눈 하나는 뜰 것이
> 아니오, 내가 봉사 어른 눈보고 모시려는 몸이 아니니 나
> 만 좋다면 외눈인들 어떠하오?
>
> 심봉사: 자네가 가히 제갈공명 뺨치겠고 왕소군이 울고 가겠소.
>
> 뺑덕어미: (중략) 사정모르는 동네 사람들이 딸이 대국 청루에 몸
> 을 팔아 얻은 공양미 삼백 석을 가로챘다 이러쿵저러쿵
> 입방아를 찧어싸니 천지가 황주 도화동뿐이 아닌데 이놈
> 의 고장 훨훨 떠나 봉사님과 이 뺑덕어미 한 쌍 원앙되어
> 돈 있으면 고향이요 대처 찾아 자리잡고 백오십 석 밑천
> 으로 색주가나 차리고 보면 이 몸의 화용월태 뭇나비들이
> 여름 부나비 불을 쫓아 모이듯 모여들 게 아니오.
>
> 심봉사: 색주가가 원수련가, 색주가에 딸 판 놈이 색주가로 밥먹
> 자니
>
> 뺑덕어미: 마오마오 봉사님 편한 소리 마오 재주가 공명이요 기
> 운이 장비로되 남창여수 이 세월에 여자 몸을 타고 나니
> 하늘만이 아는 씨앗 그 어디다 꽃피울고 색주가 타박 마
> 오 청이로 말하면 대국나라 색주가 고대 광실 높은 집에
> 분단장을 고이하고 밤마다 저녁마다 풍류 남자 맞고예니
> 도화동 이 구석에서 비렁뱅이 한평생에 비할 건가?[23]

---

22) 정하영, 최동현 · 유영대 편, 「『심청전』에 나타난 악인상-뺑덕어미론-」, 『심청전 연
구』, 태학사, 1999, 356-368쪽 참조.

빵덕어미는 심청과 심봉사를 살리는 점에서 양가적인 성격을 드러낸다. 빵덕어미는 원작과는 달리 추악한 외모가 아닌 '화용월태'의 미인으로 그려지면서, 현실적이고 타산적인 여성으로 변모한다. 심봉사의 후취로서 곽씨부인과는 다른 방식으로 심봉사의 삶에 영향을 끼친다. 곽씨부인이 완벽한 보살핌으로 심봉사의 결함을 보완해준 현모양처라면 빵덕어미는 현실적이고, 합리적인 사고로 궁핍에서 벗어나는 길을 모색한 인물이기 때문에 부정적인 인물로만 보기는 어렵다. 이로 볼 때 빵덕어미는 양가적인 인물이라 할 수 있다. 심청을 '기생'으로 파는 것과 자신이 색주가를 운영하겠다는 점에서 여성의 '몸'이 수단이 되는 사회를 파악하고 그것을 역이용하는 인물이다. 이것을 긍정적으로 보자면 적극적이고 능동적인 삶의 자세를 가지고 있는 인물로 해석할 수도 있다. 그러나 인생의 목적을 물질적인 것에 가치를 두는 점에서는 부정적 모습을 동시에 갖기도 한다.

심봉사는 선비로서 지닌 점잖음, 신중함, 학식 등 유교 윤리의 외적 표현들이 빵덕어미로 인해 파괴된다. 어떠한 이념적인 전제도 갖지 않음으로써 삶의 현실을 긍정하는 골계적인 인물로 전환되어, 심청이가 상정한 숭고한 부친과는 판이하게 달라진다.[24] 또한 빵덕어미는 이 작품의 상연을 전제로 할 때 극적인 인물이 되며, 이 작품 1막의 성격을 희극화시킨다. 판소리는 비극적 요소와 희극적 요소의 적절한 배합으로 구성되어 있다. 비극적 요소가 청중의 감정을 긴장시키는 기능을 한다면, 희극적 요소는 그것을 이완시키는 기능을 한다. 긴장과 이완의

---

23) 최인훈, 「달아 달아 밝은 달아」, 『옛날 옛적에 훠어이 훠이』 최인훈 전집 10, 문학과 지성사, 1998, 270쪽. 이하 인용문은 페이지수만 표기한다.
24) 조동일, 최동현·유영대 편, 「「심청전」에 나타난 비장과 골계」, 『심청전 연구』, 태학사, 1999, 300쪽.

교차적 반복을 통해서 판소리는 청중들을 이야기 속으로 끌어들인다. 따라서 최인훈 희곡 1막에 나타나는 희극적 요소는 2, 3막에 이어질 비극적 요소를 더욱 부각시킬 수도 있고, 줄거리를 이미 알고 있는 패러디 극의 청중을 극 속으로 흡입할 수 있는 효과를 지닐 수도 있다. 이러한 희극적 성격이 뺑덕어미에 의해 유지되고, 심봉사에게도 전이된다.

최인훈 희곡 패러디에는 심청의 사랑이 나타난다. 이것은 작가의 소설에서 일관되게 나타난 비극적 세계인식[25]과 사랑에 의한 구원의 가능성을 탐색한 문학적 태도가 희곡에서도 그대로 이어지고 있음을 보여준 것이다. 대국 청루에서 수많은 남자들에게 성적 유린을 당하면서도 그런 삶을 견딜 수 있었던 것은 김서방과의 '사랑' 때문이다. "사랑과 시간"은 최인훈이 지속적으로 탐구해 온 주제인데 이 작품에서도 여전히 조명을 받고 있음이 드러난다.[26] 즉 '사랑'이야말로 심청이 궁극적으로 추구한 대상인 동시에 문제 해결의 유일한 열쇠로 제시되어 있다.

이 작품에서 심청이 있는 색주가의 상호는 '용궁'이며, 심청을 하룻밤 사기 위해 오는 손님들이나 후에 만나게 될 해적들은 모두 용으로 표현된다. 심지어 심봉사도 용띠로 등장한다. 따라서 원작에서 심청이 재생할 수 있었던 '용궁'의 이미지는 최인훈에게 역설적으로 패러디된

---

25) "최인훈의 비극적 세계관은 역사 발전에 회의적인 지식인의 사유 태도가 자초하는 불가피한 비관주의 따위의 혐의로 고정되는 것이 아니라, 역사 발전 같은 보편 차원, 그 '다음'이 또 다시 자아의 차원에서 문제되는, 따라서 궁극적으로 세계와의 안이한 화해가 결코 보장될 수 없는 불화정신을 낳은 것이다." 김주언, 「우리 소설에서의 비극의 변용과 생성-최인훈의 『회색인』·『서유기』를 중심으로」, 『비교문학』 제28집, 한국비교문학회, 2002, 259쪽.

26) 최인훈 소설의 "사랑과 시간"에 대한 논의는 졸고, 「최인훈 소설의 환상성 연구」, 한양대 박사학위 논문, 2003, 119-127쪽 참조 바람.

다. 용은 심청을 성적으로 착취하는 이미지이며, 용궁은 부활과 재생의 공간이 아닌 타락과 착취의 공간으로 제시된다.

3막에서 심청은 고향으로 돌아온다. 채만식의 패러디에서는 심청의 귀향, 귀국이 그려져 있지 않은 것과 대조를 이룬다. 최인훈이 형상화시킨 심청의 귀환은 '금의환향'의 모티프가 아니다. 심청이 만난 조국은 임진란으로 혼란스럽고, 용장 이순신은 죄인으로 압송되고 있다. 포졸들은 백성들이 이순신 장군에게 바치는 애정의 표현물인 담배, 음식물, 돈 등을 중간에서 착취한다. 이러한 작품의 현실은 작가 당대의 부조리한 현실과 겹쳐진다. 최인훈의 패러디는 '소설이란 타락한 세계에서 타락한 방법을 통한 진정한 가치의 추구'라고 한 루카치의 이론을 각인시킨다. 비록 시공간은 조선의 임진란으로 하고 있지만 조정의 상부부터 하부까지 부패한 모습들은 당대 현실의 부조리를 비유한 것이라 할 수 있다.

3막에서 노파가 된 심청은 소중하게 간직한 '거울'을 들여다본다. 그것은 인삼장수 김서방이 사랑의 정표로 준 것이다. '거울'이라는 것은 단순한 사랑의 정표를 넘어서 '성숙을 위한 하나의 탈피의 구체물'[27]로 김서방과 심청을 이어주는 정서적 유대감의 기호이다. 그러나 할머니가 된 심청이 꺼내든 거울은 '반동강짜리'이다. 김서방과 심청이 다시는 만날 수 없다는 사실을 암시하는 것이다. 비록 현실 속에선 거울에 비친 모습이 눈멀고 추한 갈보의 웃음이지만 심청의 환상은 옛날의 아름다운 자신을 보고 있다.

대국 청루 '용궁'에서 심청이 창녀로 살아가는 모습은 산업화, 독재화의 1960, 70년대의 부조리를 상징한 모습이라 할 수 있다. 「달아 달

---

27) 이재선, 『한국현대소설사』, 홍익사, 1979, 478쪽.

아 밝은 달아」는 현대의 산업화된 자본주의 체제하의 작품이기 때문에 화폐적 가치관이 부각되고 따라서 주인공의 갈등도 이러한 사회체제의 모순에서 비롯된 것임을 알 수 있다. 아버지를 위해 '기생'이 된 심청은 1960, 70년대에 가족을 위해, 또는 남자 형제를 위해 여공이 되고, 버스 차장이 되고, 술집 색시가 되어 가족을 부양한 '딸'의 모습이라 할 수 있다. 경제적 성장을 위해 철저히 '몸'으로 희생했던 '딸'들의 모습은 부조리한 현실의 대속자임에 틀림없다. 이를 드러내기 위해서는 등장 인물의 초인성과 비범성을 제거하는 것은 당연하고, 결말은 비극적이고 하향적 성향을 지닐 수밖에 없었다.

1970년대는 유신체제 하에서 분단은 고착화되며, 양적인 경제 성장 뒤에 가려진 사회적 불평등과 모순이 심화된 때이다. 이것은 내면적인 농민의 현실을 더욱 피폐된 현실로서 '이데올로기'에 의한 강제성과 횡포가 심해져 가던 부조리한 사회의 대속자를 심청의 이미지를 통해 형상화한 것이다. 이때에 침묵의 문학인 희곡으로의 전환은 서술을 극소화시키면서 대화와 대화 사이에 끊임없는 비약을 개입시킴으로 극 자체의 진전을 꾀하는 문학양식으로 최인훈에게 관심의 초점이 된 것은 어쩌면 당연할는지도 모른다.[28]

4. 탈식민적 현실과 代母: 황석영의 『심청』

황석영의 출옥 이후 세 번째 소설인 『심청』(2003)은 작가의 '생동성'과 인물의 '역동성'이 만난 작품이라 할 수 있다. 황석영의 심청은 바

---

28) 김치수, 「작가의 변모-최인훈의 「달아 달아 밝은 달아」」, 『문학과 비평의 구조』, 문학과지성사, 1984, 99쪽.

로 '역동성'에서 앞서 살펴 볼 패러디작품과 변별력을 갖는다. 원작의 플롯이 함유하는 '고향 벗어나기'는 작가의 상상력이 무한히 펼쳐질 수 있는 부분이다. 고향을 떠나는 동기가 무엇이었든, 고향을 벗어난다는 것은 새로운 공간과의 만남을 의미한다. 새로운 만남에는 모험적 사건이 잠복한 경우가 대부분이다. 황석영은 기존의 패러디 작가보다 이 점을 더욱 과감하게 밀어붙이고 있다.

그는 심청에게 공간에 의한 '역동성'이 잠재한다는 점을 포착하여 작품의 서사를 추동시키고 있다. 황석영이 탄생시킨 '심청'과 원작이나 기존 패러디의 차이점이 무엇인지 짐작할 수 있다. 그것은 원작의 무화된 시공간에 특정한 시공간성을 부여하여 심청의 활동영역을 쟁점화시킨 점이다. 그 시기를 근대의 이행기로 압축하였다. 그리고 이주공간은 중국, 대만, 싱가포르, 일본 등 동아시아 지역으로 확대하였다. 제국주의와 자본주의에 종속된 하층여성이 이주하는 삶의 궤적을 보여주는 것이다. 또 하나의 변별점은 '몸의 상품화'를 미시적, 거시적으로 보여준다는 점이다. 원작에서 인신공희는 '효'를 드러내기 위한 미담의 소재였다. 그러나 이 작품에서는 모더니티와 자본주의 체제에서 몸이 하나의 상품으로 거래되며, 몸이 여성에게는 정체성을 담보하는 주요 거점이 될 수 있다는 것을 부각시킨다. 이는 최인훈의 패러디에 나타난 성담론을 장편소설에서 본격화한 것이다.

원작의 구조를 수용하되, 적극적인 변모는 심청의 삶이 이주의 궤적으로 점철되는 것에서 나타난다. 그리고 그 이주 과정에서 작중인물의 자아각성과 작가의 탈식민성이 노골적으로 드러나고 있다. 그녀는 불행하게도 부모에게 유기당한 인물이다. 아버지 심봉사와 뺑덕어멈은 자신들의 고생을 덜기 위해 딸을 중국 선상에게 팔아넘긴 것이다. 심청의 70여 년의 긴 이주 생활은 원작에서 보여주는 자신의 선택, 의지와는 상관없이 강제적으로 이행된 것이다. 그리고 다시 고국으로의 귀환이 있다. 이점은 채만식의 작품에서는 볼 수 없었던 것이며, 최인훈의 작품과는 동궤에 있으면서도 차이를 보인다. 이제 그러한 점을 밝히겠다.

심청의 인생이 '물'과 밀접한 것은 이 작품에서 상세히 드러난다. 그녀의 이주는 물길을 따라 시작하여 항구도시나 섬에 일시적으로 정착하다 또 떠나는 것으로 그려진다. 그리고 죽어서 다시 물로 되돌아간다. 화장하여 바닷가에 뿌리라는 유언이 그러한데 이것은 원작에서 천상계로 복귀하는 것을 계승한 점이라고 할 수 있다. 그녀가 차린 요정의 상호가 '용궁'이고 보면 물과의 친밀성을 알 수 있다. 그녀의 이름 또한 간과할 수 없다. '淸'이란 뜻에는 '맑은 물'이란 의미가 있고,[29] 이주 지역마다 달라지는 이름들인 '렌화, 로터스, 렌카' 등은 모두 '연꽃'의 다른 이름들이다. '물'과의 인연은 '진흙 속에 핀 연꽃'이란 이름 속에서 그녀의 운명을 압축시키고 있다. 물의 유동성과 심청의 이주가 겹치면서, 도도한 물의 흐름처럼 심청의 굴곡많은 인생의 흐름을 보여준다.

심청이 맨 처음 당도한 곳은 중국 난징의 첸대인 집으로서 그녀의 임무는 '첸대인'의 양생술을 돕는 시첩이었다. 첸대인이 죽은 후 그의 막내아들 구앙을 따라 세상으로 나온다. 이때부터 심청의 이주는 본격화된다. 난징에서 진장, 대만에서 싱가포르, 일본의 류큐에서 나가사키로 확장되며, 그에 맞춰 이름은 '렌화', '로터스', '렌카' 등으로 명명된다. 그의 이름을 부여하는 새로운 장소의 남성들은 바로 심청의 정체성을 장악하는 지배자들이다. 한편, 새로운 지역에 도착할 때마다 그 지역의 언어를 익혀야 했다. 이는 흑인 여성문학의 특성 중 하나인 '다언어로

---

29) 성찬경, 앞의 글, 130쪽.

말하기'가 유색인 하층여성에게도 해당된다는 뜻이다. 흑인 여성이 겪는 이주(diaspora)[30]의 경험과 심청의 그것은 유사성이 많다. 거기에는 피지배 여성들이 감당하고, 인내해야 할 것들이 나타난다. 그 중 하나인 '다언어로 말하기'[31]는 피지배인으로서 살아남아야 하는 생존법이다. 그들의 이주는 서구중심의 근대화 과정에서 심화된 착취와 억압, 인종차별주의로 인한 원하지 않는 이동이었다. 그러나 새로운 영토에서 살아남기 위해서는 동물적인 촉수로 그들의 문화를 수용해야 했고, 제국의 언어를 습득해야 했다. 이것은 아시아 출신의 유색여성들도 피할 수 없는 그물망이다. 영어가 문화의 전범처럼 규정된 데에는 이처럼 피지배자의 생존과 연결된 언어습득의 절박함이 포함되어 있다.[32]

심청의 이주는 낯선 곳에 대한 두려움과 그곳에서 살아남아야 한다는 생명력을 동시에 드러낸다. 심청의 이와 같은 자각과 강인한 생명력은 원작, 채만식이나 최인훈의 작품에서는 보기 어려운 면이다. 이것은 여성주체에 대한 작가의 인식이 투영된 것이라 할 수 있다. 사창가에서 '창녀'로 지내는 동안 그녀는 몸을 상품으로 내놓을 경우에 '최고'여야 한다는 사실을 터득한다. 여기에는 또한 연극적 자아도 중요하다는 점을 깨닫는다. 자신에게 주어진 '창녀'의 직분을 연기력으로 대처함으로써 상대방을 농락하는 것이다. 이것은 권력을 가진 자를 스스로 선택하고 조종하는 그녀의 지혜에서 비롯하였다.

심청의 이주 지역 중에서 서구의 제국주의와 동양의 이항대립적 관계가 소상하게 드러난 곳은 3년간 서양인의 현지처로 체류한 싱가포르

---

30) 태혜숙, 『탈식민주의 페미니즘』, 여이연, 2001, 47-48쪽.

31) 김성곤, 「탈식민주의 시대의 문학」, 『외국문학』, 열음사, 1992. 여름호, 17쪽.

32) 안혜련, 김춘섭 외, 「탈식민주의 페미니즘, 그 새로운 가능성의 공간을 찾아」, 『문학이론의 경계와 지평』, 한국문화사, 2004, 386-389쪽.

이다. 그녀가 싱가포르에서 발견한 부정성은 진장, 지룽에서와는 또 다른 것이다. 그것은 서구의 제국주의와 자본주의의 모순을 발견하는 시간이었다. 그녀는 싱가포르에서 현지처로 지내는 동안 인종, 민족적인 면에서 주변인이 되어 서구 모더니티의 허구성을 확인하고 여기에 맞서나간다.

심청은 싱가포르에서 자신의 처지와 같은 많은 여성들과 친구가 된다. 그녀들이 겪고 있는 생활상은 내부식민화의 한 예이다. 영국 상인들은 제국주의와 자본주의가 공모하여 얻어낸 식민지 영토에서 물자를 수탈하고 시장영역을 점령하는 동안 현지의 아시아 여성들도 동시에 수탈하였다. 식민지 여성에 대한 제국주의자들의 태도는 양가적이다. 여성들의 몸은 취하면서도 매독에 대한 두려움은 강렬하여 늘 소독을 원한다. 제임스가 심청을 대한 모습도 동양인에 대한 이중성을 보여준 것이다. 그는 심청을 정식 아내로 선택할 만큼 다른 현지처와는 남다르게 여기면서도 동양인이라는 이유 때문에 격리시키거나 소외시켰다. 백인 손님들이 방문할 때 그녀는 별실에서 숨어지내야 했고, 심청이 그들의 '교회'에 가보고 싶어할 때도 냉랭하게 거절하였다. 심청은 그녀가 받은 냉대, 동양인이 받은 모멸감을 고스란히 제임스에게 되돌려준다.

> "이봐 제임스, 너는 장사꾼이야. 우린 계약을 했어. 당신은 내게 급여를 주고 나를 고용한 거야. 바오쭈도 몰라? 계약이 끝나면 당신이 다시 돈을 내고 재계약을 하든가 아니면 다른 여자를 찾는 거야."[33]

---

33) 황석영, 『심청 하』, 문학동네, 2003, 56쪽. 이하의 인용문에서는 상·하 표시와 쪽수만을 표기한다.

　제임스가 심청에게 정식으로 청혼을 했을 때 그녀는 당당하게 거절한다. 그녀의 행동은 피지배자도 언제든 계약을 파기하거나 종료할 수 있는 자격이 있음을 보여준 것이다. 이것은 서양인이 예상치 못했던 피지배인의 저항적 모습이다. 제임스가 지금까지 보아왔던 첩들은 모두 정식 아내가 되기 위해 비굴했던 여성들이기 때문이다. 그러나 심청은 '계약'이라는 합법적인 논리를 제시하면서 그녀와 제임스가 동등한 인격체임을 주장한다. 제임스를 비롯한 서양인이 현지처를 취하는 계약은 애정이 전제되지 않았다. 단지 '성'을 유효기간 동안 매매함으로써 인간을 사물화시킨 불합리한 약정이다. 계약자인 서양인에게 현지처는 '일회성'의 물건일 뿐이다. 그런 서양인에게 재계약을 거부한 심청은 만나기 어려운 인물이었다. 그녀는 유색인이라는 인종적 차이, 첩이라는 성적 차이에 의한 타의적인 타자의 위치를 전복하는 힘을 보여준 것이다. 그녀는 항상 굴종의 모습만 지녔던 타자가 아니라 당당한 '주체'로서 상황의 모순을 비판하거나 수정하고자 하는 힘을 보여준 여성이다.

　　청이는 납작한 접시에 담아 먹는 물기 없는 음식과 딱딱한 빵에 넌더리를 내고 있어서 드디어 좋은 꾀를 생각해냈다. 제임스가 일요일에는 교회에 갔다가 서양 친구들과 어울리다가 저녁에야 돌아온다는 걸 알고는 아마에게 제안을 했다. (중략) 드디어 음식이 식탁에 차려지고 요리인 해리부터, 시쓰 자크와, 아마 리우, 그리고 마님 로터스에 이르기까지 평등하게 공기에 밥을 담고 젓가락을 한 벌씩 들고 모여 앉았다. 청이는 푸근한 밥과 반찬이 입에 찰싹 달라붙는 듯했다.(하권, 25-27쪽)

심청이 서양인의 상징이라 할 수 있는 제임스에게 그들이 행한 폭력적 태도를 되돌려주었다면, 같은 집에 기거하는 하인들에게는 동지의식을 표출하였다. 그녀처럼 고향을 떠난 하위주체들에게 동질감을 느낀 것이다. 심리적으로 동지임을 표상한 것은 '고향의 음식'을 마련하는 데서 드러난다. 주인이 없는 사이, 즉 권력의 부재를 이용하여 고향의 음식을 마련하는 하위주체의 모습은 다수의 타자가 저항의 행위력을 보유하고 있는 모습이다. 이것은 음성적이지만 언제든 양성화될 수 있는 저항의 가능성을 담보한다.

제임스와의 계약이 만료된 후 하인들을 대하는 심청의 태도에서 인간존중의 한 모습을 볼 수 있다. 그녀는 미리 준비한 선물을 주면서 '마님'이 아닌 그녀의 '이름'으로 불러달라고 요청한다. 그녀의 이름을 되찾는 것은 그녀의 정체성을 되찾는 의미를 지니기 때문이다. 그동안 심청의 이주는 희미한 흔적을 남기면서 사라졌는데 싱가포르에서는 이제 하나의 족적을 남기게 된다.

두 번째로 원작을 수용하면서도 변화시킨 것은 심청의 이타성이다. 원작에서 황후가 된 심청의 모습이 이렇게 변화한 것이다. 심청의 이타성의 출발점은 바로 심봉사와 뺑덕어미가 버린 '자신'을 스스로 끝까지 지킨 것이다. 자의식은 자아를 사랑하는 모습에서 시작하기 때문이다. 그리고 자신으로 향하는 구심점을 타자에게로 향할 때 그 원심력은 '진흙 속의 연꽃'처럼 개화한다. 그녀는 난징으로 처음 팔려올 때 배에 함께 있었던 링링을 유곽에서도 돌봐준다. 링링이 죽은 후에는 그녀가 낳은 유자오를 맡아 키우면서 모성애의 싹을 틔운다. 심청은 신체적으로는 불임의 여성이지만 그녀에게는 강렬한 모성적 이미지가 발산한다. 그녀에게 젖을 먹여 주었던 수많은 어머니들이 顯現한 것이다.

그녀는 자기 주변의 타자에게 시선을 돌리기 시작한다. 그녀의 이타성을 잘 드러내는 곳도 싱가포르이다. 그녀는 싱가포르에서 小寶園(소보원)을 설립하여 운영한다. 소보원은 상하이, 푸저우, 홍콩 등지에서 온 젊은 창녀들이 낳아서 버린 아이들을 거두어 키우는 곳이다. 그녀는 모더니티의 모순을 적극적으로 실천하는 백인들과 모더니티의 가장 큰 희생자이면서 동시에 그러한 부정성을 끊임없이 재생산하는 매춘부들 사이에서 태어난 혼혈아에 대해 지대한 관심과 애정을 표현하였다.[34]

심청의 이타성이 더 멀리, 더 낮은 곳까지 퍼진 곳은 류큐이다. 심청은 제임스와의 계약만료 후 링링의 딸 유자오와 웬지 부인을 데리고 웬지 부인의 고향인 류큐로 떠나서 '용궁'이란 요리집을 낸다. 류큐의 흥망성쇠는 근대화의 거대한 물결 앞에서 이를 감당하지 못한 비운의 왕국을 보여준 것이다. 이로써 대한제국이 등장하지 않아도 약소국의 운명을 알 수 있게 하였다. 황석영이 남의 나라 역사를 이렇게 소상히 서술한 의미를 이에서 찾을 수 있을 것이다.

일본의 속국인 류큐의 정치적 상황은 심청의 이타성을 극대화해준다. 류큐는 일본 본도와는 독립된 국가로서 500여 년의 정통성을 지킨 나라였다. 아시아 여러 나라와 중국, 조선, 일본을 연결하는 중계 무역지로 중요한 장소이다.[35] 서사 비중으로 볼 때 류큐의 의미는 상당히 큰 편이다. 심청의 이주 공간이 류큐에 이르면 그녀의 신분은 가즈토시와 결혼함으로써 왕족으로 상승한다. 요정 '용궁'에서 그를 만난 후 결혼하여 정실 부인이 되기까지의 과정은 원작의 플롯을 충실히 따른 모습이다. 그러나 현대적 조명을 받은 인물답게 그녀는 남편의 정치 활동에 적극적인 내조를 한다. 심청의 이러한 모습은 앞서 보았던 고난극

---

34) 류보선, 「모성의 시간, 혹은 모더니티의 거울」, 『심청, 하』 해설, 문학동네, 2003, 325쪽.
35) 박경희, 『일본사』, 일빛, 1998, 397쪽.

복의 역동성은 다소 휘발되는 변화를 갖는다. 반면, 작가의 관심은 이제 가즈토시에게로 넘어간다. 류큐의 비중이 커지는 것도 바로 이 때문이다.

가즈토시를 비롯한 류큐 왕족들이 겪는 지식인의 고뇌는 우리의 나약한 지식인 상이라 할 수 있다. 일본, 중국, 미국 등은 모두 열강들로서 류큐를 점령하고자 하는 외세일 뿐이다. 특히, '검은 배'로 불리운 미국의 위력적인 함대와 무례한 페리 제독의 등장은 류큐를 개항시키는 미국의 폭력과 불평등 조약의 과정을 보여준다. 류큐의 역사는 이주의 삶을 영위하는 하층여성의 담론을 넘어 일본을 포함한 동아시아가 강대국의 위력 앞에서 무력하게 점령당하는 과정을 그려냄으로써 탈식민주의의 양상을 확대하였다.

정책에 희생당한 가즈토시의 장례식을 치른 심청은 이제 류큐에서 나가사키로 이주하여 새로운 요정 '렌카야(蓮花屋)'를 연다. 나가사키에서는 유녀들의 혼혈아에 대하여 '돌봄'의 모성성을 지속하였다. 긴 세월 흘러갔던 이주의 흔적은 자연스럽게 '업적'으로 남게 된다. 그녀의 영웅적 면모는 '탄생-시련-조력자-극복'의 과정에서 잘 나타나고 있다. 특히, 그녀가 새로운 지역에 정착할 때마다 신뢰할 만한 사람들을 만나는 것은 조력자와의 조우라 하겠다. 그러나 심청의 조력자들은 고전소설의 우연성과는 성격을 달리한다. 그녀의 이타성이 수많은 익명의 사람들에게 베풀어지고, 계승되면서 인연을 만들어 다시 심청에게 되돌아 온 모습이다. 나가사키에서 새로 연 요정의 상호 '蓮花屋'은 심청의 연륜이 깊어질수록 풍기는 것이 불교적 색채임을 보여준다.

원작에서 황후가 된 심청이가 소경잔치를 베푸는 행위는 패러디에서 심청의 이타적 활동으로 구현된다. 모성애적 에너지가 자식의 범주를 넘어 타자의 영역으로 확대될 때 이타성이 드러났다. 여기에는 자매애를 형성한 여성들의 협동이 큰 힘이 된다. 심청이 고통받는 사람들을 돌봐주는 것은 모성성의 발현인 '돌봄'의 행위이며 이는 에코페미니즘의 목적에도 부합하는 일이다. 심청이 샹 부인이나 웬지 부인, 유자오, 혼혈아 기리 등에게 보여준 사랑이나, 왕후가 되어서 보여준 행위는 이타성, 자매애가 어우러진 것이었다. 이것이 가장 큰 빛으로 나타날 때 '관음보살'의 모습으로 顯現한다.

> 심청 할머니가 일흔이 되었을 때, 그네가 간곡히 원하여 아라이는 조선 목수들을 불러다가 문학산 남쪽 골짜기에 암자 한 채를 짓고 연화암(蓮花庵)이란 현판을 달아주었다. 얌전한 조선 할머니 한 분이 자매처럼 돌봐주며 함께 살았다. 나중에 스님을 들인다더니 인근 강화에서 나이 지긋한 만각 스님이 오게 되어 법당을 지키고 있었다. 인근의 조선 마을 사람들은 모두들 심청 할머니를 연화보살이라고 불렀다.(하권, 304쪽)

심청은 남편 가즈토시가 죽은 후에도 혼혈아와 소외인들에게 향했던 관심을 거두지 않는다. 나중에는 혼혈아 기리 내외를 데리고 조선으로 돌아온다. 그녀에게 절을 지어준 기리 내외의 행동은 심청의 이타성이 다시 그녀 자신에게 되돌아온 모습이다. 이 작품 후반부에 올수록 강하게 드러나는 불교적 색채는 탈식민주의를 표방하는 작품에서는 곧잘 접하는 요소이다. 또한 불교의 사상은 생태론과도 관련을 지니기 때문에 심청의 모성적이고 이타적인 행동과는 자연스레 접목되는 종교이다. 이는 동양적 사유의 모태라고 할 수 있는 불교가 정신적 배경이 되어야 함을 보여주는 것이기도 하다.

심청의 육체는 무력하게 희생당한 민족, 타자, 피식민적 존재를 재현한 것이다. 스피박이 하위주체가 경험하는 희생과 착취에서 오히려 저항적 주체를 발견할 수 있다고 한 것은 심청에게도 해당되는 이론이다. 심청은 억압 속에서 모성성과 이타성의 숭고한 실천을 보여줌으로써 훼손된 정체성을 치유할 수 있는 가능성을 드러냈다. 자신의 삶에 가해진 억압과 폭력을 자의식으로 전복시키고, 모성성, 이타성의 태도로 부조리한 세계와 화해할 수 있는 소통회로를 만들어 주었다.

그녀의 행위에는 생명을 존중하는 '돌봄'의 정신, 불교의 자비심이 바탕을 이룬다. 이러한 이타성은 존재와 존재, 존재와 환경 사이의 관계론인 '연기론'을 생성시킨 인연을 만들어낸 것이라 볼 수도 있다. 그녀에게 나타난 '연화보살' 나아가 '관음보살'의 이미지는 불교의 생태관과 만나는 지점이다.

5. 맺음말

지금까지 고전 『심청전』을 패러디한 채만식, 최인훈, 황석영의 작품을 비교 분석하였다. 세 작가가 발표한 시기는 공교롭게도 한 세대의 간격을 두고 있다. 이러한 시차가 패러디에서 '차별화' 요인이 된다. 패러디 작가 당대의 시대적 상황이 반영되어 세 편의 『심청전』 패러디는 구조와 인물이 새롭게 재현된 것이다.

식민지 강점기의 채만식의 3편의 「심봉사」는 욕망에 이끌려 파멸한 비극적 인물을 형상화한 것이다. 작품 배경의 시간은 중세로 되어 있지만 심봉사의 욕망은 가장 근대적인 모습을 보여주고 있다. 그의 개안에 대한 욕망, 과거급제를 통한 출세의 욕망, 뺑덕어미를 향한 성적 욕망 등은 중세의 선비다운 모습과는 거리가 있다. 이러한 모습의 심봉사가 그려진 것은 채만식이 원작으로 한 판본이 완판본으로서 판소리를 염두에 두었기 때문이다. 완판본은 심청이보다 심봉사에 의한 사건 전개를 이루고 있다. 그리고 심봉사의 욕망과 오이디푸스 신화를 떠올리게 하는 파멸은 식민지 시대의 지식인상이라고 할 수 있다.

1970년대 발표한 최인훈의 「달아 달아 밝은 달아」도 채만식 작품처럼 희곡이다. 그러나 30여 년 후엔 다시 '심청'이가 중심인물로 복귀되었다. 이때 심청은 성적 희생양으로서 그려진다. 이러한 모습은 1960년대 사회의 부조리한 모습이 반영되었기 때문이다. 한 개인의 부패보다는 총체적인 사회의 부조리로 인식했기 때문에 연약한 여성을 농락하는 매춘가의 풍습을 통해 자본과 인간의 물욕, 성욕이 가장 도덕적으로 살아가는 인물을 피폐화시키고 있음을 보여준다.

2000년대 황석영의 『심청』은 탈식민주의, 에코페미니즘, 불교의 의미 등을 총체적으로 보여주는 현대의 문화적 흐름을 반영한 작품이다. 이 작품에서도 중심인물은 '심청'으로 등장한다. 작품 자체가 장편소설이기 때문에 심청의 행적이 구체화되고 있으며, 가장 현대적인 모습으로 패러디되었음에도 그 기저에는 원작의 구조와 인물의 의미가 그대로 적용되고 있음을 알 수 있다.

날카로운 현실인식을 가진 채만식과 최인훈, 황석영의 비평적 거리에 의해 전대 혹은 당대의 지배적인 신념 속에 지니고 있는 '효'라는 이데올로기와 의미로부터 일탈하였음을 보여준다. 채만식에게는 지식인의 모습이 부각되어 있고, 최인훈과 황석영은 심청의 행위에 초점을 두고 있다. 특히 1970년대 이후의 패러디에서는 심청이 상인들에게 팔려간 원작을 성담론과 동아시아 담론의 영향으로 재구성함으로써 원작의 구조를 확대하고 있다.

제 3 부

생태문학과 소설교육

소설교육의 한 가능성 – 생태소설을 중심으로

1. 문제제기

제7차 교육과정에서 '文學' 영역은 작품의 수용과 창작활동을 통하여 문학적 감수성과 상상력[1]을 함양하는 데에 역점을 두고 있다. 그러나 입시제도를 무시할 수 없는 현 상황에서 문학교육은 수용과 창작으로 이분된 상태에서 '수용' 쪽으로 치우친 면이 있다. 작품의 수용적 활동을 고려할 때도 여전히 미흡한 점은 남는다. 公敎育과 私敎育의 과부하 상태에 있는 학습자들이 얼마나 작품을 꼼꼼하게 읽어내는지 의문이 든다. '작품 읽기'는 각 참고서에서 부록으로 나오는 작품 소개와 요약정리 등으로 대신하는 실정이다. 학습자는 '다이제스트'를 읽는 것으로 작품 전문 읽기를 대체하고 있다. 이와 같은 문학 학습 사태에서 많은 작품을 읽어낸다는 것은 어찌보면 敎師의 욕심이라 할 만큼 열악한 환경이다. 따라서 본고는 학습자에게 독서에 대한 관심이나 동기를 유발하는 主題, '지금 여기'에서 교사와 학습자에게 모두 共感을 받을

---

1) 교육인적자원부, 『고등학교 교육과정 해설 2』, 대한교과서주식회사, 2001, 303쪽.

수 있는 테마를 찾아보았다.

소설교육에 합당한 텍스트를 선정하는 것은 학습활동의 핵심이다. 학습할 텍스트의 관심에 따라 학습의 장은 그 분위기가 달라지기 때문이다. 문학교실이 활기차면서 진지할 수 있는 主題를 선택해야 한다. 따라서 소설교육의 텍스트는 교사와 학습자 모두에게 관심을 끌 수 있는 작품으로 선정하는 것도 하나의 방법이 될 수 있다. 문학교사에게만 관심 있는 텍스트는 교사와 학습자의 거리를 멀게 할 수도 있기 때문이다. 관심을 두되, 사회윤리와 연결시켜 학습할 수 있는 텍스트를 선정해야 한다.

현재의 문학교육에서 주목해야 할 것은 문학을 특별한 예술작품으로 간주할 것이 아니라, 삶의 체험이 견고하게 내재된 텍스트로 인식해야 한다는 것이다. 작가의 經驗이 텍스트를 통해 표출되고, 그 경험을 학습자들이 공유하게 해야 한다는 당연한 인식을 복원해야 한다는 사실이다.[2]

이런 관점에서 이 글은 소설교육의 한 방법으로 '생태소설 읽기'를 시도하고자 한다. 소설을 읽는 행위는 독해와 해석 두 차원으로 이루어진다. 독해는 '발견적 읽기'이며, 해석은 '비판적 읽기'가 될 것이다. 이러한 소설 읽기의 학습은 독자(학습자)가 텍스트에 主體的으로 참여하고 있다는 실제감을 증폭시켜 텍스트의 의미공간을 채우는 일과 함께 '인간의 삶에 대한 이야기'를 주체적으로 받아들이는 이중적인 참여가 이루어지는 것이다. 교사와 학생에게 환경의 문제는 현실적인 이야기다. 이는 학습자와 교사가 함께 공감대를 형성하여 문학적으로, 사회윤리적으로 접근할 수 있는 텍스트라고 생각한다. 환경은 이제 전지구

---

2) 김상욱, 『문학교육의 길찾기』, 나라말, 2004 , 31쪽.

적인 문제로 부상되어 있고, 인간 生命의 유지 존속과 인간 존재의 종말을 좌우하는 문제적 위치에 있다. 100일 동안 단식을 강행했던 지율 스님의 기사는 생태보호가 인간의 생명을 걸고서라도 투쟁해야 할 시급한 사안임을 입증하는 사례가 될 것이다.[3]

문학적 실천은 삶에 대한 자성이고, 道德的 實踐으로 전이[4]되어야 바람직하다. 도덕성의 문제는 무엇을 할 것인가, 무엇을 할 수 있는가 하는 등의 실천 문제를 수반한다. 文學史 중심의 소설 교육에서 주제 중심의 소설교육으로 이동한 것은[5] 소설 장르의 특이성 문제와 사회윤리적 문제를 동시에 학습하는 효과를 얻는다고 본다. 이럴 경우 소설교육은 궁극적으로 主體 形成을 이루면서 자기교육으로 전이되며 나아가 사회교육의 한 양상으로 정착될 것이다.

이 글에서는 여성작가와 남성작가를 함께 다루며, 소재 또한 땅과 물의 오염을 드러냈거나 生態界 보호의 중요성을 부각하는 작품으로 선정하였다. 공선옥과 한강, 정찬과 최성각의 작품이 대상이다. 이들 작가의 소설에서 生態學的 想像力이 문학의 형상화와 어떤 상관성을 지니는지 고찰하면서 생태계 보호와 인간의 삶의 관계를 인식할 수 있다.

생태소설에 대한 연구는 소설발표와 시기를 같이하여 1990년대 들어서 본격화되었다. 生態詩보다는 아직 연구가 시작단계에 머물러 있지만 學位論文에서 그 관심도가 잘 드러나고 있다.[6] 그러나 필자의 불

---

3) 2005년도 2월 2~4일자 주요 일간지에는 100일 동안 단식 투쟁을 한 지율 스님의 행보가 대서특필되었다. 지율 스님의 단식은 천성산 관통터널(원효터널)로 생태계가 파괴되는 것을 막기 위한 투쟁이었다. 정부는 지율 스님의 소신에 굴복하여 공사를 중단하고, '환경영향 공동조사'를 실시하기로 하였다.

4) 우한용, 「문학교육과 도덕성 발달의 의미망」, 『문학교육학』 제14호, 2004. 여름, 24쪽.

5) 김슬옹, 「소설교육론에 대한 책읽기」, 『함께 여는 국어교육』, 2004. 여름, 157쪽.

찰일 수도 있겠으나, 문학교육에서 생태소설이 다루어짐은 발견하지 못하였다. 가치관 정립 시기에 있는 학습자에게 생명존중과 생태계 보호 의식을 반영한 생태소설 교육은 입시를 초월해서 의미 있는 주제라고 본다.

2. 생태문학의 이론적 고찰

학습자에게 소설의 인지적 내용을 학습시키는 데도 수업일정은 빠듯한 실정이다. 여기에 생태문학 이론을 구체적으로 언급하기에는 역부족의 교실상황이다. 그리고 이론, 개념에 대한 수업시간이 길어지면 학습자의 관심도 희석되고, 본격적인 소설 읽기에 대한 흥미가 휘발될 가능성이 크다. 따라서 이론적 고찰은 간단 명료할수록 효과적이라 본다. 학습자에게는 간단한 프린트물을 활용할 수도 있지만 교사는 이에 대한 지식을 갖추고 있어야 한다.

문학교사는 학습현장에서 실질적으로 지도할 위치에 있기에 그들이 시와 소설을 어떻게 받아들이고 있는지, 文學理論의 준비 여하에 따라 교육의 성패가 좌우되는 열쇠를 쥐고 있는 인물이다. 그러므로 문학교사의 학습준비는 아무리 강조해도 지나치지 않는다. 김상욱은 문학교사가 공부해야 할 과제량을 명쾌하게 제시하고 있다.[7] 이와 같은 교사

---

6) 이소영, 「황순원 소설에 나타난 생태의식 연구」, 고려대 석사학위 논문, 1998.
　　곽경숙, 「한국 현대소설의 생태학적 연구」, 전남대 박사학위 논문, 2001.
　　변혜경, 「오영수 소설의 생태의식」, 서강대 석사학위 논문, 2002.
　　구자희, 「한국 현대 생태소설 연구」, 경원대 박사학위 논문, 2003.
　　이은실, 「한국 현대 생태소설 연구」, 동덕여대 박사학위 논문, 2003.
7) "이상적이기는 하나 제대로 문학교육을 하기 위해서는 문학교사가 스스로 문학작품

의 학습량 제시는 역설적으로 교사들이 공부를 게을리하고 있다는 것이기도 하지만 그만큼 교사들이 공부할 시간이 없는 환경에 있다는 의미가 되기도 한다. 교사는 학생이 텍스트의 의미인자에 명백한 오독을 하지 않도록 도와주면서 학습자에게 독자로서 창조적 자유를 누리면서 문학을 감상하도록 해야 한다.[8]

서구에서 생태비평에 대한 이론이 체계적으로 발표되기 시작한 때는 1970년대 초반이다. 우리는 이보다 한 세대 늦은 속도로 이에 대한 관심을 보이기 시작했다. 생태계에 대한 관심과 환경 위기의식의 대중화는 社會發展의 속도와 상관성이 있음을 드러낸 것이다.

생태문학은 생태학적 인식을 바탕으로 생태 문제를 성찰하고 비판하며, 나아가 새로운 생태 사회를 꿈꾸는 문학을 의미한다.[9] 이와 같은 문제의식을 지닌 생태문학의 유형을 5가지로 나눌 수 있다.

① 환경과 생태계의 파괴를 직접적, 사실적으로 서술하는 유형

② 생태학적 인식을 바탕으로 생태계의 현 상황을 사실적으로 그리

을 즐겨 읽어야 한다. 적어도 '올해의 시', '올해의 소설'로 출간되는 선집을 읽어야 하고, 계절이 바뀔 때마다 계간지 하나쯤은 새로 읽어야 할 것이다. 또 문학사적 평가가 끝난 고전적인 작품도 더러 읽어야 할 것이다. (중략) 물론 이 모든 것이 제대로 되기 어렵다. 하지만 까마득히 불가능한 일도 아니다. 2권의 선집, 4권의 계간지, 1권의 고전, 3권의 평론집, 2권의 연구서, 5권의 이론서, 3권의 문학교육연구서, 4권의 교수방법론 자료집…… 이렇게 나열해 보면 기실 1년에 25권 조금 넘는다." 김상욱, 『문학교육의 길찾기』, 나라말, 2004, 17쪽.

8) 최혜실, 「문학이론과 문학교육이론과의 관계규정을 위한 시론」, 『한국 근대문학의 몇 가지 주제』, 소명출판, 2002, 296쪽.

9) 김용민, 『생태문학-대안사회를 위한 꿈』, 책세상, 2003, 97쪽. 김용민은 여기서 생태학적 인식을 너무 엄격한 기준으로 보지 말고 폭넓은 개념으로 이해하는 것이 중요하다고 지적한다. 너무 엄격하게 정의할 경우 생태문학의 범위가 매우 좁아져서 많은 작품들이 제외되기 때문이다. 중요한 것은 생태학적 인식을 일깨울 수 있는 작품에 두고 있다.

　　면서 동시에 생태계 파괴의 원인을 성찰하는 유형

③ 자연이나 환경을 직접 드러내지는 않지만 생태계 문제를 심도 있
　게 다루고 있는 유형

④ 페미니즘적 관점에서 생태계 문제를 바라보고 성찰하는 유형

⑤ 생태계의 현 상황을 비판하는 것을 넘어서서 미래의 생태 사회를
　꿈꾸고 모색하는 유형[10]

이 글에서 연구 대상으로 한 4편의 소설도 이 유형의 성격을 지닌 작품들이다.

생태문학은 시문학을 중심으로 먼저 대두되었다. 1970년대, 급성장한 산업화로 싹튼 '생태시'는 환경 또는 생태, 생명문제와 관련해서 심층생태학과의 접합이 두드러졌다. 생태시가 독자적인 영역을 이룬 것에 비해 생태소설은 다소 늦은 편이다. 그러나 생태소설의 위치도 빠른 시간 안에 확보되리라고 본다. 소설은 생태위기의 현실을 구체적으로 형상화함으로써 문제의식을 개진하고 극복 방안을 고려하는 데 보다 용이[11]하여 약진을 기대할 수 있기 때문이다. 문제는, 생태계를 강조하다보면 자칫 계몽성을 띤 교조적 문학이 될 수 있기에 주의해야 한다. 그간 발표된 생태소설은 공업화로 인한 환경파괴가 생명을 위협하는 내용의 고발성 문학의 작품이 주류를 이루고 있다. 이처럼 뚜렷한

---

10) 김용민, 앞의 책, 2003, 104-112쪽 참조.

11) 전혜자, 「한국현대문학과 생태의식」, 『한국현대문학연구』 제15집, 2004. 6, 52쪽.
　　이 글에서 전혜자는 1970년대 도시화, 산업화 이후부터 2002년까지 환경문제가 명백하게 실마리가 된 소설들을 선정하여 공통적인 특성들을 개괄적으로 살피고 있다. 총 49편을 대상으로 작가의 출신고향, 작가의 연령층, 스토리 시작의 모티프 분석 등을 통해 도시화(9편), 물오염(9편), 원자핵(7편), 자연파괴 및 자연동화(8편), 대기오염(6편), 토양오염(5편), 산업폐기물(3편), 녹색주의자의 허위의식(1편), 공생의식 역설(1편) 등으로 구분하고 있다.

목적의식을 지닐 경우 더 더욱 소설미학적 측면도 고려해야 함을 알 수 있다.

생태비평 담론은 심층생태학, 사회생태학, 생태페미니즘의 세 가지 지형도로 압축된다. 심층생태학은 인간과 자연을 분리해서 생각하는 이분법적 사고가 바로 자연을 인간의 욕구 충족의 수단과 대상으로 전락시켜 오늘날의 생태계 파괴를 가져왔다고 보고 이러한 人間 中心的 사고방식을 버리고 모든 生命體를 동일한 가치로 볼 것을 주장한다. '生命中心主義'라 할 수 있는 이러한 시각은 만물의 영장, 즉 생태계의 많은 구성원 가운데 독특하고 중요한 가치를 지닌 존재가 아니고 단지 생태계라는 그물망을 이루는 하나의 고리일 뿐이므로 다른 생물체와 동등한 가치를 지닌다고 본다.[12]

사회생태학의 핵심은 지금까지의 기존 생태학에서 설명해온 '인간에 의한 자연의 지배'가 결과적으로 '인간에 대한 인간의 지배'를 야기했다는 이론을 뒤집어서 '인간에 대한 인간의 지배'가 먼저 시작되었고 그것이 '자연에 대한 지배'를 낳았다고 보는 데 있다. 사회생태학은 모든 종류의 지배 문화, 즉 계급적 성격이나 경제적 동기를 지닌 支配 文化뿐 아니라, 개인적인 "강제, 명령, 제도화된 복종 시스템" 등과 같이 "가족 속에, 세대와 성별 사이에, 민족과 집단 사이에, 정치 · 경제 · 사회적인 관리 제도 속에" 뿌리를 내리고 있는 여러 형태의 지배 문화에 비판을 가한다.[13]

이 중에서 생태페미니즘은 생태학과 페미니즘이 동일한 존재 기반을 가졌다는 인식하에 하나의 담론으로 결합된 이론이다. 두 이론의 결합이 가능하고, 타당점을 지니는 이유는 자연과 여성에 대한 인식의 공통

---

12) 김용민, 앞의 책, 2003, 52-53쪽.
13) 머레이 북친, 박홍규 옮김, 『사회생태주의란 무엇인가』, 민음사, 1998, 55-57쪽.

점에서 비롯한다. 자연과 여성이 남성 중심의 문명 속에서 모두 타자였던 점이 동일한 기반을 갖는다.[14] 생태페미니즘이 추구하는 궁극적 목표는 "인간과 인간, 인간과 자연 사이의 조화요 균형"[15]이라고 한 점도 자연과 여성이 동질적인 차원에서 억압받는 대상이란 점을 주시한 것이다.

자연은 문명적 세계를 만들어내는 물적 토대로서 끊임없이 그 생산성을 고갈시키는 방향으로 지배되어 왔다. 마찬가지로 여성은 출산과 보육의 임무를 떠맡음으로써 문명의 중심에서 소외된 채 착취되어 왔다. 즉 자연과 여성은 인류 문명사에서 생산의 근본적 토대를 제공하는 수단적 존재로 위계화되었던 것이다.[16]

자연과 여성이 생산성을 보유한 공유점의 토대는 여성문학의 독창적 분야인 '어머니되기'에 새로운 관심을 집중시킨 데 있다. 이는 생태의식을 반영한 모성성이 기존의 모성성 신화와는 차별되는 점을 가지기 때문이다. 그동안 모성성 신화는 여성에게 인내와 희생을 요구하는 순종적인 여성상을 보여주었다.[17]

학습자에게 산업 사회의 패러다임에서 생태 사회의 패러다임으로 변화하고 있는 상황을 도표화하면 효율적인 수업이 될 것이다.

---

14) 에코페미니즘은 프랑스의 프랑수아 도본느의 저서 『페미니즘 또는 파멸』(1974)에 처음 등장한 용어이다. 그녀는 이 책에서 여성억압과 자연억압 사이에 직접적인 연관성이 있다는 견해를 표방함으로써 이후 에코페미니즘의 가설을 성립시키는 단초를 제공하고 있다. 로즈마리 통, 「에코페미니즘」, 『자연, 여성, 환경』, 한신문화사, 2000, 9-10쪽.

15) 김욱동, 『문학 생태학을 위하여』, 민음사, 1998, 410쪽.

16) 카렌 J. 워렌, 이소영 외 편역, 「에코페미니스트 평화정치학」, 『자연, 여성, 환경』, 한신문화사, 2000, 215-216쪽 참조.

17) 서강여성문학연구회편, 『한국문학과 모성성』, 태학사, 1998.

[표-1][18]

	산업 사회의 패러다임	생태 사회의 패러다임
자연과학에서의 세계	기계론적 세계관 우주를 기계로 이해 지구는 생명없는 물질 생명은 화학적 우연의 산물 결정론 단선적 인과율 원자론	유기체적 세계관 우주를 발전하고 변화하는 것으로 이해 지구는 거대한 생명체(가이아론) 생명은 스스로 창조적 존재 상호 연관 관계 단선적 움직임이 아닌 혼돈의 관계 전일적 세계상/체계론
인간의 역할	자연정복 자연지배 개인주의 오만한 태도 지구 관리	자연에 동참 자연과의 공동 발전, 공생관계 자아확대 성찰과 창의성 생태학적 보살핌
자연에 대한 태도	자연을 생활에 필요한 도구로 봄 자연착취 인간중심주의 자연을 단지 유용성의 가치로 판단	생물체의 다양성 유지 생태계 보호 생물중심주의 자연은 그 자체로 가치를 지닌다
땅에 대한 관계	영토의 개념 땅의 이용과 소유	생물지역주의 땅의 윤리와 거주 공간
사회적 가치	성차별 가부장제 인종주의 위계질서	생태페미니즘 동반자 관계 차이를 인정하고 존중 평등주의
교육과 연구	각 분야마다의 특수한 연구 가치로부터 자유로운 지식 추구 자연과학과 정신과학의 분리	학제간 연구와 통합연구 연구에 대한 지적, 윤리적 책임요구 종합적인 세계상 정립
기 술	화석 연료의 사용 이윤 추구적 기술 과도한 쓰레기 생산과 소비 우선	재활 가능한 에너지원 추구 생태적이며 부드러운 기술 쓰레기양을 줄이고 재활용 생태계 보호와 재건 우선

3. 생태소설의 발견적 읽기

소설교육에서 발견적 읽기는 단순한 줄거리 파악의 단계는 아니다. 사건의 전개과정을 인물들의 갈등관계에서 파악하는 단계이다. 수업시간에는 작품의 줄거리를 요약할 시간이 없으므로 학생들의 참여적인 학습활동을 위해서 작품 읽기가 반드시 전제되어야 한다. 작품 읽기가 소설교육에서 핵심적인 활동임에도 불구하고 가장 소홀히 넘어가는 경향이 있다. 일선교사의 글[19]에 의하면 보충수업 시간에 과감히 작품 읽기만 지도함으로써 오히려 효율적인 학습을 이끈 사례도 있다.

1) 강을 소재로 한 경우

(1) 정찬의 「깊은 강」

정찬의 「깊은 강」은 학습자에게 다양한 관점에서 소설 읽기를 시도할 수 있는 작품이다. 단편임에도 불구하고 생태주의, 신비주의, 예술가 소설 등의 다양한 시각에서 논의할 수 있는 점을 내포하기 때문이다. 학습목표에서 '생태소설'을 강조하였을 경우, 일단 관심의 폭을 '생태학적 상상력'으로 집중시킬 필요가 있다.

이 작품의 서술자 '나'는 소설가이다. 그는 술집에서 우연히 만난 하진우라는 인물에게 관심을 갖게 되어 그에게 들은 동강의 '어라연'이라는 장소를 직접 찾아간다. 그곳에서 하진우가 동면을 했던 민박집 주인을 만나 그에 대한 기이한 행적과 그의 실종소식을 듣는다. 그의 실종

---

18) 김용민(2003), 앞의 책, 73-74쪽 참조함.
19) 서진석, 「교실에서 소설읽기: 멈춤(pause, 止)과 늦춤(slow, 緩)」, 『함께 여는 국어교육』, 2004. 여름, 64쪽.

또는 自殺은 동강 댐 건설에 대한 충격에서 나온 행동이다. 동강 댐 건설의 의미는 산업화로 인해 확대된 文明社會의 모습으로서 이에 대해 회의적인 시각을 지니고 있음이 드러난다.

취중에 만난 하진우는 '나'에게 "선생은 영혼의 모습을 생각해 본 적이 있습니까"라는 무거운 질문을 던진 인물이다. 그는 인간은 원래 새처럼 자유로운 영혼을 지니고 있음을 강조하면서 자신은 '황금빛 길'을 본적이 있다고 한다. 이러한 하진우에게 '나'는 당혹감을 느꼈다. 그러나 민박집 주인 김영식에게 전해들은 하진우의 동면과 '어라연'과의 관계를 들은 후, '황금빛 길'이 화해와 융합의 세계임을 깨닫는다. 이것을 보다 깊이 천착해 들어가면 근원적인 자연의 세계로 돌아가는 길임을 알 수 있다.

(2) 최성각의 「동강은 황새여울을 안고 흐른다」

최성각의 작품도 '동강'을 소재로 하며 문인이 등장한다는 점에서 정찬의 작품과 유사성이 있다. 「깊은 강」의 경우와 달리 神秘化가 제거된 상태로 이기적인 사회 현실이 극단화되어 나타난다. 학습자들이 두 작품을 함께 독서할 경우 많은 변별점을 확인할 수 있을 것이다. 유사성과 변별성을 학습자 스스로 파악하도록 내용을 항목화시켜 발표를 하는 것이 좋겠다.

「동강은 황새여울을 안고 흐른다」는 잡지사의 편집위원인 '나'와 선배가 주요 인물이다. '나'는 '동강댐 건설 반대 시위' 때 사회를 본 인물이다. 그러한 중책을 맡았음에도 아직 동강에 가보지 못했다는 '찜찜한' 마음 때문에 동강을 보러 간다. 정선에서 시인이자 國語教師인 승근 선배를 만나 동강을 답사하며, 그곳의 흉흉한 민심을 확인하는 것이 이 소설의 전반적인 내용이다. 이 작품은 동강 댐을 반대하는 모임과 찬성하는 주민들 사이의 격앙된 對立이 구체적으로 드러나고 있다. 댐 건설로 인해 이익을 취하는 단체와 많은 보상금을 바라는 주민들의 利己心은 사회생태학을 보여주는 예가 된다. '물질'에 대한 욕망 때문에 인간을 지배하고, 自然을 지배하려는 '지배 문화'에 대한 비판이 깔려 있는 작품이다.

이 작품은 生態小說의 전형적인 모습으로서 신문기사, 광고 등을 그대로 인용하여 사회를 비판하는 르포형식을 띠고 있다. 따라서 小說 美學的 측면보다 목적의식이 강하다는 생각을 갖게 한다. 이런 점들이 학습자에게 어떤 반향을 일으키는지 살펴보아야 한다.

2) 땅을 소재로 한 경우

(1) 한강의 「내 여자의 열매」

한강의 작품도 정찬의 경우와 마찬가지로 실제로 오염된 토양이 드러나지는 않는다. 그러나 대규모 아파트 단지의 고층에 사는 여주인공의 불모적인 삶은 땅과 격리된 인간의 모습이 어떤 종말을 맞을지에 대한 경고의 모습으로 읽힌다.

아내의 '창백'한 얼굴과 '멍'이 든 몸은 건강을 잃어가는 모습이다. 점점 生命을 잃어가는 아내에게 남편인 '나'는 치유를 걱정하기보다 짜증스런 마음이 든다. 이들 부부는 결혼한 지 4년이 되었지만 아기가 없다. 아내는 결혼하기 직전에 그녀의 모든 재산을 정리하여 지구 곳곳을 떠도는 '인생의 계획'을 시도하려다가 '나'와 결혼하였다. 아내는 조용하고 말이 없는 인물이지만 '自由'를 원한 여자였다. 그녀가 남편을 곤란하게 했던 한 가지는 신혼집을 구할 때 고층 아파트에 입주하는 일이었다. 아내는 대단지 아파트에다 땅에서 멀리 떨어진 고층이라고 싫어

하였다.

아내는 고층과 소음에 시달려 숙면을 취하지 못한다. 이러한 모습은 훼손된 자연을 배경으로 도시화 속에서 살고 있는 現代人의 모습이라 할 수 있다. 출장을 다녀온 '나'에게 아내는 햇빛을 향하고 있는 하나의 식물로 변하고 있었다. 이 작품에서는 아내의 '변신'을 주목해야 한다. 환타지의 공급에 익숙한 학습자들에게 이 작품의 '변신'과 친숙한 환타지의 양상이 어떤 차이와 의미를 지니는지 생각하도록 교사는 유도해야 한다.

(2) 공선옥의 『수수밭으로 오세요』

공선옥 소설은 자전적 경향과 투박한 문체로 여성의 母性性, 生命力, 여성의 위기의식을 드러낸다. 이것은 1990년대 여성소설과 변별성을 띠는 모습으로서 그녀의 生態意識을 발견할 수 있는 부분이다. 공선옥의 생태의식은 환경파괴로 인한 '생태위기'를 의식한 상태에서 형성된 것은 아니라고 본다. 그녀의 소설에 나타난 생태의식은 '여성의 위기', '삶의 위기'에서 비롯된다. 그럼에도 불구하고 '흙'의 정신을 토대로 한 『수수밭으로 오세요』는 생태학적 상상력을 수반한 문제작이라 할 수 있다.

전남편의 아들이 있는 필순은 구로공단의 미싱사이다. 그녀는 오랜 친구 은자의 술집에서 월급쟁이 의사 심이섭을 만나 再婚하여 함께 지리산 근처 원촌으로 내려온다. 두 사람 사이에는 아들 '산'이 태어난다. 심이섭은 지리산으로 내려오기 전에도 가난한 이들을 위해 꾸준히 봉사활동을 벌여왔다. 그가 원촌에 병원을 낸 것도 그의 낮은 사람에 대한 '돌봄', 즉 생태주의적 이상을 실행한 것이었다. 이 작품의 갈등은 심이섭의 이타주의적 행위의 한계가 드러나면서부터 표면화된다.

아이까지 딸린 가난한 미싱사 필순을 선택하여 결혼한 심이섭의 이상적 관념은 여기에서 더 나아가지 못한다. 그는 강필순의 무학, 교양없는 말투, 자신의 아이 외에도 많은 아이들을 거두어들이는 그녀의 행동을 이해하지 못한다. 결국, 필순을 버리고 도시풍의 세련된 여인 영란을 택한다.

『수수밭으로 오세요』에서 강필순이 남편을 떠나보내고도 힘을 가질 수 있었던 것은 바로 5명의 아이에게서 삶의 원동력을 얻기 때문이다. 이와 같은 모성애는 자칫하면 모든 것을 치유할 수 있는 '만병통치약'으로 보일 수도 있다. 새로운 모성성 神話를 창조하는 이데올로기가 되는 것이다. 그러나 공선옥 소설의 모성애가 신화화된 모성애와 변별되는 것은 작중인물이 가부장제에 희생당하여 억압된 모습의 여성이 아니라 그것을 극복하는 强忍한 여성이라는 데 있다. 공선옥 소설의 여성들은 순종적인 여성보다는 원시적인 힘을 지닌 적극적이면서도 포용성이 있는 인물이다

발견적 읽기에서는 각 작품의 주제, 생태학적 인식이 어떠한지를 파악하는 정도로 만족하는 게 좋을 것이다. 「깊은 강」은 심층생태학, 「동강은 황새여울을 안고 흐른다」는 사회생태학, 「내 여자의 열매」와 『수수밭으로 오세요』는 생태페미니즘의 특성을 보인다는 사실을 발견하는 것으로 일차적 읽기는 마무리짓는다.

물과 땅을 소재로 한 경우 이러한 소재의 상징적 의미와 바슐라르의 이미지를 간략하게 언급하는 것도 중요하다고 본다. 생태계의 한 인자였던 물과 땅이 문학적 상상력에서는 어떤 의미의 함축적 이미지를 띠는지 상상하고, 확인하는 것은 작품을 깊이 있게 읽도록 한다. 이는 두 번째 단계인 '비판적 읽기'를 위한 준비단계로 생각하면 될 것이다.

4. 생태소설의 비판적 읽기

소설의 '批判的' 읽기는 작품들을 심층적으로 이해하는 과정이다. 이 단계에서는 작중인물의 특성을 생태학적 상상력을 반영하고 있는 양상에서 비교할 수 있어야 한다. 生態學的 想像力과 神秘主義가 결합되어 얻는 효과를 발견하며, 목적의식을 지닌 소설의 美的 형상화의 의미를 파악할 수 있도록 학습자를 이끌어야 한다.

생태학적 상상력은 남성의 권위주의적 속성과는 다른 끊임없는 변화의 영속성, 包容性, 다양성, 열려진 세계, 부드러움, 상호침투, 감각성, 자연성을 특징으로 하는 유기체적 세계관을 바탕으로 한다. 유기체적 세계관은 어떠한 인간이라도 소외되거나, 사물화시킬 수 없으며, 어떠한 삶의 과정이라도 그 과정 하나하나는 나름대로의 중요성을 가지며, 이러한 인간적인 존엄성에 의해서 우리가 일상적으로 대하고 있는 자연 뿐만 아니라, 우리의 주위를 둘러싸고 있는 모든 사물까지도 소중한 우리의 일부분으로 생각하고 아낀다.[20]

1) 생태학적 인물의 양상

「깊은 강」에서 하진우가 자연의 세계로 몰입하기 위해 취한 방법은 동물들의 동면이었다. 그는 강원도 영월에 있는 동강 근처에서 11월에서부터 다음해 2월까지 동면을 취하는 생활을 6년 동안 해왔다. 그동안 그의 얼굴은 도시에서 찌든 세속적인 피곤을 말끔히 씻고 어린아이

---

20) 이덕화, 「여성문학과 생명주의」, 『여성문학연구』 제3호, 한국여성문학학회, 2000, 182쪽.

와 같은 얼굴로 되돌아왔다. 주인공 ‘나’가 술집에서 우연히 만난 하진우의 얼굴이 40대 중년의 남자 얼굴로서는 믿기지 않을 만큼 순수하고 투명한 빛을 띠고 있었음은 바로 ‘동면’이 원인이었던 것이다. 그러나 하진우는 2년 전부터 동면을 취할 수 없었다. 바로 동강 근처 2채의 가구에 電氣가 들어왔기 때문이다. 이러한 사연들을 전해주는 인물은 바로 하진우가 동면을 할 수 있었던 민박집 주인 김영식이다. 그는 6년 동안 겪었던 하진우의 모습을 ‘나’에게 말해준다. 그러면서 그 또한 生態學的 認識을 지니고 있음을 드러낸다. 바로 전기가 들어왔을 때 그의 반응이 이를 입증한다. 그가 번잡한 도시생활을 벗어나 동강으로 이사를 온 것에서부터 그도 생태학적 인식을 실천한 인물임이 드러난다. 그는 도시에서 이곳으로 온 지가 15년 된다고 하는데 그의 동강 선택은 反文明的 행위가 되기 때문이다.

　그는 동강에 전기가 들어온 2년 전부터 하진우의 동면이 방해를 받았다고 전한다. 2년 전까지, 김영식의 기준으로 보면 13년 동안 그는 전기가 없는 原始的인 世界에서 생활하였다. 그것은 불편함이 아니라 가장 인간다운 생활이었다. 오히려 전기가 들어온 이후부터 그의 삶도 달라지기 시작했다.

> “전기가 들어오니 시간이 틀려집디다. 뭐라고 해야 될까요. 전에는 시간을 몸으로 느꼈어요. 해의 위치라든가, 빛깔, 살에 닿은 공기의 감촉으로 시간을 알게 되지요. 그러니까……”(52쪽)

　김영식이 그동안 취한 ‘몸’으로 느끼는 시간은 문명의 시간이 아니다. 이처럼 생태학적 인식을 지니고 있는 김영식은 하진우를 이해할 수 있는 인물이었다. 그가 말한 ‘몸으로 느낀 시간’은 하진우가 말한 ‘둥근 시간의 원'과 동일한 것이다. 하진우는 '황금빛 길'을 가려면 '둥근 시간의 등'을 타서 '죽음의 강'을 건너야 한다는 이야기를 우연히 만난 '나'에게 술을 마시면서 한 적이 있다. '둥근 시간의 등'이란 바로 원의 시간을 의미한다. 원의 시간은 문명 사회의 직선의 시간과 대척적인 시간이다. 문명의 시간은 직선의 속성을 지니고 있어서 주변과 단절하며, 일회적이다. 그러나 원의 時間은 주변과의 연계와 순환성을 기저에 두고 있다. 이는 심층생태학의 가장 핵심적 본질인 '生命의 순환성'에 대한 인식이다. 하진우의 동면은 원의 둥근 시간을 타고 가는 행위가 된다.

죽음에 닿은 잠은 내 몸을 변화시킵니다. 피를 갈고, 뼈를 다시 세우며, 새 살을 만듭니다. 놀랍게도 난 새로운 생명으로 태어나는 것입니다.[21]

겨울잠은 나에게 살과 죽음의 틈이었소. 그 융화의 세계는 나에게 길을 열어주었소. 유년의 집에 이르는 길을.(71쪽)

그 길 끝에 내 유년의 집이 있소. 탱자나무 울타리가 있고, 울타리 너머 마당에 활짝 핀 복사꽃이 있고, 새하얀 수건으로 어린 아들의 몸을 닦아주는 어머니가 보이오. 무명 저고리를 입은 어머니는 노래를 흥얼거리며 아이의 몸을 닦고, 아이의 몸은 눈처럼 빛나고 있소. 내 깊은 잠은 눈처럼 깨끗한 유년의 몸을 보러가는 길고 긴 여행이오.(63쪽)

---

21) 정찬, 「깊은 강」, 『베니스에서 죽다』, 문학과지성사, 2003, 42쪽. 이하의 인용문은 쪽수만 표기한다.

하진우의 동면은 '幼年의 時間'으로 가는 꿈길이다. 그러나 전기 때문에 동면을 취할 수 없었던 하진우를 결국 자살로 몰고 간 더 충격적인 사건은 동강 댐이 건설된다는 소식이다. 이 소식을 접한 후, 동강에서 실종된 하진우는 자살했을 가능성이 가장 크다. 그에게 동강이 사라지면 '어라연'이 사라지는 것이고, '어라연'이 사라지면 '황금빛 길'도 사라지는 것이기에 하진우의 삶은 의미가 없어지기 때문이다. '나'는 하진우가 실종된 어라연에 직접 가서 그 풍광을 보고 놀란다. '두 줄기 강이 섬을 에워싸고 있는 모습은 아기를 안은 어머니의 형상과 흡사'했기 때문이다. '강이 어머니의 팔이라면 섬은 아기'였다. 따라서 그곳을 혼자서 산책하는 하진우의 모습은 어머니 품에 안긴 아기 모습이었던 것이다.

「깊은 강」은 독서량이 충분하지 않은 학습자에게는 어려운 텍스트가 될 수도 있다. 많은 것을 생각할 수 있는 함축적인 작품이기 때문이다. 문학의 '함축성'은 시에서 뿐만 아니라 '소설'에서도 충분히 드러난다는 것을 확인할 수 있다. 이와 같은 작품 읽기를 통해서 우선 생태소설로서 이 작품을 읽을 수 있는지, 있다면 그 조건들은 어떤 것인지 질문할 수 있다. 이 때 각 인물들, 특히 하진우와 김영식의 생활 태도를 중점적으로 분석하도록 지도해야 할 것이다. 화자 '나'는 단지 그러한 인물들을 조명하는 탐조등 역할을 할 뿐이다. 이때 동강의 狀況, 즉 전기가 들어오고 댐이 될 것이라는 소식은 文明의 利己가 오히려 '파괴성'을 지닌다는 것을 드러낸다. 이 작품의 神秘主義는 자연적 배경인 '어라연'과 하진우의 태도에서 발생한다. 여기서 생태학적 인식이 행동으로 구체화된 것을 알아보도록 하면 좋을 것이다.

이 작품은 生態小說이 아닌 예술가 소설의 관점에서 읽을 수도 있음을 확인해야 한다. 하진우는 마지막 어라연으로 들어가던 날 그동안 자신의 직업을 궁금하게 여겼던 김영식에게 자신은 '작가'라고 말한다. 이 말은 이 작품을 藝術家 소설로 접근할 수 있는 단서가 되기도 한다. 하진우의 직업도 '나'와 마찬가지로 '소설가'로 드러나는 결말부분은 일종의 충격효과이다. 그는 '나'의 직업을 알고 대화할 때 소설가는 독자에게 '황금빛 길'을 알려주어야 한다는 말을 함으로써 '나'에게 긴장감을 준 바 있다. 이와 같은 말은 현대에 소설가라는 직업에 대하여 문제를 제기한 부분이다.

최성각의 작품에서 동일한 소재 '동강'은 새롭다. 含蓄的인 의미보다는 댐 건설을 둘러싼 분쟁의 장소로서 인간의 이기심에 의해 파괴되는 공간임을 드러낸다. 한편, 주인공이 그동안 해왔던 自然 사랑의 모습은 또다른 관심을 불러일으킨다.

> 우리 농심마니(산삼 심기로 우리 땅의 원기를 회복하려는 모임)들은 이 땅의 정기와 원기를 회복시키기 위해 지난 12년간 이 땅의 골골샅샅에 8,500주의 산삼을 심어왔습니다. 1987년 이래 강원도 동강 계곡에도 우리는 다섯 차례에 걸쳐 산삼을 심어왔습니다. 우리가 심되 그것을 발견하는 것은 '뒷날의 다른 사람'이라는 의미에서 우리가 심은 것은 산삼만이 아니라 땅에 대한 사랑과 이타심의 가치였습니다. 아름다운 동강 계곡을 댐 건설로 영원히 수장시키려고 하는 처사는 물과 전력 부족이라는 내걸린 명분에도 불구하고, 실제는 건설 강행으로 이익을 얻을 몇 사람들의 탐욕 때문이라는 것을 우리는 잘 알고 있습니다.[22]

---

22) 최성각, 「동강은 황새여울을 안고 흐른다」, 『세계의 문학』, 민음사, 1999. 봄, 63쪽.

‘나’가 중심이 된 ‘농심마니’와 같은 단체의 활동은 생태계 보호, 利他心 등 여러 가지 의미를 지닌다. 학습자에게 산삼을 캐러다니는 ‘심마니’와 대조적인 행동을 하는 ‘농심마니’는 ‘베풂’, ‘돌봄’을 실천하는 인간의 모습으로 비춰질 것이다. 심마니와 농심마니의 차이를 찾아보는 것도 유익할 것이다.

여성 작가들의 생태페미니즘 작품은 母性性의 관점에서 읽을 수 있다. 『수수밭으로 오세요』는 ‘흙’을 기반으로 한 생태학적 상상력이 집약적으로 나타난 작품이다. 이 작품에서 ‘어미’ 마음은 자신이 낳은 자식뿐만 아니라 타인이 버린 자식까지도 보듬어 안는 ‘큰 어미’의 모습으로 그려진다. 주인공 강필순은 그 이름에서 풍기는 것처럼 강인한 여성의 이미지를 지닌 드넓은 大地의 모습을 보여주고 있다.

> 필순의 집에서 바라보면 멀리 지리산의 거대한 능선이 마치 병풍처럼 둘러쳐져 있는 것이 보였다. 병풍처럼, 혹은 어머니의 치마폭같이 지리산은 구례 땅을 감싸고 있었다. 그 산 아래, 마치 생김새 다르고 성격 다른 자식들처럼, 크고 작은 야산과 너른 들과 섬진강이 흐르고 있고 그 야산과 너른 들과 섬진강의 갈피갈피에 산짐승과 들짐승과 집짐승과 사람들이 깃들여 목숨 붙이고 있는 것이다. 서울에서 내려올 때만 해도 왠지 모르게 불안했던 마음이 막상 짐을 부리고 마당에 서서 지리산의 능선들을 바라보고 있자니 한정없이 푸근해져 오는 것이 필순은 좀 기이했다.[23]

필순과 심이섭의 새로운 터전인 지리산 자락의 원촌은 건강한 生態

---

23) 공선옥, 『수수밭으로 오세요』, 여성신문사, 2002, 77-78. 이후 인용문에서는 쪽수만 표기한다.

空間이다. 필순이 남편이 떠난 상태에서도 꿋꿋하게 살 수 있는 힘을 주는 공간이 된다. 필순에게 서울을 떠난다는 생각은 처음에 '불안'한 마음을 주었으나 구례 땅을 감싸고 있는 "어머니의 치마폭 같은 지리산"을 보자 "한정없이 푸근해져" 자신도 기이할 정도이다. 이것은 땅이 함유한 지모신, 대지의 여신의 힘이다. 흙은 강팍해진 도시인의 마음을 변화시킨 것이다. 文明의 발달로 都市化가 심해질수록 흙과 함께하는 생활, 흙과의 친화와 교류, 흙으로의 회귀가 추구되는 근래의 세태는 의미있는 일이라고 본다.

네 작품을 모두 읽은 후에 이 단계에서는 인물들의 행위나 특성을 중심으로 생태소설의 가능성을 살펴보도록 하자. 생각해 볼 문제를 정리하여 학습자들의 발표로 이루어지게 한다.

[표-2]

「깊은 강」	「동강은 황새여울을 안고 흐른다」
① 하진우의 특성	① '나'의 특성
② 김영식의 특성	② 승근 선배의 특성
③ '나'의 특성	③ 농심마니 회원
④ 심층생태학적 모습	④ 사회생태주의의 모습
「내 여자의 열매」	「수수밭으로 오세요」
① 아내의 특성	① 강필순의 특성
② 남편의 특성	② 심이섭의 특성
③ 생태페미니즘의 모습	③ 전병순의 특성
	④ 생태페미니즘의 모습

2) 생태학적 상상력과 모성성

4편의 생태소설을 '읽기' 과정에서 궁극적으로 학습할 것은 유기체적 세계관을 유지하며, 生命을 존중하고, 생태계를 존중하는 태도가 소설의 허구성과 어떤 방식으로 결합하여 효과를 얻고 있는지 살펴보는 일이다. 생태학적 상상력 속에서 나타난 '환상성'이나 '神秘主義'의 모습은 학습자에게 색다른 반응을 불러일으킬 수 있을 것이다.

리얼리즘 소설에 익숙한 학습자에게 한강의 작품에서 아내가 '식물'로 변신하는 과정은 처음에는 수용하기 힘든 충격적인 내용일 수 있다. 또한 최근 청소년들에게 유행하고 있는 환타지 소설과는 변별성을 가질 수도 있다. 따라서 학습자에게 소설의 허구성은 작가와 독자가 합의하여 만들어내는 것으로서, 소설해석공동체 안에서 통용되는 일종의 합의(consensus)이고 관습[24]이란 점을 인지시킬 필요가 있다.

> 아내는 베란다의 쇠창살을 향하여 무릎을 꿇은 채 두 팔을 만세 부르듯 치켜올리고 있었다. 그녀의 몸은 진초록색이었다. 푸르스름하던 얼굴은 상록활엽수의 잎처럼 반들반들했다. 시래기 같던 머리카락에는 싱그러운 들풀 줄기의 윤기가 흘렀다.
>
> 초록빛 얼굴 속에서 두 눈이 희미하게 반짝였다. 뒷걸음질치는 나를 향하여 아내는 몸을 일으키려 했다. 그러나 일어날 수도 걸을 수도 없다는 듯이 다리께를 움찔 경련했을 뿐이었다.
>
> 아내는 고통스러운 몸짓으로 낭창낭창한 허리를 좌우로 흔들었다. 새파란 입술 속에서 퇴화된 혀가 수초처럼 흔들렸다. 이빨

24) 우한용 외, 「소설교육의 기본구도」, 『소설교육론』, 평민사, 1993, 26쪽.

은 이미 흔적도 남아 있지 않았다.

……물.[25]

몸에 멍이 들고, 햇빛 때문에 알몸으로 베란다에 서있기도 한 아내는 결국 식물이 되어간다. 그러나 고층 아파트의 화분 속에 있는 식물로 변한 아내는 생명이 스러지면서 '열매'만을 남기게 된다. '아내'는 도시에서 不毛의 여성으로 지내다가 자신의 몸을 온전히 희생한 연후에 '열매'를 남기는 제의적 모습을 보인다. 이처럼 현실적으로 불가능한 내용은 카프카의 『변신』과 우리 문학에서는 최인호의 「타인의 방」을 들 수 있다.[26] 이 두 작품이 모더니즘 소설의 범주에서 소외된 현대인의 모습을 드러낸다면, 아내의 변신은 생태소설의 범주에서 不毛性의 여성의 몸을 보여주고 있다. 이러한 환상성은 1920년대 중반의 카프문학과도 비교할 수 있다. 문학의 목적성 때문에 '예술성'을 상실할 수 있는 위험을 극복하는 글쓰기라고 하겠다. 이점은 정찬의 작품에서도 마찬가지다. 「깊은 강」은 신비주의에 의해 심층생태학적 인식을 드러내고 있다.

공선옥의 『수수밭으로 오세요』에서 흙의 본성은 生成力과 허여성이다. 황무지와 같은 척박한 땅이더라도 씨앗이 뿌려지면 어김없이 싹을 틔운다. 그것이 땅의 힘이다. 이것이 여성으로 변주되면 생명을 낳고 보육하는 여성의 몸이 된다. 사회환경이나 개인적인 사정으로 '오염'되거나 '고갈'된 시점에 있더라도 '어미'일 때는 건강한 몸을 갖고자 노

---

25) 한강, 「내 여자의 열매」, 『내 여자의 열매』, 창작과비평사, 2000, 233쪽. 이하 인용문은 쪽수만 표기한다.
26) 최인호의 「타인의 방」에서 나타난 주인공의 '변신'은 졸고, 「모더니즘 소설교육에 관한 연구」, 『문학교육학』 제14호, 한국문학교육학회, 2004. 8, 234–236쪽 참조.

력한다. 결국, 공선옥의 어미가 당당할 수 있었던 것은 '흙' 속에서 생활한 인물이며, 흙의 성격을 본질로 하기 때문이다.

흙의 허여성은 '씨앗'을 가리지 않는다. 生命을 틔울 수 있는 씨앗은 모두 받아들여 생명을 불어넣는다. 공선옥의 자전적 삶이 배어나는 여성인물들은 한결같이 아이들이 많다. 그것도 아버지가 다른 아이들이다. 여성인물들은 자신에게 아이들만 남기고 떠난 남편, 애인들에 대해서 원망하지 않는다. 그녀의 모성애가 발휘되는 육체가 건강하기 때문이다. 한강의 「내 여자의 열매」에서 아파트라는, 흙이 不在한 공간에서 시들어가는 아내의 이미지와 대조적이다.

> 밭머리에 앉아 바라보이는 은자 무덤이 푸르다. 이제 좀 있으면 이발을 해줘야 할 계집애의 머리칼처럼. 소란이가 제 엄마 무덤 앞에 가서 절을 하고 있다. 소란이 뒤로 멀리 성삼재 산등성이에도 초여름빛이 완연하다. 필순은 일어났다. 옥수수씨 넣고 나서 동부씨까지 넣으려면 서둘러야 할 것 같았다.(『수수밭으로 오세요』, 289쪽)

필순이가 다섯 자식을 키우겠다고 결심을 하게 된 것도 '흙', 바로 땅 때문이다. 이웃집 할머니는 그녀가 부칠 수 있는 땅을 제공한다. 은자의 무덤이 보이는 밭에 필순은 옥수수와 동부를 심기로 한다. 필순의 생태적 터전인 '수수밭'은 바로 그녀 자신이다. 그녀가 뿌리는 옥수수와 동부는 그녀가 돌보는 모든 연약한 生命體의 상징인 것이다. 이처럼 땅은 거둠과 보살핌과 생산의 의미를 동시에 함유한다.

필순이 안주하는 원촌은 이농이 증가하는 장소로서 농촌의 붕괴현상도 지니고 있다. 심이섭도 떠나고, 이웃집 전병순 가족도 떠난 장소이다. 그러나 한편으로는 필순이처럼, 가출했던 순나가 되돌아 온 것처럼 흙을 지키는 사람에 의해 황무지는 다시 옥수수와 동부가 자랄 공간으로 변한다. 필순과 대조적으로 전병순 가족과 심이섭은 원촌을 떠난다. '가난한 사람들 모임'을 이끈 이들의 가난은 선택한 가난으로서 그들의 위선이 떠남의 이유가 된다. 필순에게서 발산되는 원시적 자연성은 생물학적 본성을 신성한 것으로 인식하게 한다.

공선옥의 '어미 마음'은 바로 '흙'의 마음이며 가이아 이론[27]과 지모신을 실현하고 있는 것이다. 원시시대 사람들이 처음 흙을 자각하였을 때, 그것은 일종의 수호신적 성격을 띤 것으로 느꼈다. 여기에서 대지를 신앙의 대상으로 섬기는 계기가 생겼다. 이것이 地母神觀(지모신관)이다. 지모의 사상은 농업적 전통에서 발생되며 농경적인 풍요를 희구하는 데서 태어났고, 흙은 이로써 한층 은혜적인 존재로 인식되어 땅에서 생산되는 곡물과 함께 신앙의 대상이 된다.[28]

> 학습자에게 생각해 볼 문제를 다음과 같이 질문할 수 있다.
> ① 「깊은 강」에서 하진우의 동면의 의미는 무엇인가?
> ② 「동강은 황새여울을 안고 흐른다」에서 '나'의 산삼심기의 의미는 무엇인가?
> ③ 「내 여자의 열매」에서 '아내'의 변신의 의미는 무엇인가?
> ④ 『수수밭으로 오세요』에서 강필순에게 '밭'의 의미와 모계가족의 의미는 무엇인가?

---

27) 제임스 러브로크, 김종철 편역, 「가이아를 위하여」, 『녹색평론선집 1』, 녹색평론사, 1998, 149쪽.
28) 한국정신문화연구원, 『한국민족문화대백과사전 25』, 웅진출판, 1995, 734쪽.

열거한 것은 표면적인 것이지만 그 이면의 의미까지 천착해야 한다. 이러한 과정을 거쳐 학습자들이 직접 할 수 있는 생태계 보호 방법이나, 환경단체와 종교단체에서 벌이고 있는 환경보호와 관련된 활동들에 관심을 갖도록 이끌 수도 있다.

5. 맺음말

지금까지 小說敎育의 한 방법으로 生態小說을 '발견적 읽기'와 '비판적 읽기'로 살펴보았다. 이는 소설교육에서 수용적 태도에 역점을 둔 것이다. 7차 교육과정에서 문학교육의 목표는 수용과 창작활동을 통하여 문학적 감수성과 想像力을 함양하는 데 두고 있다. 입시제도에 맞물려 있는 현실에서 충분한 문학교육이 어려움을 겪을 때 敎師와 學習者에게 관심과 흥미를 불러 일으키는 '읽기' 텍스트는 중요하다고 본다. 이런 여건에서 生命과 생태계를 보호하는 주제를 드러내고 있는 '생태소설'은 읽기 교육의 텍스트로 시사점이 많다.

이 글에서는 땅과 물의 오염이 드러났거나, 오염이 표면화되지 않았어도 生態學的 認識을 배경으로 하고 있는 작품을 대상으로 하였다. 공선옥의 『수수밭으로 오세요』와 한강의 「내 여자의 열매」에서는 생태페미니즘을, 정찬의 「깊은 강」은 심층생태학, 최성각의 「동강은 황새여울을 안고 흐른다」는 사회생태학의 모습을 발견할 수 있었다.

학습자에게 읽기의 단계를 '발견적 읽기'와 '비판적 읽기'로 구분한 것은 생태소설의 目的意識을 염두에 두었기 때문이다. 다른 소설과 비교할 때 생태소설은 목적의식이 강한 편이다. 목적의식이 강할 경우 小說美學的인 부분을 간과할 수 있으며, 소설에서는 결함이 될 수도 있는 것이다. 그러한 점이 정찬과 한강의 작품에서 해소된 것을 확인하였다. 생태학적 상상력에다가 神秘主義를 결합하여 주제를 함축적으로 드러낼 수 있었기 때문이다.

소설교육의 평가는 소설작품에 대한 독서체험을 확인하는 데서부터 출발해야 한다. 소설이 한 영역에 해당하고, 그것이 예술인 한은 具體性을 본질로 한다. 텍스트의 구체적인 수용이 전제되지 않은 소설교육은 소설을 이데올로기 전달의 매체로 전락시키고 말 것이다.[29]

---

29) 우한용, 앞의 글, 1993, 44쪽.

공선옥 소설에 나타난 생태학적 상상력 고찰

1. 머리말

1970년대, 급성장한 산업화는 생태문학 영역을 배태시켰다. 생태문학은 먼저 시문학을 중심으로 대두하였다. '생태시'는 환경 또는 생태, 생명문제와 관련해서 심층생태학과의 접합이 두드러졌으며, 독자적인 영역을 이루었다. 이에 비해 소설에서의 생태문학은 시보다 다소 늦은 편이다. 그러나 소설은 생태위기의 현실을 구체적으로 형상화함으로써 문제의식을 개진하고 극복 방안을 고려하는 데 보다 용이[1]하여 약진을 기대할 수 있다. 문제는, 생태계 보호, 생태계 파괴의 고발을 강조하다 보면 자칫 계몽성을 띤 교조적 문학이 될 수 있다는 점이다. 문학이 시

---

[1] 전혜자, 「한국현대문학과 생태의식」, 『한국현대문학연구』 제15집, 2004. 6, 52쪽. 이 글에서 전혜자는 1970년대 도시화, 산업화 이후부터 2002년까지 환경문제가 명백하게 실마리가 된 소설들을 선정하여 공통적인 특성들을 개괄적으로 살피고 있다. 총 49편을 대상으로 작가의 출신고향, 작가의 연령층, 스토리 시작의 모티프 분석 등을 통해 도시화(9편), 물오염(9편), 원자핵(7편), 자연파괴 및 자연동화(8편), 대기오염(6편), 토양오염(5편), 산업폐기물(3편), 녹색주의자의 허위의식(1편), 공생의식 역설(1편) 등으로 구분하고 있다.

대상황을 반영하는 것은 당연하지만 목적의식이 강할수록 문학성을 약화시킬 수도 있기 때문이다.

1990년대 소설의 특성과 그 흐름을 논하는 글[2]에서도 '생태소설'은 주목받고 있다. 생태환경 소설에서 다루어진 여성작가의 작품은 의외로 극소수였다. 박사학위 논문[3]을 비롯하여 전혜자, 송명희의 논문에서 다룬 연구대상 작가는 많게는 49명이었으나 이중에 여성작가는 겨우 6명 정도였다.[4] 이러한 결과가 의외이긴 하지만, 한편으로는 향후의 기대를 할 수 있는 부분이라 생각한다. 생태소설에서 강세를 띨 여성문화의 내재력은 상당하기 때문이다. 여성문학은 여성 특유의 문화, 그것 속에서 길러진 감성과 의식을 그들 나름의 방식으로 드러내고 있으며, 나아가서는 여성 문화 속에 잠재된 문학적 창조성이 무엇인가[5]

---

2) 황국명, 「90년대 소설론, 그 치욕과 영광」, 『삶의 진실과 소설의 방법』, 문학동네, 2001. 312쪽. 1990년대 소설은 내성적 신변소설, 환상소설, 페미니즘 소설, 기행 소설, 생태환경 소설, 구연적 소설, 사이버 소설 등으로 집약할 수 있다. 좀더 상세한 내용은 다음과 같이 열거하고 있다. "민족문학의 갱신과 연관된 리얼리즘 소설, 글쓰기에 관한 환멸 혹은 근원적인 회의를 드러낸 내성적 신변소설, 인식과 존재의 다원성을 추구한 환상소설, 대중문화적 감각체험과 기법을 수용한 문화 체험소설, 성적 불평등을 문제삼고 육체의 가능성을 탐구한 페미니즘 소설, 공간 마찰을 뛰어넘는 여행에서 존재의 심연을 들여다본 기행소설, 인위적인 문화과정과 비인공적인 자연과정의 상호의존성을 모색한 생태환경소설, 근대소설이 잃어버린 연행적 소통상황을 복원하려 한 구연적 소설, 인터넷과 연동된 전자매체의 사이버 소설 등이 독자의 지대한 관심을 끌고, 평단에 뜨거운 쟁점을 제공한 바 있다."

3) 이소영, 「황순원 소설에 나타난 생태의식 연구」, 고려대 석사학위 논문, 1998.
   곽경숙, 「한국 현대소설의 생태학적 연구」, 전남대 박사학위 논문, 2001.
   변혜경, 「오영수 소설의 생태의식」, 서강대 석사학위 논문, 2002.
   구자희, 「한국 현대 생태소설 연구」, 경원대 박사학위 논문, 2003.
   이은실, 「한국 현대 생태소설 연구」, 동덕여대 박사학위 논문, 2003.

4) 박경리의 『토지』, 최명희의 『혼불』, 이남희의 『바다로부터의 긴 이별』, 한정희의 『불타는 폐선』, 공선옥의 『수수밭으로 오세요』, 한강의 「내 여자의 열매」 등을 논의하고 있을 뿐이다.

를 천착하고 있다. 따라서 여성문학과 생태학의 접목은 다양한 문학적 형상화에 새로운 의미를 부여하거나, 더 탄탄한 의미로 해석할 수 있는 준거가 될 것이다.

생태페미니즘은 생태학과 페미니즘이 동일한 존재 기반을 가졌다는 인식하에 하나의 담론으로 결합된 이론이다. 두 이론의 결합이 가능하고, 타당점을 지니는 이유는 자연과 여성에 대한 인식의 공통점에서 비롯한다. 자연과 여성이 남성 중심의 문명 속에서 모두 타자였던 점이 동일한 기반을 갖는다.[6] 생태페미니즘은 여성의 지배와 자연의 억압, 여성의 억압과 자연의 착취 사이에는 아주 깊은 함수 관계가 있다고 본 것이다. 따라서 생명을 잉태하는 여성만이 자연환경의 치유자 역할을 할 수 있다는 극단적인 모습까지 드러내기도 한다. 생태페미니즘이 추구하는 궁극적 목표는 "인간과 인간, 인간과 자연 사이의 조화요 균형"[7]이다. 이는 자연과 여성이 동질적인 차원에서 억압받는 대상이기에 이를 극복하고 '공존'의 삶을 지향하는 것이다. 생태페미니즘은 "근대화라는 형태의 개발은 여성적 원리의 죽음을 전제로 하는 악개발이라는 인식에 기초하고 있으며, 비폭력적이고 성별에 기반하지 않는 모든 인간에 대한 대안으로서 여성적 원리의 회복"[8]을 주장하기에 주목받는다. 여기서 여성적 원리라 함은 '생산', '돌봄', '부드러움' 등이라

---

5) 황종연, 「여성소설과 전설의 우물」, 『비루한 것의 카니발』, 문학동네, 2001.
6) 에코페미니즘은 프랑스의 프랑수아 도본느의 저서 『페미니즘 또는 파멸』(1974)에 처음 등장한 용어이다. 그녀는 이 책에서 여성억압과 자연억압 사이에 직접적인 연관성이 있다는 견해를 표방함으로써 이후 에코페미니즘의 가설을 성립시키는 단초를 제공하고 있다. 로즈마리 통, 이소영 외 편역, 「에코페미니즘」, 『자연, 여성, 환경』, 한신문화사, 2000, 9-10쪽.
7) 김욱동, 『문학 생태학을 위하여』, 민음사, 1998, 410쪽.
8) 장정렬, 『생태주의 시학』, 한국문화사, 2000, 13쪽.

하겠다.

자연과 여성이 보유한 공유점의 토대는 '생산성'으로서 여성문학의 독창적 분야인 '어머니되기'이다. 이는 '생산', '돌봄'의 행위로서 여기에 생태의식이 반영되면 기존의 모성성 신화와는 차별되는 점을 가진다. 모성성 신화는 여성에게 인내와 희생을 요구하고 순종적인 여성상[9]을 요구하였으며, 그 범주 또한 혈연을 중심으로 하기에 가족 이데올로기를 재생산하기도 한다. 이러한 기존의 모성성에 생태의식이 반영되면 한계를 극복할 수 있는 가능성을 얻게 된다. 기존의 모성성이 자신이 낳은 자식을 '돌봄'으로써 혈연, 가문의 이데올로기를 강화시키는 역할을 하였다면, 생태의식의 반영은 이러한 돌봄의 태도와 범위를 확대시킨다. 나의 자식뿐만 아니라 남의 자식, 인간 뿐만 아니라 식물, 동물까지 '생명' 있는 모든 것들을 아우르는 범주로 확대되는 것이다. 가장 소외되거나, 착취당하는 대상으로 향하는 것이다.

이 글은 여성작가의 생태소설 중 공선옥 작품을 대상으로 한다. 공선옥 소설을 다룰 때, 광주민주항쟁, 가난, 모성성을 논의하면서도 생태의식에 대한 지적은 찾기 어려웠다. 그의 소설의 투박한 문체와 건강한 모성성, 자매애, 모계가족 등은 바로 농촌을 배경으로 한 공간의 힘에서 온다고 본다. 이것은 1990년대 여성소설과 변별성을 띠는 모습으로서 바로 생태의식이 반영된 것이므로 이를 살펴볼 필요가 있다.

공선옥의 생태의식은 환경파괴로 인한 '생태위기'를 의식한 상태에서 형성된 것이기보다는 '여성의 위기', '삶의 위기'를 겪고 그 대안으로 '흙'을 지향하는 '인간다운 삶'을 모색하는 과정에서 비롯된 것이라 할 수 있다. 여기에는 농촌을 배경으로 한 삶과 흙에 대한 애착이 기본

---

9) 서강여성문학연구회편, 『한국문학과 모성성』, 태학사, 1998.

정서로 깔려 있다. 『오지리에 두고 온 서른 살』, 『내 생의 알리바이』, 『멋진 한세상』에 실린 작품들과 『수수밭으로 오세요』 등은 정도의 차이는 있으나 '흙의 정신'을 토대로 한 생태학적 상상력을 수반하고 있다. 작가가 제시하는 궁극적인 모성성은 작가가 확보하고 있는 문학세계와 생태의식의 본질이 만나는 지점이 될 것이다.

2. 에코토피아의 원형

공선옥 소설에서 정신적 바탕은 두 가지로 나타난다. 하나는 광주민주항쟁의 정신이고, 다른 하나는 농촌에 대한 동경이 그것이다. 그녀가 거칠고, 원시적이고, 건강한 모습의 여성 이미지를 가지고 있는 것은 농촌에 대한 동경이 지배적이기 때문이다. 그녀의 유토피아는 인간다움, 자연과의 친화가 존재하는 농촌에 있다.

공선옥 소설에서 '농촌'은 에코토피아의 원형으로 제시되어 있다. 그의 작품 중에서는 이례적이라 할 만큼 '정상적인 부부'[10]의 모습이 나오는 「한 데서 울다」와 '누나'의 포용성이 드러난 「이 한 장의 흑백사진」에는 도시와 대비되는 '농촌'의 모습이 도시의 문명적 삶과는 거리가 먼 공간으로 등장한다. 그곳은 비문명적이고, 계산적이지 않고, 자연의 풍요가 넘치고, 그리고 따뜻한 어머니가 있는 장소로 설정되어 있다.

여기에서 농촌은 파괴가 전제되지 않은 상태, 즉 건강한 농토여야 한다. 이점이 다른 생태소설과 공선옥 소설의 차이점을 유발시킬 것이다.

---

10) 공선옥 소설에서 그려지고 있는 일반적인 부부 모습은 재혼으로 인한 갈등을 보여주거나, 궁핍한 생활, 또는 남편이 사상 때문에 가출한 모습으로 대부분 그려져 있다. 상대적으로 이혼녀, 미혼모의 설정이 눈에 띈다.

논자들에게 거론되고 있는 생태소설이 대체로 환경오염 때문에 자연의 원형성이 파괴된 공간, 그래서 생명을 잉태할 수 없는 공간으로 그려지고 있는 것과는 대조적이다.[11] 공선옥은 황폐한 땅, 농약에 오염된 토양을 고발하기 위한 의도에서 글쓰기를 시작했다기보다는 농촌을 고향으로 한 강인한 여성성의 모습을 그려내다 보니 근원적인 유토피아 농촌으로 회귀하고 있다.

「한 데서 울다」의 주인공 정희는 알뜰하게 모은 돈으로 시내에 20여 평의 아파트를 마련하지만 전혀 행복하지가 않다. 자동차 도장공으로 근무하는 남편과 그런 아들 하나를 억척스럽게 공부시킨 시어머니는 20여 평의 아파트에 너무나 만족하고 있다. 정희가 아파트를 '집'이라고 여기지 않은 이유는 자신이 "그곳에 처넣어져 사육당"하는 생활이라고 느끼기 때문이다. 그녀가 생각하는 '사람사는 곳'은 "차라리 지저분한 동네에 살면서 이웃들하고 악다구니로 싸우는" 인간미 있는 동네와 집이다. 이러한 정희를 남편은 "그놈의 돼먹지 않은 시대착오적인 문학소녀 취향"이라고 일축해버린다. 정희는 가난 때문에 공고를 나온 남편과 달리 인문계 여고를 나온, 부자는 아니지만 곤궁하지도 않은 '따뜻한 농가' 출신의 여성이다. 따라서 그녀에게 사람답게 살 수 있는 인간다운 공간은 '농촌'이 된다. 그녀는 친정어머니가 말한 '한 데'란 추운 곳이 자신에게 와서는 문명과 그로 인한 소음들로 가득 찬 공간으로 '한 데'의 이미지가 변질되었음을 안다.

그녀에게 '한 데'는 어머니와 달라졌지만 '인간이 살 만한 장소'는 아니라는 점에서 동일하다. 소음으로 잠을 이룰 수 없고 인간애가 고갈

---

11) 환경오염, 자연파괴의 실태를 보여주는 생태소설로 이남희의 『바다로부터의 긴 이별』, 김원일의 「도요새에 관한 명상」, 최성각의 「동강은 황새여울을 안고 흐른다」, 정찬의 「깊은 강」을 들 수 있다.

되고 돈으로만 환산되는 아파트와 개울을 복개하여 주차장으로, 흙길은 아파트로 모두 바꾼 동네가 차가운 '한 데'로 인식되는 것이다. 아파트를 거부하는 정희의 태도는 생태위기에 대한 작은 몸짓이라 할 수 있다. 근대 인간문명의 본질인 산업주의를 비난하는 근본 생태론적인 관점과 경제논리와 시장논리에 기인한 생태위기에 대한 경종을 발견할[12] 수 있기 때문이다.

그녀는 남편 회사에서 팔라고 할당받은 승용차를 타고 남편이 출근한 이후부터 마음에 드는 집을 보러 다니는 아이러닉한 생활을 시작하고, 결국 마음에 드는 마을과 집을 발견한다. 그 차를 운전한 것도 남편이 우겨서 시작된 것인데 운전이후 가장 흡족했던 것은 집을 보러 다닐 때였다. 정희에게 가장 이상적인 집은 '마당'이 있는 곳이다.

> 마을 입구 공터에 가득 널린 샛노란 나락도 사람의 마음을 평안하고 풍요롭게 했다. (중략) 마을은 고적했다. 얼마나 그리운 고요인가. 거기다 또 감이 지천이었다. 말랑말랑하게 익은 굵은 감들이 고적한 골목으로 툭툭 떨어져 내렸다. (중략)
>
> 확독이 있고 장독대가 있고 지금 아무도 돌보지 않는 감나무, 대추나무의 열매들이 저희들끼리 익어가는 중이었다. 할머니 집과 빈집의 뒤안은 어린아이도 건널 수 있을 만한 높이의 돌담이 쳐져 있었다. 그것이 할머니 집과 빈집의 경계였다. 저 낮은 돌담 너머로 그 옛날 저 빈집에 사람이 살았을 적 지금은 잡풀무성하지만 그 잡풀 조금 걷어내면 지금도 보이는 저 파릇파릇한 부추 담쑥담쑥 베어서 부추전을 부쳐 이쪽저쪽 나누어 먹었으리라. 앞

---

12) 전혜자, 「이남희의 생태담론」, 『김동인과 오스커리즘』, 국학자료원, 2003, 252쪽.

> 마당은 주로 일마당이고 그래서 자연히 남정네들의 공간이지만
> 뒷마당은 놀이와 휴식의 공간이지 않은가. (중략) 뒷마당은 그녀
> 인생의 보물창고였다. 집이란, 그런 곳이어야 하지 않을까. 육신
> 이 몸담은 가장 정신적인 곳. 그걸 집이라고 할 수 있지 않을까.
> 뒷마당 없는 집. 우리 인생의 보물창고가 되어줄 공간이 없는 집
> 은 집이 아니라 건물일 뿐이다.(「한 데서 울다」, 247-248쪽)

그녀에게 집이란 '유년의 꿈'을 간직할 수 있는 장소여야 하고, 이웃 간에 정을 나눌 수 있는 곳이어야 하고, 자연이 함께 하는 곳이어야 한다. "도스또예스프스끼 소설에 나오는 전당포노인"을 연상시켰던 시어머니의 각박하고 쓸쓸해 보이던 모습도 마당이 있는 집, 농촌으로 오면서 "아주 많이 따스해"질 정도로 변화하였다. 이 작품은 퇴락하는 농촌의 현실성과는 거리가 있다. 그러나 공선옥 소설의 여주인공들이 지니고 있는 자연친화적인 태도가 어디서 유래하는지 알 수 있게 한다. 그의 소설 여주인공들은 정희처럼 농촌의 딸로서 풍요와 고요와 인간애가 넘치는 유년의 고향을 유토피아로 간직하여 그곳을 그리워하거나, 그곳의 힘으로 삶을 이겨내고 있다.

「이 한 장의 흑백사진」에서도 이와 같은 유토피아의 농촌 정경이 나온다. 「이 한 장의 흑백사진」에서 화자 '누나'는 띠동갑인 막내동생이 실연의 상처로 아파할 때 자신의 실연담을 들려준다. 이때 누나의 애인은 10여 년이 흘러도 '좋은 남자'로 기억되고 있다.

공선옥 문학의 여성성은 남성과 대척관계에 서 있지 않다. 오히려 남성을 이해하고 포용하는 데에서 에코페미니즘의 경향을 보인다. 에코페미니즘은 이분법적이고 대립주의적인 세계관 및 인간관을 극복하고, 사랑과 협동, 상호주의, 연대, 미래에 대한 책임, 타인에 대한 배려, 돌

보아주는 태도와 같은 새로운 가치에 의한 전체적인 세계관 및 인간관을 세우고자 한다. 그리고 상호주의적인 새로운 가치는 자연에서도 인간에서도 똑같이 실현되어야 한다고 본다.[13]

이를 확인시켜주는 작품이 「이 한 장의 흑백사진」이다. 이 작품에서 주인공 '누나'는 짝사랑의 대상인 대학 친구를 원망하기보다는 그리움의 대상으로 간직하고 있다. '누나'는 운동권 학생으로서 졸업 후에는 재야단체의 말석을 차지하여 취재를 위해 데모판을 쫓아다녔다. 그 데모대에 누나의 애인도 함께 있었던 인물이다. 긴장감을 주는 데모가 잠깐 소강상태인 때에 그가 불쑥 한 말은 '아, 내일이 우리 할아버지 마당제삿날인 걸 깜박했네.'였다. 누나는 그러한 그의 모습에서 "장손의 경건함"(218쪽)을 느끼고 고향에 가지 못하는 그 대신 그의 고향집을 방문하여 3일간 지내고 온다. 그 추억을 지금 남동생에게 사진까지 보여주면서 구술하고 있는 것이 「이 한 장의 흑백사진」이다.

'누나'가 그의 고향과 고향집에서 느낀 첫인상은 유토피아 농촌, 바로 그것이다. 이 작품에서 그려진 유토피아 농촌은 남자의 성품까지도 좌우한다. 남자의 성품은 그의 고향이 주는 자연미, 농촌의 풍경에서 비롯한 것이다.

　　계단식 논 사이로 난 황톳길은 걷기에 좋았다. 나는 그 사람한테 당장 시집가고 싶었다. 시집가서, 말하자면 그 고장으로 시집가서 그 고장 아낙이 되고 싶었다. 저 봄물 가득한 논에 들어가 부드러운 진흙을 내 양다리로 양껏 밟아보고 싶었고 황토가 고운 밭에 예쁜 고랑을 내어 고추와 가지도 튼실하게 길러내고 싶었

---

13) 송명희, 「『도요새에 관한 명상』과 에코페미니즘」, 『타자의 서사학』, 푸른사상, 2004, 26쪽.

다.(「이 한 장의 흑백사진」, 220쪽)

반쯤 열린 양철대문을 들어서자 오른쪽으로 예쁜 화단이 가꾸어져 있었어. 그곳에 저 꽃이 피어 있더구나. 반쯤은 담장 밖으로 휘늘어지고 반쯤은 양철대문 쪽으로 휘늘어져서 흰 수국이 장관을 이루고 있었다.

네 누난 지금도 오월이면 어김없이 스물넷이 된다.(「이 한 장의 흑백사진」, 216쪽)

'누나'는 그의 집에 손질된 화단을 보면서 살림을 지켜온 그의 어머니에게 "여자의 담담함"(222쪽)과 맑은 눈빛을 발견하고 존경심을 갖는다. 남자가 없는 집을 지켜온 그의 어머니는 시골 부인의 질박함과 순후함을 지닌 인물이었다. 누나는 그곳에서 3일간의 행복한 추억으로 10여년을 지내고 있다. 그 남자가 보낸 편지에서 결혼할 '각시'를 데리고 온다는 사연 때문에 그녀는 서둘러 돌아와야 했지만 누나에게 그날의 '농촌'과 '어머니'의 만남은 "아름다운 것들", "그리운 것들"(230쪽)로 존재한다. 이 작품은 공선옥 소설에서는 이례적인 작품이다. 가난도 등장하지 않고, 억척스런 어미도 등장하지 않는다. 그러나 그녀의 여성인물들에게 잠재되어 있는 유토피아적인 농촌을 발견하기에는 충분한 작품이라고 본다.

공선옥 소설의 생태학적 상상력은 농촌, 즉 '흙'을 바탕으로 하고 있다. 앞서 본 두 작품은 풍요롭고, 고요하고, 인간애가 있는 농촌의 모습이다. 그러나 '억척 어미'가 등장하는 일련의 작품에서도 그 '흙'은 여전히 여성인물의 정신적 기반이 되고 있음을 보여준다. 3, 4장은 그러한 모습을 살펴볼 것이다.

3. 흙과 모성성의 관계

공선옥 소설에서 생태학적 상상력은 농촌을 고향으로 한 여성의 '흙'에 대한 정신에서 나타난다. 동시기의 생태소설로 주목받고 있는 이남희의 『바다로부터의 긴 이별』과 한정희의 『불타는 폐선』, 한강의 「내 여자의 열매」와 다른 점이 바로 '흙'의 정신을 부각시킨 점이다. 흙의 생성력이 여성의 몸, 여성의 출산으로 이어지고 있음을 보여주고 있다. 또 다른 차이는 생태계의 파괴를 부각시키기보다는 '건강한' 생태계의 모습이 여성의 모성성과 상응한다는 점이다. 이것은 대부분의 생태소설이 산업화에 의한 환경위기, 자연파괴를 보여준 점과 구별된다.

1990년대에 활동한 대표적인 여성작가들[14]을 보면, 모성성을 표현하는 빈도수가 줄고 대신에 일상성과 내면세계에 몰두한 경향이 짙다. 김성곤은 여성문학의 문제점을 "역사의식과 현실인식이 심각하게 결여된 채, 〈텍스트성 textuality〉의 미궁 속으로 침잠해 들어가고 있다."고 지적하였다. 이는 "문학은 필연적으로 역사적 사회적 산물"인데 여성소설에서는 이를 다루는 작가가 드물다는 뜻이다. 이런 선상에서 본다면 공선옥 소설은 생태의식을 표출하면서 동시에 역사의식과 현실인식을 지닌 작가로서 주목받기에 충분하다. 그녀의 등단작인 「씨앗불」을 비롯한 초기 단편[15]에서 남녀 주인공들은 광주 민주항쟁의 아우라를

---

14) 1990년대에 활동한 대표적인 여성작가들은 김수경을 필두로, 최윤, 공지영, 공선옥, 신경숙 등이다. 이들은 1980년대에 활발한 활동을 벌였던 박완서, 강석경, 오정희, 김지원, 양귀자, 김향숙 등을 대신해서 이미 중견작가로서 문단의 주역을 차지했다. 김성곤, 「여성작가들의 등장과 문학의 여성화」, 『뉴미디어 시대의 문학』, 민음사, 1996, 182쪽.

15) 「씨앗불」, 「목숨」, 「불탄자리에 무엇이 돋는가」는 각기 소재는 다르지만, 공선옥이 광주민주항쟁의 정신을 규정해보려는 시도에서 쓰여진 작품이라 할 수 있다.

벗어나지 못하는 인물들이다. 그의 작품에서 광주민주항쟁은 사람답게 살기 위한 어쩔 수 없는 과정이며 인간이 인간이 되기 위한 당연한 권리행사이다.[16] 광주민주항쟁의 원체험은 공선옥 소설의 한 축으로서 정신적 기반이 되어 역사의식을 표출하고 있다.

그의 소설을 추동시키는 또 다른 한 축은 '억척 어미'이다. 1990년대 도시감각의 소설에서는 한물 갔다고 할 수 있는 '모성성'을 이례적으로 표방하고 있다. 공선옥이 그린 '억척 어미'는 모성성 신화에 편입된 모습이 아니라 양가적인 모습을 보이는 모성성임을 드러낸다. 여성들의 개인적 독립과 자율이 사회의 발전적 변화와 맞물려 있는 상황에서 모성을 숭배하는 낭만적 습벽이 여성성에 대한 올바른 인식과 결합되기란 쉽지 않은 일이다. 적어도, 모성적 역할과 여성의 욕망사이에 존재하는 갈등에 대한 이해는 이제 여성성에 대한 인식에서 불가결한 전제[17]가 되었다. 공선옥은 '어머니 되기'와 '여성의 본능' 사이에서 갈등을 보이는 생동감 있는 인물을 형상화 하였다. 이러한 모습을 「술 먹고 담배 피우는 엄마」에서 놓치지 않고 보여준다. 그러나 공선옥 소설은 모성성의 양가성을 논하기보다 원시적이고 건강한 모성성의 힘이 어디에서 생성되는지를 살펴보는 것이 그의 문학세계를 이해하는 데 첩경이 되리라 본다.

공선옥 소설의 '어미'는 멀리는 1930년대 여성, 가까이는 1990년대 여성과 구별된다. 산모의 모습이 '건강'하다는 점에서 변별성을 발견할 수 있다. 1930년대 여성 작가들의 작품에도 가난 속에 홀로 아이를 낳는 모습이 등장한다. 또는 산후 조리를 잘 못하여 훼손된 자궁의 이미

---

16) 이덕화, 「공선옥론: 자매애적 유대를 통한 사랑의 실현」, 여성문학학회, 『여성문학연구』 창간호, 태학사, 1999, 260쪽.
17) 황종연, 앞의 글, 72쪽.

지를 보여주는 작품들도 많다. 대표적인 것이 강경애와 백신애의 작품이다.[18] 그들의 작품에서 가난한 산모는 주인 몰래 음식을 먹거나 음식에 기갈들린 병약한 모습이었다. 당연히 태어난 아이들도 몹시 허약하여 사망하는 경우가 많았다. 1970년대 김원일의 「도요새에 관한 명상」에서 여공들은 직속상관에게 성폭력을 당하고 낙태수술을 받는 장면으로 등장한다. 1990년대 소설에서 낙태에 대한 이야기는 더 빈번해진다.

그러나 공선옥 소설에서는 생명을 사산할 수밖에 없는 훼손된 모체를 발견하기 어렵다. 그의 여성인물들은 낙태에 대한 고민을 하면서도 끝내 실행하지 않는 인물로 그려지고 있다. 산모는 궁핍함 속에서도 어떻게든 아기를 낳아서 잘 길러보겠다는 의지를 소유한 인물들이다. 남자로부터 버림받은 절박한 상황에서도 배속의 생명을 지키는 모습은 '손쉽게' 낙태를 선택하는 여성들과 현저한 차이를 보인다. 1930년대의 산모와 공선옥의 산모는 똑같은 가난의 질곡에 있으면서도 공선옥의 산모에게는 도저한 '힘'이 있다. 그녀를 든든하게 해주는 그 어떤 '뒷심'이 느껴진다는 뜻이다. 그 힘이 어디에서 오는가가 바로 그녀의 생태학적 상상력의 근원이 된다. 그녀의 작품에서 밝힌다면 바로 '흙의 힘'이라고 할 수 있다. 빈곤이나 삶의 파경 따위의 인위적 구속을 초월하여 '흙'이 내놓은 그대로의 자기를 지켜가는 것이 그것이다. 이때 땅은 단순한 토양이 아니다. 그것은 토양, 식물, 동물의 회로를 거쳐 흐르는 에너지의 원천이다.[19] 이러한 에너지의 원천이 최종적으로 인간

---

18) '비체화된 어머니의 몸'을 보여주는 예를 1930년대의 여성소설에서 발견할 수 있다. 아이를 낳기 위해 혹은 낳고 난 후 먹을 것을 구하는 모습에서 주인 몰래 밭에서 무를 뽑아 꽁지, 잎사귀까지 씹지도 못하고 삼키며 애를 낳거나, 아이를 낳은 후 주인 몰래 파뿌리를 우쩍 씹다가 뻣뻣한 파를 넘겨대는 모습 등이 있다.(김연숙, 「1930년대 소설에 나타난 여성육체의 재현양상」, 『여성문학연구』 11호, 284-287쪽 참조함)

19) Aldo Leopold, *Sand County Almanac*, p. 253.(데자르뎅, 김명식 옮김, 『환경윤

에게 미칠 때 삶의 버팀목이 되는 것이다. 공선옥 소설에 나타나는 임신과 출산의 과정은 자연스럽게 생태계의 이미지로 형상화되었다. 이는 여성의 몸이 소우주, 다시 대지로서 자연의 상징임을 보여주는 것이다. 여기에서 여성과 자연의 동질적 기반이 '생산성'에 있음을 확인할 수 있다.

흙의 허여성은 '씨앗'을 가리지 않는다. 생명을 틔울 수 있는 씨앗은 모두 받아들여 생명을 불어넣는다. 공선옥의 자전적 삶이 배어나는 여성인물들은 한결같이 아이들이 많다. 그것도 아버지가 다른 아이들이다. 여성인물들은 자신에게 아이들만 남기고 떠난 무기력한 남편, 애인들에 대해서 원망하지 않는다. 그녀의 모성애가 발휘되는 육체가 건강하기 때문이다.

장편소설 『수수밭으로 오세요』는 '흙'을 기반으로 한 생태학적 상상력이 집약적으로 나타난 작품이다. 이 작품에서 '어미' 마음은 자신이 낳은 자식뿐만 아니라 타인이 버린 자식까지도 보듬어 안는 '큰 어미'의 모습으로 그려진다. 주인공 강필순은 그 이름에서 풍기는 것처럼 강인한 여성으로서 드넓은 대지의 모습을 보여주고 있다.

강필순은 가난 때문에 가출한 전남편의 아들을 홀로 키우는 구로공단의 미싱사이다. 그녀는 오랜 친구인 은자의 술집에서 월급쟁이 의사 심이섭을 만나 재혼하여 함께 지리산 근처 원촌으로 내려온다.

> 필순의 집에서 바라보면 멀리 지리산의 거대한 능선이 마치 병풍처럼 둘러쳐져 있는 것이 보였다. 병풍처럼, 혹은 어머니의 치마폭같이 지리산은 구례 땅을 감싸고 있었다. 그 산 아래, 마치

리의 이론과 전망』, 자작아카데미, 1999, 261쪽에서 재인용)

> 생김새 다르고 성격 다른 자식들처럼, 크고 작은 야산과 너른 들
> 과 섬진강이 흐르고 있고 그 야산과 너른 들과 섬진강의 갈피갈
> 피에 산짐승과 들짐승과 집짐승과 사람들이 깃들여 목숨 붙이고
> 있는 것이다. 서울에서 내려올 때만 해도 왠지 모르게 불안했던
> 마음이 막상 짐을 부리고 마당에 서서 지리산의 능선들을 바라보
> 고 있자니 한정없이 푸근해져 오는 것이 필순은 좀 기이했다.[20]

필순과 심이섭의 새로운 터전인 지리산 자락의 원촌은 건강한 생태 공간이다. 서울을 떠난다는 생각은 처음에 필순에게 '불안'한 마음을 주었다. 그러나 구례 땅을 감싸고 있는 "어머니의 치마폭 같은 지리산"을 보자 "한정없이 푸근해져" 자신도 기이할 정도였다. 이것은 땅이 함유한 지모신, 대지의 여신의 힘이다. 흙은 강퍅해진 도시인의 마음을 변화시킨 것이다. 문명의 발달로 도시화가 심해질수록 흙과 함께 하는 생활, 흙과의 친화와 교류, 흙으로의 회귀가 추구되는 근래의 세태도 의미있는 일이라고 본다.

심이섭은 지리산으로 내려오기 전에도 가난한 이들을 위해 꾸준히 봉사활동을 벌여왔다. 그가 원촌에 병원을 낸 것도 그의 낮은 사람에 대한 '돌봄', 즉 생태주의적 이상을 실행한 것이었다. 이 작품의 갈등은 심이섭의 이타주의적 행위의 한계가 드러나면서부터 표면화된다. 아이까지 딸린 가난한 미싱사 필순을 선택하여 결혼한 심이섭의 이상적 관념은 여기에서 더 나아가지 못한다. 그는 강필순의 무학, 교양없는 말투, 자신의 아이 외에도 많은 아이들을 거두어들이는 그녀의 행동을 이해하지 못한다. 결국, 그는 필순을 버리고 도시풍의 세련된 여인

---

20) 공선옥, 『수수밭으로 오세요』, 여성신문사, 2002, 77-78쪽. 이후 인용문에서는 쪽 수만 표기한다.

영란을 택하여 원촌을 떠난다.

『수수밭으로 오세요』에서 강필순이 남편을 떠나보내고도 꿋꿋했던 것은 바로 5명의 아이에게서 삶의 원동력을 얻기 때문이다. 궁극적인 것은 지리산 구례 땅의 힘에서 오는 것이라 할 수 있다. 이와 같은 모성성은 자칫하면 모든 것을 치유할 수 있는 '만병통치약'으로 보일 수도 있다. 그러나 공선옥 소설의 모성성이 기존의 신화화된 모성성과 변별되는 것은 작중인물이 가부장제에 희생당하여 억압된 모습, 순종의 여성이 아니라 그것을 극복하는 강인한 여성으로 묘사된 데 있다. 가부장제의 모성성은 어머니-주체를 남아를 매개로 해서만 구성되는 것으로 그리고 있다. 다시 말해 아들의 어머니로서의 여성 주체가 곧 어머니-주체인 것으로 질서지운다. 이것이 가부장제 문화가 허용하는, 여성이 어머니로서 자신을 주체화하는 방식이다.[21] 이러한 기존의 모성성에서 공선옥 소설의 여성들은 탈피하고자 한다. 남편이 떠나면 아들에게 순종하는 여성보다는 원시적인 힘을 지닌 적극적이면서도 포용성이 있는 인물로 그려져있는 것이다.

이제 원촌은 위선적인 지식인들인 심이섭, 이웃집 전병순 가족은 떠나 보낸다. 그러나 필순이처럼, 가출했던 아내 순나를 받아준 보람이 아빠처럼 흙을 지키는 사람에게는 열린 공간이다. 필순은 황무지에 옥수수와 동부를 심고, 순나와 남편은 봄 들을 일구는 공간으로 원촌은 변한다. 원촌은 '흙'의 소중함을 아는 사람들에 의해 지켜진다. 그리고 그 힘으로 자식들을 지키는 것이다. 순나 남편은 가출하여 임신까지 하고 온 아내를 받아들이고, 그 생명도 존중하는 모습을 통해 생태학적 상상력의 자장 안에 있음을 보여준다.

---

21) 김수진, 「정상성과 병리성의 경계에 선 모성」, 『여/성이론』 제1호, 여성문화이론연구소, 여이연, 1999, 194쪽.

밭머리에 앉아 바라보이는 은자 무덤이 푸르다. 이제 좀 있으면 이발을 해줘야 할 계집애의 머리칼처럼. 소란이가 제 엄마 무덤 앞에 가서 절을 하고 있다. 소란이 뒤로 멀리 성삼재 산등성이에도 초여름빛이 완연하다. 필순은 일어났다. 옥수수씨 넣고 나서 동부씨까지 넣으려면 서둘러야 할 것 같았다.(『수수밭으로 오세요』, 289쪽)

공선옥의 '어미 마음'은 바로 '흙'의 마음이며 가이아 이론[22]과 지모신을 실현하고 있는 것이다. 원시시대 사람들이 처음 흙을 자각하였을 때, 그것은 일종의 수호신적 성격을 띤 것이다. 이는 대지를 신앙의 대상으로 섬기는 地母神觀(지모신관)이다. 지모의 사상은 농업적 전통에서 발생되며 농경적인 풍요를 희구하는 데서 태어났고, 흙은 이로써 한층 은혜적인 존재로 인식되어 땅에서 생산되는 곡물과 함께 신앙의 대상이 된다.[23]

필순이가 다섯 자식을 키우겠다고 결심을 하게 된 것은 '흙', 바로 땅 때문이며 순나 남편 또한 마찬가지다. 이웃집 할머니가 필순에게 부치라고 준 땅은 은자의 무덤이 보이는 곳이다. 필순은 그곳에 옥수수와 동부를 심기로 한다. 필순의 생태적 터전인 '수수밭'은 바로 그녀 자신이다. 그녀가 뿌리는 옥수수와 동부는 그녀가 돌보는 모든 연약한 생명체의 상징인 것이다. 또한 동부는 옥수수나 수수와 함께 심는 곡물로 옥수수 줄기를 타고 오르면서 번성한다. 이는 가족은 혈연이 아니더라도 '사랑'으로 서로를 지켜주는 울타리임을 상징적으로 보여주는 것이

---

22) 제임스 러브로크, 김종철 편역, 「가이아를 위하여」, 『녹색평론선집 1』, 녹색평론사, 1998, 149쪽.
23) 한국정신문화연구원, 『한국민족문화대백과사전 25』, 웅진출판, 1995, 734쪽.

다. 이 작품의 제명『수수밭으로 오세요』의 의미가 여기에서 울림을 갖
는다. 수수는 '어미'이다. 연약한 생명체가 의지하여 타고 올라갈 수
있는 버팀목처럼 다섯 아이에게는 강필순이 '수수'이고, 강필순에게는
흙이 바로 '수수'가 되는 것이다. 이처럼 땅은 거둠과 보살핌과 생산의
의미를 동시에 함유한다.

4. 자매애와 모계가족 형성

1) 자연친화적 여성과 자매애

공선옥 소설을 생태학적 상상력에서 살펴볼 경우 자매애의 연대와
모계가족의 형성도 주목해야 한다. 모성애의 '돌봄'의 행위가 자매애로
나타날 때 공동체관계로 확산된다. 공동체관계도 생태적 세계관을 보
여주는 것이다. 지구 위의 모든 생명체가 소중하고, 존중받을 가치를
가지고 있기에 더불어 살아야 하는 것을 의미한다. 이러한 모습이 공선
옥 소설에서는 '자매애'로 나타난다.

모성애적 에너지가 자식의 범주에서 타자의 영역으로 확대될 때 '자
매관계(sisterhood)'[24]로 나타난다. 자매애적 유대는 부권적 질서를 강
요하는 강압적 이성애에서 벗어나 가족 바깥의 새로운 관계 맺기를 적
극적으로 권유하는 페미니즘 논자들이 제시하는 사랑의 새로운 시도이
다. 즉 남성의 시선을 끊임없이 의식해야 하는 오이디푸스적 삼각구도
에서 벗어나 가부장적 질서를 해체할 수 있는 가능성의 열린 공간으로

---

24) 조세핀 도노번, 김익두 · 이월영 옮김, 『페미니즘 이론』, 문예출판사, 1994, 92쪽.

제시하고 있다.[25] 이러한 관계는 협동의 특성을 보여주기 마련이다. 여기에서 생태의식을 살필 수 있다. 생태페미니즘의 궁극적인 목표는 투쟁이나 저항이 아니라 평화와 조화다. 공동의 삶의 기반을 마련함으로써 유기체적 조화의 세계를 이룩하는 것이 생태페미니즘의 목적인 것이다.[26]

생태페미니즘이 추구하는 공생, 조화, 화해는 자매애, 모계가족의 형성으로 나타난다. 「떠도는 나무」에서 그 단초를 볼 수 있다. 「떠도는 나무」에서 화자 '나'는 남편과 헤어져 친정집에 와 있으면서 소설 쓰기의 과정을 보여준다. 소설의 소재는 운동권 아버지와 아버지의 '여자'들이다. 아버지는 "떠도는 나무"(263쪽)였다. 뿌리는 존재하되 정착하지 못한 인물이다. 아버지의 부재동안 집안의 뿌리는 어머니였다. 그런데 '아버지의 여자'들은 모두 어머니와 '나'의 고향을 중심으로 유대관계를 형성하고 있다. 이러한 유대관계가 가능할 수 있었던 것은 어머니의 '지모신'적인 태도, 흙을 중심으로 한 농촌의 배경, 여성들의 자연친화적 태도 때문이라 본다. '나'는 작은어머니 유점옥, 아버지의 또 다른 애인인 이옥자 등과도 자매애의 모습을 보인다. 이것은 아버지에 대한 이해가 아니라 여성의 삶에 대한 성찰에서 오는 것이다.

「떠도는 나무」에서 보여준 자매애는 흙의 정신을 바탕으로 한 모성

---

25) 이덕화, 「공선옥론: 자매애적 유대를 통한 사랑의 실현」, 『여성문학연구』 창간호, 한국여성문학학회, 태학사, 1999, 278쪽.

26) 생태론적 세계관은 이전의 근대적 세계관과 다음과 같이 확실히 구분된다. 근대적 세계관은 인간, 자기 중심, 원자적/부분적, 이원/이분론, 수학 기계적 이성, 분석적, 일선적, 목적론적, 기계적, 인과적, 대상 중심, 객관성, 현실성을 지닌다. 이에 반해 생태적 세계관은 생물/생명/자연, 공동체 관계, 총체적, 일원론, 미학 예술적 이성, 관조적/직관적/전체적, 다선적, 순환론적, 유기적, 연기적, 가치 중심, 의미성, 윤리성의 성격을 지닌다. 전규찬, 「문화와 자연의 不二(불이) 테제」, 『문화/과학』, 2004. 여름, 48쪽.

성이 '아이' 뿐만 아니라 모든 연약한 생명체로 향할 때 나타나는 현상이다.

> …… 작은댁이하고 땅을 팔 참이다. 거름질도 해야 하고, 여자 둘이서 괭이 자루 하나로 묵은 땅을 일구자면 하루 해만으로도 부족할 것이다. 아직 감자씨 놓기에는 이르다 해도 밭갈이는 미리 해 놔야 일에 채이는 삼월에 숨이라도 쉴 짬이 생기는 것이다. (중략) 풀포기를 뽑아 내고 흙을 파 올리면 부드럽고 구수한 흙더미 속에서 하얀 굼뱅이가 동그랗게 불거져 나온다.[27]
>
> 아침 햇살을 받은 두엄에서 김이 오른다. 이렇게 잘 익은 거름을 뿌려 주고 땅을 갈아 엎은 뒤 감자를 심어야 알이 굵고 맛이 난다. (중략) 묵은 밭은 일구고 버려진 밭에는 거름을 주고, 그리고 무엇인가를 심고 가꾸고 거두는 힘이 있음은 하늘이 내게 내린 은혜 중의 보배로운 은혜가 아니더냐.(227쪽)

'나'의 어머니는 노동운동가인 아버지가 떠난 집을 혼자 힘으로 지켜 낸다. 그녀는 땅을 의지하며 지낸 여성이다. 그런 어머니에게 아버지가 데려온 작은어머니는 폐병 말기의 환자로서 시한부 인생이나 마찬가지였다. 병든 작은댁을 어머니는 고향에서 나는 온갖 약초로 살려낸다. 작은댁 유점옥은 어머니와 평생을 살면서 어머니를 은인으로 섬긴다. 이러한 관계는 어머니가 땅을 의지하며 산 인물이었기에 가능한 일이라고 볼 수 있다.

생태학적 상상력은 남성의 권위주의적 속성과는 다른 끊임없는 변화

---

27) 공선옥, 「떠도는 나무」, 『오지리에 두고 온 서른 살』, 삼신각, 1993, 227쪽.

의 영속성, 포용성, 다양성, 열려진 세계, 부드러움, 상호침투, 감각성, 자연성을 특징으로 하는 유기체적 세계관을 바탕으로 한다. 유기체적 세계관은 어떠한 인간이라도 소외되거나, 사물화시킬 수 없으며, 어떠한 삶의 과정이라도 그 과정 하나하나는 나름대로의 중요성을 가지며, 이러한 인간적인 존엄성에 의해서 우리가 일상적으로 대하고 있는 자연 뿐만 아니라, 우리의 주위를 둘러싸고 있는 모든 사물까지도 소중한 우리의 일부분으로 생각하고 아끼는[28] 태도이다.

① "지난 봄에 말이다. 사람들이 떠나 버렸지만 그 사람들이 심어 두고 간 꽃나무들은 사람이 없어도 저희끼리 꽃을 피워잖겠니. 그렇게 이쁜 꽃나무들을 아무도 보아 줄 이가 없는 게 아까워서 나는 혼자 그 꽃들을 보러 다녔잖았니." (중략) "그런데 말이다. 내가 가만히 그 꽃들을 다 보아주고 마악 집으로 돌아오는 길인데 그 꼽추가 내 앞을 지나가며 노래를 부르지 않겠니." 작은어머니는 노래를 불렀다.(「떠도는 나무」, 272-273쪽)

② 나는 이옥자 여인에게 말했다. "보여 드릴 게 있어요." 어둠 속에서도 동백의 붉은 꽃은 요염하게 피어 있었다. "오오!" 이옥자 여인은 사뭇 감격스러운 듯 꽃봉오리를 손으로 감쌌다.(「떠도는 나무」, 265쪽)

①은 '나'가 작은어머니의 고해성사와도 같은 삶의 내용을 들은 것이다. 아버지와 어머니가 모두 돌아가신 후 외롭게 지내는 작은어머니가

---

28) 이덕화, 「여성문학과 생명주의」, 『여성문학연구』 제3호, 한국여성문학학회, 태학사, 2000, 182쪽.

동네의 꼽추와 하룻밤 정을 맺은 내용이다. 어머니가 땅일 일구듯 폐병 말기의 작은어머니를 살려낸 모습에서 지모신의 이미지를 가졌다면, 텅 빈 마을의 아름다운 꽃을 '아까워서' 바라보는 작은어머니도 생태의식을 심층적으로 지닌 여성이다. 생명에 대한 경건함이 모든 생명체에 깃들어 있다. 그리고 이러한 작은어머니의 이야기를 들어주는 '나'와의 관계에서 대를 이어 나타나는 자매애의 모습을 볼 수 있다. 이런 자매애의 유대는 ②에서도 드러난다. 이옥자는 '나'가 방학 때 아버지의 노동현장을 따라갔다가 만난 '아버지의 애인'이다. 그녀는 그때 '나'에게 동백꽃을 한 그루 주었는데 지금 친정집 마당에서 자라고 있는 꽃이 바로 그것이다. 꽃의 이미지, 생명체에 대한 존중이 들어있는 상징들이며, 자연친화적 태도를 단적으로 보여주는 행위들이다. 이 작품은 공선옥 작품에서는 보기 드물게 비유와 상징이 중심이며, 서사의 전개도 과거와 현재가 교차하고, 초점화자도 어머니, 작은어머니, 이옥자 등으로 변하지만 결국은 화자인 '나' 자신의 상황을 드러내는 작품으로서 소설 기법의 숙련됨을 보여주고 있다.

자매애 관계는 공선옥 소설에서 하나의 흐름을 보여주는 모티프이다. 『오지리에 두고 온 서른 살』에서 은이와 채옥도 자매애의 연대의식을 갖는다. 첫사랑 남자 때문에 애증의 관계였던 두 여인은 서로의 삶을 이해하면서 절망으로 가득한 그들이 절망을 '건너뛰는 법'을 터득했음을 얼굴에서 읽는다. 두 사람의 자매애는 채옥의 상황이 가장 절망적일 때 오은이가 보여준 용기있는 행동에서 나타난다. 폐결핵으로 죽음을 맞는 채옥의 아버지의 장례식 때 은이는 유산을 하는 불행을 겪으면서까지 인간적인 도의를 지키기 때문이다. 그들이 아궁이 앞에서 불을 지피며 두 사람 사이의 애증을 풀며 이해하는 모습은 '흙'이 아닌, 아궁이에서 활활 타고 있는 '불'의 온기에 의해 이루어진다. 아궁이와 불은 향토적인 정서를 배경으로 하기에 '흙'의 의미를 대신한다고 볼 수 있다.

「내 생의 알리바이」의 '나'는 특별히 우정이라고 내세울 것도 없는 여고동창생 태림이를 우연히 만나고 아주 '이상한' 보증인이 된다. 빚보증이 아니라 '자식' 보증이다. 태림은 아동일시보호소에 그녀의 두 자식을 맡기면서 보증인이 필요하다고 '나'에게 부탁하였다. 아직 결혼도 하지 않은 '나'는 자칫하면 두 아이의 어머니가 될 상황이다. 그러나 '나'는 오히려 미안해하는 태림을 위로하며 기꺼이 자식보증을 서준다. 언젠가는 그녀에게도 찾아올 '어미'의 마음에 의해 참으로 '낯선' 보증인이 되는 것이다. 미혼인 '나'가 보여주는 태도는 여성에게 잠재된 모성애의 본능적 행동임과 동시에 자매애의 연대의식을 보여주는 행위이다. 중요한 것은 이렇게 자매애를 실천하여 연대의식을 보여주는 인물들의 공통점이 농촌에서 생활한, 흙의 본성을 지니고 있는 여성이란 점이다. 땅의 기운과는 먼 생활을 한 도시인은 자매애를 통한 공동체관계를 유지하는 데 제외되어 있다. 『수수밭으로 오세요』에서 전병순이 대표적이다. 대학교육을 받은 그는 강필순을 이해하지 못하고, 원촌의 농민들과 융화하지 못한 채 결국 떠나는 인물이다.

2) 흙을 기반으로 한 모계가족

모계가족의 형성은 후기 자본주의 시대에 나타난 새로운 가족의 모습이라 하겠다. 이른바 전환기의 징후들[29] 중에 하나이다. 카프라는 우

___

29) 정효구는 전환기의 징후를 생태계 보호 운동, 페미니즘 이론의 확대와 여성 운동의 증대, 기업체에 부는 문화 진흥의 분위기, 여성 신학의 발달, 과정철학과 과정신학의 발전, 심리학적 양성론의 확대, 동양사상에 대한 관심, 유기체사상의 확대, 신과학 운동과 양자역학의 발달 등으로 보고 있다.(정효구, 『우주공동체와 문학의 길』, 시와시학사, 1994, 294쪽)

리 시대가 안고 있는 가장 큰 전환의 징후는 '부계사회'의 쇠퇴라고 진단하였다. 수천 년 동안 계속돼 온 부계 사회가 상징하는 남성성 혹은 양의 성질의 무한한 확대가 더 이상 불가능한 시점에 왔다는 것을 시사하는 것이다.[30]

공선옥 소설에서 모계가족이 형성된 원인은 일차적으로 아버지의 부재에 있다. 그녀의 소설에 나오는 '아비'들은 힘들 때 모두 도망치는 인물들이다. 「어미」의 영례 남편, 강필순의 전남편과 재혼한 심이섭, 『오지리에 두고 온 서른 살』의 아버지 등이 모두 동일하다. 그러므로 혼자 남게 된 어머니는 가족을 부양하는 모든 책임을 떠맡을 수밖에 없었다. 가난과 남성의 위선이 최고일 때 공선옥 문학에서 여성성은 남편으로 상징되는 성인남자를 배제하고 여린 생명들을 적극적으로 포용하는 어미-자식의 행복한 이자 관계를 욕망하는 특징[31]을 보여준다.

『수수밭으로 오세요』는 앞 장에서 이미 논의하였듯이 강필순의 삶의 역정이 중심이다. 그녀는 자신이 낳은, 아버지가 서로 다른 한수와 산이, 친구 오은자의 두 딸 소정이와 소란이, 여동생이 버린 아들 봄이까지 모두 5명의 아이를 거두어 들인다. 이렇게 형성된 가족은 모계가족의 모습을 이룬다. 필순의 모계가족은 그 전단계에 자매애를 보여주고 있다. 그가 친구 오은자에게 보여주는 '돌봄'은 자매애의 전형적인 모습이다. 그는 서울에서 병든 오은자 가족을 원촌으로 데려온다. 그리고 친구가 죽은 이후에는 그녀의 딸들을 친딸로 받아들인다.

필순의 '돌봄'의 행위가 모계가족을 형성하는 것은 여동생 필례가 버린 아들 봄이를 받아들이는 데서 절정에 달한다. 노숙자인 박판석은 아

---

30) F. 카프라, 이성범·구윤서 역, 『새로운 과학과 문명의 전환』, 범양사, 29-30쪽.
31) 양진오, 「억척 어미의 여성성, 가난과 마주하는 문학」, 『멋진 한세상』 해설, 2002, 289쪽.

들 봄이를 이모인 필순에게 맡기러 찾아온다. 갑자기 조카를 키워야 하는 필순은 필례와 박판석의 행동에 분노와 난감한 느낌을 갖는다. 그러나 '춥고 배고프다는 것이 어떤 상태인지' 아는 필순은 그들 모자의 행색을 보고 사람의 도리를 먼저 생각한다.

> "……찬물이 아니라 뜨건 물로다가 말이지요. 속이 떨려서 원."
>
> "무, 물이요?"
>
> 묻고 나서 보니 아이도 바들바들 떨고 있다. 밥은 먹었는지 어쨌는지 눈자위도 퀭하다. 춥고 배고프다는 것이 어떤 상태인지 필순은 안다. 필례고 빛이고 우선 눈에 보이는 사람들을 따뜻한 곳으로 들여보내고 밥을 먹이는 게 순서일 듯 싶었다.(『수수밭으로 오세요』, 181쪽)

공선옥 소설의 매력은 생명의 소중함을 구체적인 사건과 일상을 배경으로 그리고 인물의 내면적 갈등 속에서 솔직하고 섬세하게 그려내고 있다는 점에 있다. 인물의 내면을 들여다보는 작가의 시선은 냉철하고도 따뜻하며, 그의 언어는 활기가 넘친다.[32] 필순의 행동은 아이뿐만 아니라 불쌍한 처지에 놓인 남성들에 대해서도 열려 있었던 것이다. 타자와 관련하여 생태페미니즘이 지니고 있는 가장 큰 특징이라면 역시 남성까지도 받아들인다는 점이다. 지금까지 전통적인 페미니즘에서는 여성을 억압하고 착취하는 남성은 마땅히 타도하여야 할 적과 크게 다름없었다. 그러나 생태 페미니즘에서는 굳이 남성을 제외시키려고 하지 않고 더 나아가 남성을 적보다는 오히려 동반자로 본다. 자연을 이

---

32) 황도경, 「세 개의 불, 두 개의 알리바이-공선옥 론」, 『실천문학』 57, 2000. 봄, 63쪽.

루고 있는 모든 개체가 그러하듯이 남성과 여성 가운데에서 어느 한쪽을 제외시킨다면 균형과 조화는 깨뜨려지게 마련이다.[33]

봄의 거둠은 필순을 '큰어머니'의 모습으로 만들며, 타자를 포용하는 태도의 절정이다. 이 일은 심이섭과 이혼하는 결정적 계기가 된다. 그런데 필순에게는 아이들이 짐으로 느껴지기보다는 그녀가 살아갈 수 있는 '힘'으로 느껴진다. 필순이 낳은 아버지가 다른 아들 2명, 여동생의 아들, 친구의 딸들로 구성된 5명의 아이들은 모계가족의 주요한 식구들이다. 姓이 다른 이 5명의 아이들은 어머니 강필순을 중심으로 한 가족이 되었으며 끈끈한 애정을 보인다.

이러한 모계가족은 흙을 기반으로 해서 가능하다. 흙의 본성은 생성력과 허여성이다. 황무지와 같은 척박한 땅이더라도 씨앗이 뿌려지면 어김없이 싹을 틔운다. 그것이 땅의 힘이다. 이것이 여성으로 변주되면 생명을 낳고 보육하는 여성의 몸이 된다. 사회환경이나 개인적인 사정으로 '오염'되거나 '고갈'된 시점에 있더라도 '어미'일 때는 건강한 몸을 갖고자 노력한다. 결국, 공선옥의 '어미'가 남성을 배제하고도 당당할 수 있었던 것은 '흙' 속에서 생활한 인물이며, 흙의 성격을 본질로하기 때문이다.

5. 맺음말

이 글은 공선옥 소설에 나타난 생태의식의 양상과 그 의미를 밝히는 데 있다. 공선옥 소설의 생태학적 상상력은 고발성의 생태문학이 아니

---

33) 김욱동, 앞의 책, 408쪽.

어도 생태계에 대한 관심을 촉구할 수 있기에 존중할 작품이다.

작중인물의 모성애는 '흙'의 본성이 접목된 데에서 두드러지게 나타난다. 그의 소설에서 키워드로 작용하는 '어미 마음'은 생태학의 가이아 이론과 연결되며, 농경문화의 지모신과도 유사하다. 가이아 이론은 지구를 유기체로 보며 생명을 존중하여 개체의 경쟁보다는 협동과 공생을 도모한다. 지모신은 대지의 무한한 생산력과 보호력을 상징한다. 이러한 이론과 '흙'에 대한 공신력이 공선옥 소설에 변형되어 있다. 흙의 생성력과 자정능력이 여성의 마음과 육체에 전이되어 투박한 모성애로 나타나고 있는 것이다. 그러나 과도한 모성애는 재고되어야 할 주제임에는 틀림없다.

공선옥 소설에서 나타난 생태학적 상상력은 네 가지로 요약할 수 있다. 첫째는 농촌을 유토피아의 근원으로 동경하는 여성들의 자연친화적 태도를 볼 수 있다. 둘째는 공생, 생명존중, 돌봄을 실천하는 모성성이다. 모성성의 힘이 농촌 여성 특유의 흙을 숭상하는 마음, 낙천성, 강인한 생명력과 관계있다. 세 번째로 나타나는 생태학적 상상력은 자매애와 모계가족의 형성이다. 생명을 존중하는 그녀의 소설 주인공들은 절박한 삶의 벼랑끝에서도 낙태와 같은 잔인한 일은 하지 않았기에 姓이 다른 자식을 낳게 된다. 여기에다 남들이 버린 자식들까지 거두어들이는 확대된 모성애의 모습을 보인다. 이러한 모성애는 모계중심의 가족을 형성하는 계기가 된다. 또한 친구를 돌보는 행위는 자매애로 나타나며 이는 생태적 세계관인 공동체 관계를 보여주는 것이다. 마지막으로는 생태계 파괴, 달리 표현해서 환경위기 의식은 미미하다는 점이다. 이것은 역설적으로 여성의 건강한 몸을 보여주는 것일지도 모른다. 생태계의 파괴가 나타나기 직전의 대지의 모습으로서 건강함을 지닌 여성을 상징하는 것이다. 이러한 생태학적 상상력은 다분히 작가의 출생지와 성장환경이 농촌문화, 즉 흙을 존중하는 생활이 크게 작용하고 있음을 드러내기도 한다.

공선옥의 소설은 생태의식 이외의 방법론으로 접근할 때 문제점을 지니고 있기도 하다. 작품을 끌고 가는 미적 형상화의 방식과 반복되는 소재와 주제는 그녀가 극복해야 할 과제로 남는다. 생태의식이 표출된 면에서는 주목을 받을 수 있지만, 소설의 미적 형상화에서는 한계를 보이는 것이다.

제 4 부

인물과 소설교육

소설교육에서의 타자와 도덕적 상상력
-장애 인물을 중심으로

1. 문제제기: 소설교육과 도덕적 상상력

이 글은 최근 문학교육이 큰 관심을 가지고 있는 '문학교육과 도덕성 발달'이라는 기획[1]을 실제 텍스트 교육을 통해 구체화시킬 수 있는 방안을 모색하는 과정에서 이루어진 것이다. 학습자에게 도덕적 상상력을 계발할 수 있는 소설교육의 지도안을 작성할 경우에 인물을 중심으로 접근하는 것도 하나의 방법이다. 소설교육에서 '인물'은 수용과 창작에서 일순위에 있는 학습 대상이기 때문이다. 인물 중에서 특히 타자성이 강한 인물, 즉 현대소설에 나타난 '장애 인물'을 학습할 경우에 학습목표를 성취할 수 있는 방안을 마련할 수 있다고 보았다. 이러한 방안을 구체화시킨 것이 이 글의 핵심 내용이 된다.

---

1) 『문학교육학』 제14호, 2004. 여름호의 기획 주제는 '문학교육과 도덕성 발달'이다. 우한용(「문학교육과 도덕성 발달의 의미망」), 정재찬(「문학교육과 도덕적 상상력」), 최경희(「문학 경험이 아동의 가치 형성에 미치는 영향」), 허왕욱(「고전문학교육과 도덕적 가치」), 도홍찬(「문학교육과 도덕교육의 연계 방안)」의 논문을 참고함.

1990년대 후반기부터 문학을 비롯한 인문사회학 분야에 새로 대두된 관심 중의 하나는 몸에 대한 인식이다. '몸'에 대한 관심은 이제 '웰빙' 문화로 이어져 절정에 달했다고 해도 과언이 아니다. 현대는 몸의 상품화라는 말이 범람하고 있을 정도로 우리들은 '몸' 프로젝트라는 차원에서 자신의 몸을 가꾼다. 그러나 '몸짱'이나 '얼짱'이라는 신조어의 대척점에서 오히려 '몸'으로 인해 고통받는 인물들이 존재하고 있음을 간과해서는 안 된다. '몸'이 자기만족이나 상업성으로 이용되고 있는 현시점에서 몸이 '불구'일 때 위축감과 소외감을 심어주기에 그 양가성을 주목할 필요가 있는 것이다.

관계성 안에서 생활하는 인간은 몸을 매개로 타인과 주변세계와 상호 관계를 이루며, 이를 통해 인간으로서의 정체성을 갖기도 한다. 그러한 '몸'이 숨기고 싶은 불구의 상태일 때 정상적인 인간관계가 유지되지 못함은 자명하다. 이는 개인과 사회의 장애 인물에 대한 편견의 장벽이 견고하기 때문이다. 따라서 몸으로 인해 인간관계에서 억압이 이루어진다면 이는 또다른 신식민체제라 할 수 있다.

식민체제는 국가 사이에서만 존재하는 것은 아니다. 문화, 인종 등 다양한 관계에서 나타난다. '몸'에 의해서도 식민체제가 나타날 수 있음을 간과할 수 없다. 정상인의 신체조건을 가지고 있는 인물이 열등한 신체조건의 인물을 억압, 학대, 무시하는 것은 개인들 사이에 나타나는 지배의 양상이 될 수 있기 때문이다. 이것은 다양한 문화적 양상 속에서 표출될 수 있는 식민체제의 한 모습이라 하겠다.

문학 속에 드러난 '몸'에 대한 관심은 육체와 정신으로 이원화되었던 사고의 경직성에서 벗어나 다양한 환경의 변화와 인간의 생활상을 살펴볼 수 있게 한다. 그러므로 '장애 인물'에 대한 연구는, 문학에서 외면했거나 금기시해 왔던 소재와 주제에 대한 복귀이며 이것은 나아가

한 시대의 문화적 징후를 살필 수 있는 단서가 된다. 중심이라고 여겨졌던 많은 사항들, 예컨대 이성, 문화, 남성, 정신 등의 본질과 존재를 추구하던 중심 범주들이 해체를 당하고 그 대척점에 놓여 있던 감성, 자연, 여성, 신체 등이 새로운 관심과 조명을 받고 있다. 그러므로 소설 속 장애 인물은 그동안 사회에서 소외된 인물로서 '타자성'을 강하게 드러내는 인물이다. 이를 소설교육의 학습장으로 불러낸다면 학습자의 주체 형성에 일익이 된다고 본다.

소설 속의 장애인은 대체로 정신적·신체적 결함 때문에 소외되거나 폐쇄된 공간에 머물러 있는 타자를 대표하는 인물들이다. 타자로서의 인물을 주체와 동일한 인격의 정체성을 지닌 인간으로 받아들이는 것은 궁극적으로 학습자의 주체 형성이 윤리적 주체임을 보여주는 것이다.

타자, 도덕성, 도덕적 상상력에 대한 깊은 통찰력을 전제하는 것이 이 글의 선결과제이다. 그러나 이와 같은 개념정의는 지면상 상술하기 어려우므로 기존 연구의 성과를 토대로 간략하게 다루겠다.

도덕성은 넓은 의미의 윤리의식이나 윤리감각을 뜻한다. 도덕성이나 윤리의식은 '전일적 존재로서 인간의 자아완성'을 지향하는 의지와 실천적 지향을 의미한다. 이를 향한 의지와 실천의 능력을 함양하는 데 문학이 매개될 수 있도록 계획하고 실천하는 일, 그리고 그 결과를 평가하여 교육계획에 되돌려주는 전반적 과정이 문학교육과 도덕성의 발달에서 고려할 사항이고 이 논의의 범위가 될 것이다.

문학을 통해 가르치고자 하는 것은 도덕적 실천의 덕목이 아니라 도덕적·심성 혹은 도덕적 감수성이다. 이는 존재에 대한 존재이유 혹은 존재감을 살려내는 일이고 이는 문학이 문제삼는 직접 대상이다. 문학은 윤리를 가르치는 것이 아니라 윤리감각을 일깨운다.[2] 이처럼 잠재된 윤리감각을 활성화시키는 것은 도덕적 상상력을 계발하는 것과 맥을 같이 한다.

도덕적 상상력에 대한 견해는 먼저 마크 존슨을 주목할 수 있다. 마크 존슨은 인간은 근본적으로 상상력을 지닌 도덕적 동물(imaginative moral animal)이라고 주장하면서 도덕성은 이성에 의해 통제되는 보편적 법칙들 중의 한 체계라는 견해에 반대하였다. 그가 말하는 도덕적 상상력이란 자신이 취할 수 있는 여러 행위의 결과가 윤리적인지 비윤리적인지 여부를 상상을 통해 식별해 내는 능력을 뜻한다.[3]

본격적으로 도덕적 상상력을 연구한 이론가는 케케스(Kekes)라 할 수 있다. 그는 성찰의 첫 번째 양식으로 도덕적 상상력을 들고 있으며, 도덕적 상상력은 탐구적인 양상과 교정적인 양상을 갖는다고 지적하였다. 인간은 종교적, 윤리적, 교육적, 문화적, 심미적, 정치적 및 기타의 전통 속에서 태어나고 양육된다. 자신들의 삶을 좀더 좋게 만들기 위해 노력하면서 자신의 열망과 기회가 전통적 가능성들에 의해 규정되어 있음을 발견하게 된다. 그래서 인간은 가치 있는 존재가 되기 위해 취해야 할 것과 우리 자신이 갖고 있다고 생각하는 가능성 사이에서 혼란을 겪는다. 도덕적 상상력의 탐구적 양상은 이러한 가능성과 친숙하게 한다. 하지만 가능성의 탐구는 행위주체의 전통에만 한정되지는 않는다. 도덕적 상상력의 범위는 역사적 관점, 타문화에 대한 이해, 문학에의 몰입, 특히 소설, 희곡, 전기에의 몰입을 통해 확대될 수 있다. 따라서 도덕적 상상력의 탐구적 양상은 미래를 향하는 전향적 조망으로서의 성찰이다. 그것은 미래에 실현되어야 할 것을 결정하기 위한 가능성

---

2) 우한용, 「문학교육과 도덕성 발달의 의미망」, 『문학교육학』 제14호, 한국문학교육학회, 2004. 여름. 19쪽.

3) 정재찬, 「문학교육과 도덕적 상상력」, 『문학교육의 현상과 인식』, 역락, 2004, 260쪽.

을 탐구하는 것이다. 반면, 교정적 양상은 뒤를 향해, 즉 과거 쪽으로 주의를 돌리는 것이다. 인습화된 과거의 전통이 아니라 사람들의 삶을 풍성하게 하는 방식으로서의 전통의 지평과 만날 때 전통은 실제적으로 혹은 상상적으로 창조된 사람들이 살았던 좋은 삶의 패턴을 보여줌으로써 도덕적 상상력의 발달에 기여하게 된다.[4)]

현대소설에 나타나는 장애 인물의 고찰은 이제 시작 단계에 있는 분야이다. 기존의 연구에서 '장애인'에 대한 연구가 없었던 것은 아니지만 주로 특수교육을 전공하는 연구자들에 의해 이루어진 분야로서 문학적 의미보다는 임상효과를 추구한 연구였다.[5)]

이 글은 현대소설에 나타난 장애양상을 소설교육의 한 방법인 '인물의 분석적 읽기'를 수행하여 학습자에게 타자에 대한 인식전환과 도덕적 상상력의 창출을 도모하는 데 있다. 개인적 존재로서 의의를 갖는 인간은 자신의 판단과 의지로 모든 것을 결정하고, 그 결정은 자기 실현을 지향하는 것이라야 한다. 또한 자기를 실현하되 그것이 가치 지향적인 것이 될 때 바람직한 실천이라고 할 수 있다. 이러한 과정 속에 시민 의식이 고양된다. 문학이 형상화하는 진실과 관련되는 문학 능력은

---

4) 이 글에서 도덕적 상상력은 정재찬의 앞의 글을 참조하였다.

5) 장애인물을 다룬 학위 논문은 다음과 같다.

　　김소량, 「한국과 외국의 문학작품에 나타난 장애인에 대한 의식 비교연구」, 이화여대 석사학위 논문, 1991.

　　김경흠, 「장애모티브 소설연구」, 단국대 석사학위 논문, 1999.

　　김명섭, 「한국현대소설에 등장하는 신체결손 여성 인물 연구」, 홍익대 석사학위 논문, 2000.

　　임혜련, 「우리문학 작품을 통해서 본 장애인에 대한 인식변화」, 용인대 석사학위 논문, 2001.

　　김선배, 「한국 현대소설 속의 장애인관 연구-장애여성을 중심으로」, 청주대 석사학위 논문, 2003.

궁극적으로 이러한 시민 의식의 함양을 인격화의 한 지표로 설정할 수 있다.[6]

2. 타자로서의 장애 인물

작중인물은 소설 구성에서 핵심적인 요소이다. 소설교육의 수용적 활동이라 할 수 있는 '소설읽기'의 학습에서도 작중인물의 특성에 관심을 둔다. 소설분석의 방법론이 세련되고 다양해진 오늘날에 있어서 소설의 구성요소 중 인물이 아직도 가장 많은 관심을 끌고[7] 있는 이유는 인간의 삶의 본질을 재해석하거나 당위적 가치문제를 다양하게 제기하려는 작가의 문학적 의도가 대부분 작중인물을 통해서 명시되거나 암시되기 때문이다. 따라서 작중인물을 신체적 결함이 있는 장애인으로 설정하는 것은 작가의 서사전략이라 할 수 있다. 그것은 인물이 처한 구체적 현실상황(사건) 속에서의 문제로 나타나는 경우가 대부분이다.

장애 인물은 신체장애와 정신장애로 구분할 수 있다. 이 중에서 신체장애는 다시 시각장애, 청각장애, 지체장애, 기타 등으로 세분화된다. 식민지 시대의 장애 양상은 고소설, 개화기 소설과 비교할 때 증가율이

---

6) 김대행 외, 「문학교육의 목표」, 『문학교육원론』, 서울대학교출판부, 2000, 55쪽.

7) 임경순, 『국어교육학과 서사교육론』, 한국문화사, 2003, 180쪽.

8) 『춘향전』의 맹인 판수, 『심청전』의 심봉사, 『변강쇠전』의 맹인 판수, 『박씨전』의 박씨 부인이 일시적으로 추한 외모를 지닌 것 등으로 나타난다. 개화기에는 이인직의 『혈의 누』에서 일본군 부상병이 나온다.

9) 식민지 시대 소설에 나타나는 장애의 양상과 작품은 [표-1]에, 6 · 25 이후는 [표-2]에 수록하였다. 정규 수업시간의 문학시간에 장애 인물만을 다룰 수는 없으므로 이와 같은 소설목록을 학습자에게 알려주는 것으로 이에 대한 관심이 중단되지 않기를 지도하는 차원에서 자료를 제시하는 것이다.

폭발적이라 할 수 있다. 상대적으로 고소설의 장애 양상은 극소수이다.[8] 이로 미루어 볼 때 식민지 시대와 6·25 이후에 증가한 장애 양상[9]은 작가 의식과 사회와의 밀접한 관계가 있다고 추론할 수 있다. 그러나 장애 인물을 타자의 한 유형으로서 관심을 지니게 된 것은 최근에 와서야 가능해졌다.[10] 타자에 대한 배려가 나타나지 않는 이러한 소설을 교육함으로써 학습자에게 장애 인물, 나아가 장애인에 대한 새로운 인식을 정립할 수 있는 계기를 마련할 수 있을 것이다. 여기에서 타자에 대한 개념이 필요하다.

타자(the other)는 주체 중심적인 철학의 흐름에서 주목받은 용어이다. 주체의 지배에 대한 반성과 회의를 보여주기 때문이다. 현대 철학에서는 내로라 하는 학자들이 이 개념에 몰두하였다. 프로이트는 인식 주체 속에 잠재된 무의식을 타자로 보았고, 라캉은 상상계와 상징계의 틈새에 생긴 것으로서 '친밀하면서 낯선 이웃'을 타자로 보았다. 데리다는 '억압된 존재'를 타자로 보았다. 중심이 억압한 타자를 복귀시켜 우월의 관계에서 공존의 관계로 향하고자 한다. 타자의 개념에서는 레비나스를 빼놓을 수 없다. 레비나스는 근대성의 자아중심주의, 전체중심주의는 자연의 황폐화, 인간의 소외, 초월의 상실, 전쟁과 폭력이라는 범지구적 세기말적 위기 상황에 귀착하게 되었음을 지적하였다. 그의 타자성의 윤리학은 이와 같은 근대성의 위기 극복을 위한 새로운 철학적 사고 방식을 모색한다. 이는 탈근대적인 철학적 시도로서 주목을 끌게 되었다. 레비나스가 발견한 새로운 주체성의 원리는 근대적 자아 중심적 주체성과 구별되는 타자 중심적 윤리적 주체성이다.[11] 이처럼

---

10) 서구에서는 장애 인물을 다룬 영화를 통해 일찍부터 대중의식 속에 장애 인물에 대한 타자성을 없애고 있었으나 우리 나라는 최근 영화 〈말아톤〉에 의해 장애 인물에 대해 관심을 지니게 되었다.

많은 철학자에게 관심을 받고 있는 타자의 귀환은 중심이 해체된 '다원화'를 존중하는 의미를 지닌다. 타자에 대한 관심과 인정은 그동안 주변부에 있던 타자가 주체와 동등한 위치에서 공존하는 인물임을 드러낸다.

문학교육에서 타자를 중시하는 것은 학습자의 주체 형성에 영향을 끼치기 때문이다. 주체의 형성이 곧 타자를 전유의 대상이 아니라, 그 역시 또 다른 주체임을 적극적으로 인식함으로써 가능[12] 하기에, 한 사회에서 타자의 양상을 살펴보는 일은 중요해진다. 결국 주체는 타자를 인정함으로써, 그리고 타자의 관점과 자기에 대한 타자의 견해를 고려함으로써 비로소 진정한 주체가 될 수 있는 것이다.

문학교사는 이 수업을 위해 문학 이론으로서 타자에 대한 개념을 철저히 준비하되, 학습자에게는 그것을 모두 설명하기보다 타자의 일반적 의미만을 알려주는 것으로 충분하다고 본다. 왜냐하면 이 글은 타자에 대한 이론 수업이 아니라 타자가 어떤 생활을 하고 있으며, 그것을 학습자가 내면화하여 도덕적 상상력으로 변화하는 것에 초점을 두기 때문이다. 타자의 개념들을 정리하고, 그 차이를 규명하기보다는 '타자'에 대한 인식을 전환시킴으로써 학습자의 주체 형성에 기여할 도덕적 상상력을 함양하고 실천할 수 있는 윤리적 주체 형성에 더 큰

---

11) 신옥희, 「레비나스의 타자 개념」, 『현대시사상』, 1996. 겨울호, 125쪽. 『현대시사상』에서는 '타자는 누구인가'라는 기획하에 현대문학과 타자 개념을 사르트르, 레비나스, 데리다, 라캉, 푸코의 개념으로 폭넓게 접근하고 있어 참고할 수 있다. 본고에서는 레비나스의 타자 개념을 근간으로 한다. 소설교육에서 타자와 타자성을 중점적으로 논의하고 있는 대표적 연구로 선주원의 「타자성의 관점에 의한 소설 교육」, 『소설교육의 원리와 방법』(새미, 2003)을 참고할 수 있다.

12) 김상욱, 문학과문학교육연구소 편, 「주체 형성으로서의 문학교육」, 『문학교육의 인식과 실천』, 국학자료원, 2000, 59쪽.

의미가 있다.

3. 장애 인물을 비판적으로 읽기

제7차 교육과정에서 '문학' 영역은 작품의 수용과 창작활동을 통하여 문학적 감수성과 상상력[13]을 함양하는 데에 역점을 두고 있다. 그러나 입시제도를 무시할 수 없는 현 상황은 문학교육이 수용과 창작으로 이분된 상태에서 '수용' 쪽으로 치우친 면을 보이고 있다. 그러나 작품의 수용적 활동을 고려할 때도 여전히 미흡한 점은 남는다. 공교육과 사교육의 과부하 상태에 있는 학습자들이 얼마나 작품을 꼼꼼하게 읽어내는지 의문이 들기 때문이다. 학습자들은 '작품 읽기'를 각 참고서에서 부록으로 나오는 작품 소개와 요약정리 등으로 대신하는 실정이다. 학습자는 '다이제스트'를 읽는 것으로 작품 전문 읽기를 대체하고 있다. 소설교육에서 학습자들이 소설 전문을 '읽어오기'는 필수적인 활동이다. 읽기가 전제되지 않은 소설교육은 반쪽 수업밖에 될 수 없다. 따라서 작중인물을 비판적으로 읽는 활동은 학습자가 비평적 태도를 갖고 상황 맥락을 파악하여 자기 성찰과 자기 형성을 할 수 있도록 하는 단계로서, 학습자가 작품에 대한 반응을 더욱 심화하여 작품의 주제, 주요 사상들 사이의 관련성을 파악할 수 있도록 하기 위한 것이다.[14]

문학 독서는 본질적으로 '울림'의 독서이다. 여기서의 울림이란 대상

---

13) 교육인적자원부(2001), 『고등학교 교육과정 해설 2』, 대한교과서주식회사, 303쪽.

14) 선주원, 『소설교육의 원리와 방법』, 새미, 2003, 195쪽. 학습자의 소설 읽기 과정은 텍스트에 대한 학습자의 이해와 해석, 반응의 정도에 따라 '발견적 읽기', '해석적 읽기', '비판적 읽기'로 구분할 수 있다.

에 대한 단순한 공감과 共鳴을 넘어서는 의미를 가진다. 문학 텍스트 내의 세계가 일차적 언어 정보로 독자에게 수용되면서 동시에 독자의 삶의 세계와 조응하는, 그리하여 무수히 많은 상징의 층위로 의미가 재생되는 그러한 기제가 바로 '울림'의 기제인 것이다.[15] 이러한 울림이 학습자의 도덕성과 연결되도록 학습하기 위해서는 소설 속에서 설정된 '장애 인물'들의 다양한 양상과 그 의미가 분석되어야 한다. 이제 그러한 양상을 살펴보도록 하자.

1) 못생긴 얼굴의 인물

오늘날의 학습자에게 신체 중 가장 관심 있는 부분은 '얼굴'이 으뜸일 것이다. 현재의 사회적 분위기가 외모지상주의로 쏠려 있고, 영상매체를 긴 시간 동안 활용하고 있는 학습자에게는 당연한 일인지도 모른다. 예쁜 얼굴을 동경하고 추구하는 학습자의 일반적 심리에 소설교육의 한 방법으로 못생긴 작중인물을 '비판적으로 읽기'는 이질적이고, 공감대 형성이 어려운 학습사태일 수도 있다. 그러나 단지 '못생긴 얼굴' 때문에 인생이 불행한 인물들은 장애 등급을 받지 않았다 뿐이지 장애의 고통과 동일한 괴로움을 겪고 있다. 이런 작중 인물을 통해 외모에 대한 가치관을 수정할 필요가 있다고 본다.

원소적 얼굴은 부나 인종, 성별, 나이, 직업 내지 지위 등에 관련된 일정한 유형의 얼굴을 일종의 단위로 만들어 낸 것이다. 따라서 원소적 얼굴은 페르조나와 같은 의미로 해석이 가능한 얼굴로서, 사회의 공인을 얻은 얼굴이다.[16] 사람들은 페르조나라는 외적인격으로 얼굴이 만들

---

15) 박인기, 『문학교육과정의 구조와 이론』, 서울대학교출판부, 1996, 244쪽.
16) 이진경, 『노마디즘』, 청아문화사, 2002, 557-574쪽.

어질 것을 원한다. 그렇지 못할 때 그들은 분노하고 당황하며 비난하기를 주저하지 않는다. 선별과 대응의 방식으로 사람들에게 요구되고 강제되는 것이 원소적 얼굴이라고 할 때 이에 걸맞지 않은 얼굴은 비난의 대상이 될 수도 있다.[17]

원소적 얼굴이 아니더라도 개인의 외모가 영향력을 미치고 있는 사례는 많다. 잘 생긴 사람에 대한 반응은 무의식적인, 그리고 자동적인 반응의 형태를 띠고 있다. 사회과학자들은 그러한 반응에서 얻어지는 효과를 '후광효과(Halo effect)'[18]라고 부른다. 초등학교 학생을 대상으로 하고 있는 연구들의 결과를 보면, 매우 매력적인 어린아이는 비록 거칠게 행동해도 어른들은 그런 행동을 귀엽게 보며, 선생님들도 잘 생긴 아이가 그렇지 못한 동료 아이들보다 더욱 영리할 것으로 생각하고 있다고 한다.[19]

    ① 언년이는 얼굴이 못생기디못생긴 추물이었다. 툭 불거진 이마가 떡을 두어 말 칠이만큼 넓인 데다가 그 밑에 툭 불거진 두 알의 왕방울 눈은 금붕어를 연상시키었다. 두 눈이 툭 불거진 사이로 콧마룬 아주 없는 셈이어서 이른바 〈꺼꺼대 상판〉인 데다가 펀펀하게 내려오던 코가 입 바로 위에까지 와서는 몽톡하게 솟아오른 콧잔등이 좌우쪽으로 개발코가 벌룩벌룩하였다. 윗입술은 언청이가 되어서 왼편이 버그러졌는데 아랫니는 뻐드렁니가 되

---

17) 김정자, 「얼굴과 그 서사화의 경로 탐색」, 『현대소설연구』 제23호, 2004. 9, 95쪽.

18) 후광효과(Halo effect)는 어떤 사람의 긍정적인 특성 하나가 그 사람 전체를 평가하는 데 결정적인 영향을 미친다는 이론으로서 신체적 매력이 바로 그러한 결정적인 영향을 미치는 특성의 역할을 담당하고 있다.

19) 로버트 치알디니, 이현우 옮김, 「호감의 법칙」, 『설득의 심리학』, 21세기북스, 2003, 244-246쪽.

어서 언제나 입을 꼭 다물 수는 없는 형편이었다. 턱은 웬일인지 앞으로 쭉 내뻗치어서 고개를 숙인다고 해도 남보기에는 언제나 쳐들고 있는 듯이 보이는 것이었다.[20)]

② 얼굴로 올 재주가 모두 손가락으로 갔는지. 누가 보든지 언년이가 바느질을 그렇게도 곱게 하리라고는 생각도 못할이만큼 뛰어나는 바느질이었다. 물론 몇 해를 두고 밤을 새워 가며 배운 연습의 결과이었다. 언년이 어머니는 벌써부터 언년이의 살림 밑천은 오직 〈일 잘하는 것〉이리라는 것을 간파했던지 아주 어렸을 때부터 심하게 언년이를 가르쳐 주었던 것이다. (중략) 사실 그녀는 소처럼 건강하였고 소처럼 꾸준했고 소처럼 누그러져 있었다. 기회만 주었더라면 소처럼 젖도 듬뿍 내었을 것을!(383쪽)

③ 이 화공은 세상에 보기 드문 추악한 얼굴의 주인공이었다.

코가 질병자루 같다. 눈이 퉁방울 같다. 귀가 박죽 같다. 입이 나발통 같다. 얼굴이 두꺼비 같다.─소위 추한 얼굴을 형용하는 온갖 형용사를 한 얼굴에 지닌 흉한 얼굴의 주인공으로, 그 얼굴이 또한 굉장히도 커서 멀리서 볼지라도 그 존재가 완연할이만하다.

이 얼굴을 가지고는 백주에는 나다니기가 스스로 부끄러울 것이다.[21)]

잘 생긴 외모가 타인에게 '호감'을 줄 수 있는 신체적 매력이라면

---

20) 주요섭, 「醜物」, 『동서한국문학전집 4』, 동서문화사, 1987, 381쪽. 이하 인용문은 쪽수만 표기한다.
21) 김동인, 「광화사」, 『동서한국문학전집 2』, 동서문화사, 1987, 255쪽.

'못 생긴 외모'는 호감의 유무보다 더 심각한 상황을 만들어내고 있다. 인용 작품을 보면 공감할 것이다. ①②는 주요섭의 「추물」이고, ③은 김동인의 「광화사」이다. 두 작품 모두 못생긴 인물을 등장시키고 있다. 전자는 여성인물 언년이를, 후자는 남성인물 솔거를 등장시킨다. 못생긴 외모의 묘사는 인용에서처럼 구체적으로 드러나고 있다. 고전 소설에서 선남선녀의 외모를 상투적으로 묘사한 것처럼 '추물'에 있어서도 이처럼 고정된 관념을 제시한 표현이 있었던 것이다. 두 인물 모두 결혼 첫날밤을 치르고 '못생긴 얼굴' 때문에 신랑, 신부들이 도망치는 행동에서 그 심각성을 나타낸다.

못생긴 얼굴은 '장애' 범주에 들지는 않는다. 그러나 '못생긴' 이유로 정상적인 사회 생활을 영위할 수 없다면 문학상에서는 일탈적 인물로 볼 수 있을 것이다. 이 인물들은 못생긴 얼굴 이외에는 도덕적으로 지탄받을 행위를 하지 않는다. 오히려 못생긴 얼굴을 보완할 수 있는 재능을 지니고 있다. 언년이는 어머니의 선견에 따라 '솜씨'만이 그녀를 지킬 수 있을 것으로 보아 여러 가지 훌륭한 살림솜씨를 익혔다. 솔거 또한 뛰어난 화가이다. 그러나 그런 재능과 부지런함, 성실함 등은 '외모'에 밀려 인격적 대우를 받는 데는 아무런 소용이 되지 않고 있다.

2) 언어장애의 인물

깡길렘에 의하면 다양한 장애 양상은 '비정상적인 것'에 해당한다. 건강한 사람들은 '정상적인 것'에 해당하는 것이다. 그러나 내면을 보면 이러한 대립은 역전되는 경우가 많다. 「백치 아다다」와 「벙어리 삼룡」이를 보더라도 그렇다. 주인공들은 오히려 정상적인 신체를 가진 인물보다 더 도덕적인 모습을 지니고 있다. 삼룡이와 아들의 갈등을 보더라도 삼룡이는 신체적 결함 때문에 억압을 당하는 인물이지만 정신적인 면에서는 지주의 아들보다 숭고하다고 할 수 있다. 이러한 사실을 주인 오생원은 알고 있지만 학대받는 삼룡이를 아들로부터 구원할 수는 없었다. 이는 식민지 시대의 관찰자일 수밖에 없는 지식인의 면모가 오생원에게도 투영된 것이라 볼 수 있다.

> 그 집에는 삼룡(三龍)이라는 벙어리 하인 하나이 있으니 키가 본시 크지 못하여 땅딸보로 되었고 고개가 빼지 못하여 몸뚱이에 대강이를 갖다가 붙인 것 같다. 거기다가 얼굴이 몹시 얽고 입이 크다. 머리는 전에 새꼬랑지 같은 것을 주인의 명령으로 깎기는 깎았으나 불밤송이 모양으로 언제든지 푸하고 일어섰다. 그래 걸어다니는 것을 보면, 마치 옴두꺼비가 서서 다니는 것같이 숨차 보이고 더디어 보인다.[22]

외모로 본다면 삼룡이 또한 앞서 보았던 언년이나 솔거 못지 않은 '추물'이다. 여기에다 삼룡이는 '벙어리'로서 언어장애까지 있다. 장애 중에서 언어장애의 심각한 상황인 '벙어리'는 비극적이면서도 아이러 닉한 인물이다. 어떤 억울한 일을 당하여 오해받고, 주위에서 모순된 판단을 하여도 자기를 올바르게 표현하고 변명할 수 없는 구속된 인간의 비극을 함축하고[23] 있는 것이다. 물론 그가 필답을 할 수 있는 지식 계층이라면 상황은 달라지겠지만 그러한 예는 극히 드물다고 보아야 한다. 사회에서 소외당하고 있는 미천한 인물의 극단적인 모습은 그를 인간이 아닌 동물로 묘사한 데서도 잘 나타나고 있다.

---

22) 나도향, 「벙어리 삼룡」, 『한국동서문학전집 4』, 동서문화사, 1987, 138쪽.
23) 윤홍로, 『나도향』, 건국대학교출판부, 1997, 51쪽.

벙어리는 얻어맞으면서도 기어드는 **충견** 모양으로 주인의 아
들을 위하여 싫어하지 않고 힘을 다하였다. (중략) 자기는 주인
새서방에게 **개나 돼지**같이 얻어맞는 것이 마땅한 이상으로 마땅
하지만, 색시와 자기가 똑같이 얻어맞는 것은 너무 무서운 일이
다. (중략) 벙어리는 **죽은 개** 모양으로 끌려나갔다.(강조-인용자)

작품에서 '벙어리 삼룡'이는 인간적인 대우를 전혀 받지 못하고 개나
돼지와 같은 동물과 동일시하며 묘사되고 있다. 정상적인 사람보다 더
충직한 머슴으로서 맡은 일을 책임감을 다하여 수행하고 있지만 부당
한 인간적 대접을 받고 있다. "진실하고 충성스러우며 부지런하고"(138
쪽), "슬기로울 적이 있고 평생 조심성이 있어 결코 실수한 적이"(138
쪽) 없는 인물이다. 그러나 오생원과 새로운 가족이 된 색시 이외에는
모두 그를 하나의 '동물'처럼 대하고 있다.

이 작품이 장애 인물을 다룬 여타의 소설과 다른 점은 '삼룡'이의 자
각이다. 그도 처음에는 부당한 대우에 대하여 당연한 것으로 알고 굴종
내지는 체념한 벙어리였다. 그러나 자신의 생명을 근본적으로 위협하
는 극한 상황을 체험한 이후 인간의 존엄성에 대한 생각에 전환을 맞는
다. 자신을 학대하는 오생원 아들에 대하여 "비로소 믿고 바라던 모든
것이 자기의 원수"(144쪽)라는 의식과 함께 그들을 소멸하고 싶은 욕
망을 지니게 된다. 이와 같은 벙어리의 전격적인 전환은 학습자들을 놀
라게 할 수 있지만 소설로서의 개연성은 충분하다. 그것은 인간으로서
의 회복을 의미하며 가장 미천한 자의 고귀성을 역비례하여 상승시켜
나타냄으로써 인간의 평균화를 모색하는 장치인 것이다.[24] 그리고 여

---

24) 윤홍로, 앞의 책, 54쪽.

기에는 이루어질 수 없는 사랑이지만 새아씨에 대한 삼룡의 연정도 크게 작용하고 있다. 벙어리와 추한 외모 때문에 자신은 소외되고 부자유스럽고 비천한 인간으로서 모순된 삶을 살아왔다. 그러나 새아씨가 당하는 부당한 대우는 삼룡이가 보았을 때 용납하기 어려운 것이다. 이 작품에서 벙어리와 주인 아씨는 본질적으로 동일하다고 볼 수 있는 '소외의 인물'이다. 몰락한 양반가에서 재산을 주고 데려온 새아씨의 처지는 하나의 인격이 아닌 '문벌'일 뿐이기 때문이다.

> 아다다는 벙어리였던 것이다. 말을 하렬 때는 한다는 것이 아다다 소리만이 연거푸 나왔다. 어찌어찌 하다가 말이 한마디씩 제법 되어 나오는 적도 있었으나, 그거은 쉬운 말에 그치고 만다.
>
> 그래서, 이것을 조롱삼아 확실이라는 뚜렷한 이름이 있음에도 불구하고 누구나 그를 부르는 이름은 아다다였다. 그리하여 이것이 자연히 이름으로 굳어져 그 부모네까지도 그렇게 부르게 되었거니와, 그 자신조차도 「아다다!」 하고 부르면 마땅히 들을 이름인 듯이 대답을 했다.[25]

아다다는 '벙어리'라는 결함 외에는 착한 성품을 지닌 주인공이다. 그러나 벙어리이기 때문에 그의 부모로부터 구박과 학대를 받는 귀찮은 존재가 된다. 아다다의 본명은 '확실'이다. 그러나 부모마저도 그녀의 이름 대신 조롱삼아 부르는 '아다다'라는 이름으로 부른다. 이름은 개인이 사회로부터 부여받은 정체성을 드러내는 기호이다. 그런 이름이 상실되었다는 것은 아다다의 정체성 상실을 의미하는 것이다.

---

25) 계용묵, 「백치 아다다」, 『동서한국문학전집 9』, 동서문화사, 1987, 294쪽.

아다다 부모는 정신 박약과 언어 장애를 가진 아다다를 논 한 섬지기를 지참금조로 딸려 '똥치듯' 가난한 신랑과 결혼시킨다. 그러나 그 재산이 화근이 되어 아다다는 결국 소박을 맞는다. 그녀가 가져온 재산으로 부자가 된 남편이 도회지에서 첩을 데려온 것이다.

아다다가 새 남편 수롱의 돈을 바다에 던져 버리게 된 것도 돈에 대한 공포 때문이다. 돈에 의해 남편으로부터 배반당한 체험이 있는 아다다는 인간에게 향해야 할 불신을 오히려 물질에 두고 있다. 사랑을 갈구하는 백치 여성의 비극이라 할 수 있다.

3) 지체부자유의 인물

장애인들은 외형의 결핍성과는 달리 내면의 진실을 추구함으로써 정상과 비정상의 경계를 허물고자 한다. 또한 이들은 현대 사회에서 익명으로 소외되고 병들어가고 있는 우리 자신의 모습을 비추어보게 하고, 우리 삶에서 드러나지 않는 또 다른 세계를 발견하게 한다. 이들 신체 결손의 인물들은 인간의 한계성과 구속성을 보이고 있지만 동시에 인간의 한계성과 구속성에서 해방되는 역설적인 존재로서, 진정한 삶의 가치가 무엇인가를 생각하게 하는 아이러니의 인물들이라 할 수 있다.

장애인은 단순히 물질적 차별에 의해서가 아니라 편견에 의해서 장애인이 된다. 우리 사회에서 장애인 문제를 설명함에 있어 가장 근본적인 문제가 되어 온 것은 무엇보다도 장애인들의 능력이나 일상생활 전반에 대한 잘못된 인식과 장애의 원인에 대한 비과학적이고 미신적인 요인들에 대한 믿음이다. 즉 사회적 노출이나 접촉이 결여된 상태에서 장애인에 대해 일반 대중이 갖게 되는 이해는 결국 이야기나 설화 등을 통한 비과학적이고 미신적인 인식에 의해 형성된다는 것이다. 존재의 외피인 인간의 몸이 소설 속에서 어떻게 인식되고 있으며, 장애를 가진 인물의 몸이 어떠한 양상으로 그려지고 있는가에 관심을 두는 것은 결국 선입견, 편견의 벽을 허물고자 함이다. 신체결함이 인물의 자의식에 끼치는 영향은 불구의 상태가 후천적 원인으로 발생하였을 때 특히 심각해진다.

손잡이의 한쪽 끝 갈퀴가 구멍에서 벗겨진 것이었다. 순식간에 방바닥은 물바다가 되고 말았다. 여지껏 꼼짝도 않고 앉아 있던 동옥도 그제만은 냉큼 일어나 한 걸음 비껴서는 것이었다. 그 순간 동옥의 동작이 예사롭지가 않았다. 원구에게 또 하나 우울의 씨를 뿌려 주는 것이었다. 원피스 밑으로 드러난 동옥의 왼쪽 다리가 어린애의 손목같이 가늘고 짧았기 때문이다. 그러한 다리를 옮겨 디디는 순간 동옥의 전신은 한쪽으로 쓰러질 듯이 기울어지는 것이었다. 동옥은 다시 한번 그 가늘고 짧은 다리를 옮겨 놓는 일 없이, 젖지 않은 구석 자리에 재빨리 주저앉아 버리고 말았다. 그리고는 희다 못해 파랗게 질린 얼굴에 독이 오른 눈초리로 원구를 잡아먹을 듯이 노려보는 것이었다.[26]

찾아갈 적마다 차츰 정상적인 데로 돌아오는 동옥의 태도에 색다른 매력을 발견한 탓일까? 정말 동옥의 태도는 원구가 찾아가는 회수에 따라 현저히 부드러워지는 것이었다. 두 번째 찾아갔을 때 동옥은 원구를 보자 얼굴을 붉히었다. 그리고는 고개를 숙였다. 세 번째 찾아갔을 때는 원구를 보자 동옥은 해죽이 웃어 보

---

26) 손창섭, 「비오는 날」, 『동서한국문학전집 16』, 동서문화사, 1987, 321-322쪽.

인 것이었다. 그러나 그것은 우울한 미소였다. 찾아갈 때마다 달라지는 동옥의 태도가 원구에게는 꽤 반가운 것이었다. 인사불성에 빠졌던 환자가 제정신으로 돌아올 때처럼 고마웠다.(322쪽)

「비오는 날」의 등장인물 역시 손창섭의 다른 작품들과 마찬가지로 비정상적인 삶을 영위하는 인물이 등장한다. 동옥은 육체적으로 절름발이 일뿐만 아니라 정신적으로도 그러하다. 동옥은 대인기피증으로 나타난다. 인용문에서 보듯 그녀는 원구에게 자신의 불구의 몸을 들킨 순간 "희다 못해 파랗게 질린 얼굴에 독이 오른 눈초리"로 상대방을 응시하였다. 이것은 동옥의 본성이기보다는 불구가 된 이후의 변한 심성이라 할 수 있다. 원구가 어릴 적 보았던 6살 때의 동옥은 건강한 모습이었다.

환경과 신체의 변화로 '타자'의 영역에 감금하다시피 생활하는 동옥이지만 그를 대하는 원구에게서 진실을 발견하고 대인공포증이 사라지면서 그 태도는 달라진다. 그러므로 장애 인물의 성격은 그를 대하는 가족이나 친구, 사회 구성원에 의하여 충분히 변할 수 있는 것이다. 원구의 방문이 일시적인 것이 아니고, 그의 태도가 진실한 것을 안 이후부터 동옥은 달라졌다. '미소'까지 지닐 수 있게 된 데에서 이를 알 수 있다.

앞서의 작품과 다른 성격을 가지고 있는 것은 하근찬의 「수난이대」이다.

만도는 등어리를 아들 앞에 갖다 대고 하나밖에 없는 팔을 뒤로 버쩍 내밀며,

「자아 어서!」

진수는 지팡이와 고등어를 각각 한 손에 쥐고, 아버지의 등어

리로 가서 슬그머니 업혔다. 만도는 팔뚝을 뒤로 돌리면서 아들의 하나뿐인 다리를 꼭 안았다. 그리고,

「팔로 내 목을 감아야 할 끼다.」

했다. 진수는 무척 황송한 듯 한쪽 눈을 찍 감으면서 고등어와 지팡이를 든 두팔로 아버지의 굵은 목줄기를 부둥켜안았다.(495-496쪽)

이 작품은 병사의 귀향을 다룬 소설로서 부자 2대의 신체적 불구현상을 통해 이 땅의 현대사가 경험한 역사적 수난의 과정을 제시하고 있다. 식민지 세대의 아버지에게 남은 육체적 상흔, 6·25에 의한 아들의 육체적 상흔은 역사의 수난이 대 내림하는 모습이다. 그러나 이 작품이 궁극적으로 보여주는 것은 역사적 상황에서 상처입은 피해를 극복하는 자세라고 할 수 있다. 지금까지 살펴보았던 장애 인물이 비극적인 종말을 맞이하거나, 극복의 의지를 보이지 않고 있다면 만도 부자는 그러한 사태를 서로 의지함으로써 극복하고자 하는 것이다. 부자가 나누는 대화에서 암시되고 있듯이, 불구의 상태를 상호 보완하면서 삶의 새로운 출발을 계획하려 드는 데서 비감미를 유발시킨다.[27]

도덕적 상상력을 체계적으로 배양하고 실천하고 획득하는 것은 인문학의 오래된 전통적 과업 가운데 하나이다. 도덕적 상상력이 목표로 삼는 것은 일반화된 법칙을 만드는 데 있는 것이 아니라, 특정 개인과 그 문화적 맥락 사이에 주고받는 상호작용에 집중하는 데 있다.[28] 문화적 맥락에서 소통되는 바람직한 개인像은 결국 바람직한 시민像으로 형성된다. 이때 문학을 통해 도덕적 상상력을 계발할 수 있는 한 영역이 타

---

27) 이재선, 『현대 한국소설사』, 민음사, 1991, 111쪽.
28) 정재찬, 앞의 책, 2004, 259-265쪽 참조함.

자임을 장애 인물들을 통해 살펴보았다. 착한 심성, 일반인보다 뛰어난 재능을 지니고 있음에도 불구하고 단지 신체적 지표가 '불구'라는 이유 때문에 소외, 격리되고 있음을 알 수 있다. 학습자에게 이러한 사회구조가 '공존공생'해야 하는 사회로서는 거리가 먼 것임을 깨닫도록 하는 것이 인물 교육의 관건이 된다. 이로써 사회적 영역의 삶에서는 사회적 존재로서 살아가는 데 기본이 되는 타자에 대한 인정과 타자에 대한 책임, 타자와 이루어내야 하는 소통 등이 윤리적 항목으로 떠오른다.

또한, 이 수업은 민감한 소재를 다루는 것이므로 신중해야 한다. 학급에 장애 학생이 있을 경우를 고려해야 할 것이다. 작품 속에 등장하는 장애 인물은 허구적 인물로서 비판적 읽기에 몰두할 수 있는 대상이지만, 실제로 장애 학생인 경우는 바로 자신의 문제이기 때문에 거리를 두기 어려울 것이다. 그러므로 교사는 이 점에 대한 준비를 하고 있어야 한다.

4. 장애 인물을 통한 창의성 활동의 연계 방안

이 장에서는 앞서 살펴 본 장애 인물이 등장하는 '소설 읽기'를 통해 학습자의 마음에 '울림'을 준 후 창의성[29] 활동으로 연계시키는 방안을

---

29) 세계적인 창의성 측정 프로그램인 'TCT-DP' 개발자로 유명한 Urban에 의하면, 창의성은 확산적 사고만을 뜻하는 것이 아닌, 여러 가지 요인들 간의 역동적이고 기능적인 체계이다. '체계적 과정으로서의 창의성'은 ① 해결해야 할 문제(problem) ② 문제를 산출하는 과정(process) ③ 창조하는 사람의 인성적 특성(personality) ④ 창의성을 드러내는 산출물(product) ⑤ 창의성이 나타나기에 필요한 외부적 조건으로서의 환경(environment) 등이 상호 작용함으로써 발생된다. 남민우, 〈창의성 신장을 위한 시교육과정 연구〉, 『문학교육학』 제15호, 한국문학교육학회, 20004. 겨울, 117

모색하고자 한다. 여기에서 다룰 창의적인 활동은 궁극적으로 학습자의 도덕성을 계발, 함양할 수 있는 문학교육의 방법으로서 강제성과 교훈성을 노골적으로 드러내기보다는 학습활동시 은연중에 이루어져야 한다. 그러한 방법으로 토론과 다양한 글쓰기를 살펴보겠다.

학습자의 상상력을 형성하기 위한 교수-학습에서 문학 교사와 학습자는 '토론하는 방법들'과 '생각하는 방법'에 대한 논의를 통해 상호작용을 할 필요가 있다. 이러한 교수-학습 방법은 교육 주체들이 대화적으로 상호 소통하는 가운데 一理를 지향하는 소설 교육을 구현하기 때문이다.[30] 박인기도 창의성을 발휘할 수 있는 방안 8가지를 제시하며, 그 중에 토의·토론식 수업의 운영을 강조하고 있다.[31]

토의 및 토론식 수업이 가지는 장점은 개방성이다. '읽기' 학습이 혼자서 수행하는 활동이라면 토의나 토론 등의 '말하기' 시간은 자신의 생각과 동료 학습자의 생각을 교류할 수 있는 기회이다. 이렇게 나만의 생각이 아닌 다양한 생각들을 제기하면서 학생들의 창의력을 길러 주는 장점을 가질 수도 있다. 그러나 아직까지 제도권의 수업에서 토론식 수업은 활성화되지 않은 상태이다. 그러므로 교사의 기술적 유연성을 기르지 않으면 학습 분위기는 산만하게 진행될 수 있으므로 수업의 밀도와 효율성을 고려해야 한다.

토론식 수업을 위해서는 학습자들의 발표력을 키우기 위해 먼저 개인별 발표시간을 갖는 것도 하나의 방식이 될 것이다. 이때 발표의 주제는 읽기 학습에서 학습자들이 비판적, 창의적 사고를 하면서 읽을 수

-118쪽에서 재인용.

30) 선주원, 앞의 책, 193-194쪽.

31) 박인기, 『문학교육과정의 구조와 이론』, 서울대학교출판부, 1996, 290쪽. 이 글에서 박인기는 문학교육 방법과 관련한 문학교사의 창의성 발휘를 8가지로 열거하고 있다. 그 중 하나가 토론식 수업의 방식이다.

있었던 주제들을 선정할 수 있다. 예를 들면 〈보기-1〉과 같은 것으로 운영할 수도 있으나, 교사가 선정하는 주제 외에 학습자 스스로가 제기하는 주제들도 수렴하여 발표 시간을 갖는 것이 좋을 것이다.

〈보기-1〉

① 장애 인물들에게 적합한 직업은 무엇이 있을까? 장애별로 구분하여 생각해 보자.

② 우리 사회에서 타자는 장애인 외에 또 어떤 인물이나 계층을 들 수 있을까?

③ '나'를 타자로 생각한 때가 있는가? 있다면 어떤 때 그런 느낌을 받았는가?

④ '언년이'의 어머니, '아다다'의 어머니, 또 최근 개봉한 영화 「말아톤」에서 '초원'의 어머니를 비교하고, 장애인을 둔 부모, 가족에 대하여 생각해 보자.

⑤ 식민지 시대와 6·25 이후의 작품에서 설정된 장애인물의 양상이 다르다면 어떤 점인가?

⑥ '삼룡'이의 사랑은 성취되었다고 보는가? 그 이유는 무엇인가?(성취되지 않았다고 보았을 경우에도 해당함)

이와 같은 개인별 발표 학습을 통해 작품을 꼼꼼하게 읽은 것을 확인할 수 있다. 뿐만 아니라 확대, 심화할 수 있는 창의적 사고의 영역은 문화적인 현상까지도 아우를 수 있으므로 선정한 작품과 연계할 수 있는 영화나 시사적인 문제도 고려할 수 있다. 이런 과정에는 작품을 읽으면서 자신이 생각했던 문제와 동료 학습자가 생각하고 있었던 문제 사이에서 '차이'를 발견하여 동일한 작품을 통해서도 다양한 사고를 펼

칠 수 있다는 것을 수용하게 된다. 개인별 발표가 이루어진 후에 조별 발표를 할 수 있는 토론식 수업을 진행하는 것이 바람직하다.

조별 토론을 위해서는 학습자들을 토론하기 적절한 인원으로 조를 짜는 것이 중요하다. 수업시간에 원활한 토론을 위해서는 조의 형성에 주의를 기울여야 한다. 5~6명으로 구성되는 조원은 학습자들의 성향, 학습태도, 성적들을 고려해서 이루어져야 토론 수업이 활기차게 된다. 예를 들어 번호 배정에 의한 단순한 방법으로 조가 이루어졌을 경우, 조 구성원들이 모두 소극적인 태도를 가지고 있는 학습자들이라면 다른 조와 비교할 때 토론이 제대로 이루어지기 어렵다.

그리고 조별 토론의 방법을 2단계로 실행할 수 있다. 1단계는 조별 모임에서 토론을 하여 토론 주제의 찬-반에 대한 합의를 거치는 활동이다. 2단계에서는 각 조들이 토론 주제를 가지고 찬-반으로 논쟁하는 활동이다.

처음에는 각 조의 구성원들끼리 정해진 주제를 가지고 교실에서 직접 토론 학습을 실행한다. 조 구성원들은 함께 모여 앉도록 하고, 조마다 학습자들이 명명한 조의 이름을 갖는다면 조직력이 더욱 커질 수 있다. 한 교실에서 7~8개의 조가 모여 토론을 하는 경우 혼란스럽고, 또 말하기에 능숙한 학생들이 발표시간을 독점할 우려도 있으며, 논제에서 벗어난 토론을 할 수도 있다. 교사는 이러한 상황들을 융통성 있게 조절하고, 지도해야 한다. 이렇게 각 조에서 활발한 토론을 거친 후에 이차적으로 조별끼리의 정제된 토론을 수행한다면 소설읽기에서 수용했던 문학적 상상력들을 학급 전체의 차원에서 비교, 대조할 수 있을 것이다. 여기에서 토론이나 논쟁을 이끌 수 있는 주제를 선정하는 것이 중요해진다. 이 주제는 교사가 모범적으로 제시하여 준 후, 학습자들의 의견도 수용할 수 있다.

〈보기-2〉

① '삼룡이'의 '방화'는 정당한가? 이러한 결말은 카프소설의 결말
과 변별력을 갖는가?

② '아다다'가 돈을 버린 행위는 최선의 방법인가? 만약, 차선이
라고 한다면 최선의 선택은 무엇인가?

③ '언년이'보다 심하지 않은 외모일 때, 성형에 대한 생각은 어떠
한가?

④ '솔거'의 미인도 제작은 장인 정신인가? 장애 인물의 집착인가?

⑤ 원구가 동옥을 대한 태도는 사랑인가? 동정인가?

⑥ 장애인물의 사랑이나 결혼은 같은 장애인물끼리 하는 것이 좋
은가? 비장애인과 하는 것이 좋은가?

장애 인물이 등장한 '소설읽기'는 다양한 글쓰기로 연계할 수 있다. 타자성에 대한 읽기를 하였으므로 창작에서도 타자를 주인공으로 한 글쓰기를 시도하는 것이 좋을 것이다. 우선 글쓰기의 종류는 체험을 바탕으로 한 수필쓰기와 주인공에게 편지쓰기, 소설쓰기 등으로 시작할 수 있다.

수필쓰기의 경우, 학습자들에게 시간을 정하여 학습자 스스로가 장애의 체험을 해 보고 그것을 글쓰기로 하는 것이 가능하다. 학교 생활에서 하루종일 언어장애자처럼 말을 하지 못하는 경우를 설정할 수도 있고, 또는 시각장애인의 설정으로도 가능할 것이다. 이러한 체험은 1인이 시도할 수도 있지만 토론 수업에서 활용했던 조별 모임으로 확장하여 해 볼 수도 있다. 비장애학생의 이러한 체험은 장애인의 생활을 이해할 수 있는 하나의 방법이 될 것이다. 나아가 학습자 주체가 경험의 사건을 인식하고 가치를 판단하는 행위는 윤리의 문제와 관련되어

있다. 이러한 윤리적 결단이 서사를 구성하고 수용하는 과정에 어떻게 관련될 수 있을 것인가를 해명하는 것은 이야기 능력을 해명하는 데 매우 중요한 문제이다.[32] 직접 체험한 사실을 바탕으로 장애인들이 겪는 일상생활의 고단함을 글로 표현하는 것은 주체를 '타자화' 시킴으로써 자신을 객관적으로 성찰할 수 있는 계기가 될 것이다.

수필쓰기에서 생각할 수 있는 또 하나의 방법은 장애인에 대한 봉사 체험을 수기형식으로 쓰는 것이다. 직접 장애인들의 생활 속으로 들어가 함께 생활하면서 그들의 손과 발이 되어주는 봉사활동을 하면서 소설 속에서 간접적으로 확인한 장애인물의 소외된 삶을 직접 체험함으로써 '더불어' 사는 사회의 중요함과 장애인의 인격을 존중하는 것은 시혜적인 행위가 아님을 깨달을 것이다.

글쓰기의 다양한 방법 중 하나는 소설 주인공에게 편지를 써보는 것도 권장할 만하다. 결혼과 출산을 간절히 원하는 '언년'이, 불구의 삶을 꿋꿋하게 극복하는 만도 부자, 사창가로 팔려 갔을지도 모를 동옥 등에게 편지를 보낼 수 있다. 한편, 아다다와 삼룡이에게는 추도문을 쓸 수도 있을 것이다.

수필보다 더 상상력을 요구하는 글쓰기로는 소설쓰기가 있다. 이때는 타자의 범주를 신체 장애보더 더 확대하여 볼 수 있다. 예를 들면, 제3세계에서 온 외국 근로자의 입장, 남학생이라면 여학생의 입장, 소외받거나 천시받는 직업 등등을 생각하여 당사자들이 겪을 마음의 고통을 소설화하는 것도 타자를 이해할 수 있는 글쓰기의 방법이 될 것이다.

이와 같은 창의적 활동, 즉 토론하기와 글쓰기는 편견에 의해 주변부 인생을 살아야 하는 많은 '타자적 인물'들을 주체와 동등한 인격체로

---

32) 임경순, 「경험의 서사화의 교육적 의의」, 『서사표현교육론 연구』, 역락, 2003, 261쪽.

인식할 수 있는 계기가 될 것이며 이는 학습자의 잠재된 도덕적 상상력을 계발할 수 있는 학습이라 여긴다.

5. 맺음말

이 글은 현대소설에 나타난 장애 양상을 통해 타자성에 대한 인식과 도덕적 상상력의 함양을 고취하는 소설교육을 모색하는 데에 있다. 이것은 궁극적으로 학습자의 주체형성에 도덕적 시민상을 부여하는 것이다.

1990년대 후반기부터 문학을 비롯한 인문사회학 분야에 새로 대두된 관심 중의 하나는 몸에 대한 인식이다. '몸'이 자기만족이나 상업성으로 이용되고 있는 시점에서 바로 '불구의 몸' 때문에 억압, 학대, 소외에 시달리고 있는 장애인물이 있다는 사실은 '몸'의 양가성을 보여주는 것이다.

본고의 대상 작품은 얼굴을 대상으로 한 「추물」, 「광화사」, 언어장애를 다룬 「백치 아다다」, 「벙어리 삼룡」, 지체부자유를 다룬 「비오는 날」, 「수난이대」이다. 소설 속의 장애 인물은 정신적·신체적 고통의 환부를 가지고 있다. 신체적 결함 때문에 착한 심성, 재능, 인간적 욕망 등은 무시되고, 오히려 소외되거나 폐쇄된 공간에 은폐되어 있는 타자성을 대표하는 인물이다. 이와 같은 작품을 비판적 읽기를 통해 인물들이 소외되고, 비극적인 삶을 유지하는 타자의 한 유형임을 확인하였다. 이러한 작품을 읽고 토론과 글쓰기 수업으로 연계할 경우 타자와 주체는 대립이 아닌 공존의 삶을 지향하는 것이 바람직한 시민, 복지사회의 구현임을 깨닫게 한다.

　학습자에게 장애 인물에 대한 소설교육은 타자를 이해하고, 그들과 소통하는 방법을 모색하는 동안 진정한 주체 형성을 갖게 한다. 이러한 연구는 학습자 개인의 주체 형성뿐만 아니라 다음과 같은 기대 효과를 갖는다고 본다.

　첫째, 장애인물 교육은 소재의 차원을 넘어 정체성 회복의 문제를 심도있게 다룰 수 있을 것이다. [표-2]에 기재된 대상 작품들은 식민지 이후에 나타나는 장애 양상을 그린 작품들이다. 이와 같은 작품은 6·25라는 전쟁과 1960년대 대두한 산업화 현상의 영향이 크게 작용하였다. 따라서 장애의 양상들도 식민지 시대와는 차이가 있으며, 특히 새로운 사회 환경의 배경이 중요 변수임을 알 수 있다. 그러므로 정상적인 것과 비정상적인 것의 대립이 인물로 나타나는 장애의 양상은 각 시대의 특성을 가장 명확하게 반영하는 지표로서 현대 사회의 소외의식과 그를 극복하는 정체성의 문제를 나타낼 것이므로 추후에도 많은 관심을 가져야 할 분야라고 본다. 둘째, 복지정책에 맞추어 장애인에 대한 인식의 전환을 이룰 수 있을 것이다. 이것은 산학 공동 연구로 연계가 가능하며, 특수교육과의 학제 간 교류도 가능하게 할 것이다. 셋째, 소설교육에서 인물이나 공간 등의 특화된 소재는 영화를 수업에 활용할 수 있도록 할 것이다. 외국영화 중에서 〈레인 맨〉, 〈제8요일〉, 〈어둠 속의 댄서〉, 〈홀랜드 오피스〉 등은 장애인을 주인공으로 하여 예술성과 상업성에서 성공한 영화이다. 최근 흥행과 감동 면에서 롱런을 하고 있는 영화 〈말아톤〉을 학습에 이용하는 것도 효과적이리라 본다. 넷째, 장애인물의 확인은 학습현장에서 학습자의 인식을 전환시킬 수 있을 것이다. 예술이 삶과는 유리된 고상한 대상이라는 인식과 장애인에 대한 부정적 인식을 깨고 공동체의 삶을 고쳐시킬 수 있는 길을 마련할 수 있기 때문이다.

[표-1] 식민지 시대에 나타난 장애 양상

장애 영역	작 품 명	저 자	연 도	장 애 인 물	장 애 신 체
시각장애	오몽녀	이태준	1925	지참봉	맹인
	계집하인	나도향	1925	양천집	애꾸눈
	광화사	김동인	1935	소경 처녀	맹인
	지하촌	강경애	1936	큰년이	중도에 실명
	누님	김소엽	1936	누님(남순이)	애꾸눈
	실명	엄흥섭	1937	원칠이	맹인
	캉가루의 조상이	계용묵	1939	정문보	애꾸눈
	아랑의 정조	박종화	1940	도미	왕명으로 두눈을 상실
	세레나데	황순원	1945	처녀	소경
청각장애	벙어리 삼룡	나도향	1927	삼룡이	벙어리
	적빈	백신애	1933	큰며느리	벙어리
	무녀도	김동리	1936	낭이	벙어리
	고고	정비석	1940	이응성	폭탄으로 언어상실
지체부자유	인두지주	계용묵	1928	창오	앉은뱅이
	누이동생을 따라	최서해	1930	박순남	절름발이, 애꾸눈
	악부자	백신애	1935	경춘	특히 긴 턱
	계산서	강경애	1937	나(아내)	임신 후 다리 절단
	소복	김영수	1938	곱추여자	곱추
	항구	최태응	1939	곽서방	외팔이
	취미와 딸과	최태응	1939	선비	다리(관절염)
	흥보씨	채만식	1939	순동	다리
	순공있는 일요일	채만식	1940	노름하는 앉은뱅이	앉은뱅이
정신지체	소년의 애가	이광수	1917	신랑	
	천치? 천재?	전영택	1919	칠성	
	화수분	전영택	1925	화수분의 아내	
	바람부는 저녁	전영택	1926	식모할멈	
	달밤	이태준	1933	황수건	
	백치 아다다	계용묵	1935	아다다	
	바보 용칠이	최태응	1939	용칠이	
기타장애	표본실의 청개구리	염상섭	1921	김창억	광기
	바위	김동리	1936	술이 어머니	문둥이
	옥심이	김정한	1936	옥심이의 남편	문둥이
	추물	주요섭	1936	언년이	언청이
	광인수기	백신애	1937	그녀	광기
	황토기	김동리	1939	억쇠, 득보	보통사람보다 센 힘

[표-2] 식민지 시대 이후에 나타난 장애 양상

장애 영역	작 품 명	저 자	연 도	장 애 인 물	장 애 신 체
시 각 장 애	갈매기	이범선	1958	다방 주인	6·25때 두 눈 상실
	장씨일가	유주현	1959	장정표	
	쌍화점	정한숙	1963	행인	
청 각 장 애	비오는 날	손창섭	1953	동옥	벙어리
	혈서	손창섭	1955	창애	벙어리
	닳아지는 살들	이호철	1962	아버지	진행성 난청
	인간의 마을	이문희	1963	인질	
	증언	박화성	1966	송재훈	
지 체 부 자 유	길주막	허윤석	1951	봉이	절름발이
	인간접목	황순원	1954	남준혁	팔한쪽
	혈서	혈서	1955	달수	절름발이(상이 군인)
	학품	김이석	1956	성구영감	발절음(간질, 중풍)
	태양의 유산	유주현	1957	곰배무당	팔한쪽
	수난이대	하근찬	1957	박만도	아버지: 팔 아들: 다리
	흰종이 수염	하근찬	1959	동길이아버지	한팔(징용)
	관계	유재용	1976	장현삼	두다리
	영자의 전성시대	조선작	1973	영자	팔
	난장이가 쏘아올린 작은공	조세희	1978	김불이	난장이
정 신 지 체	나상	이호철	1956	칠성이의 형	
	타령	최일남	1976	동태	
	아베의 가족	전상국	1979	아베	
기 타 장 애	육수	장용학	1955	나	언청이
	미해결의 장	손창섭	1955	문선생	폐결핵
	오발탄	이범선	1959	영철/어머니	치통/치매
	신의희작	손창섭	1961	그	야뇨증 환자
	퇴원	이청준	1965	나	위장병
	까치소리	김동리	1966	봉수	전염병/만성 위장병
	정든 땅 언덕 위	박태순	1973		손가락 절단

환상소설에 나타난 타자적 인물 고찰

1. 고고학 입문 시리즈의 의미

최인훈의 작품 「구운몽」과 『서유기』는 전체 서사의 틀을 볼 때 패러디 작품으로서 환상성을 띠고 있다. 그리고 세부적으로 들어가면 '고고학' 시리즈라는 면에서도 공통점을 지닌다. 함께 다룰 수 있는 조건을 지니고 있는 셈이다.

오늘 여러분이 보신 영화는, 고고학 입문 시리즈 가운데 한편으로, 최근에 파낸 어느 도시의 전모입니다. 이 도시는 분명히 상고 시대 어느 왕조의 서울로 짐작됩니다. 이 한 편을 특히 고른 것은, 그것이 아주 최근의 발굴이라는 것뿐 아니라, 아까 말씀드린 한국 유적이 모두 그런 황폐성과 무질서성이, 아주 본보기로 나타나 있는 까닭입니다. 그런 점에서 이 영화는 한국 고고학의 과제, 전망 및 골치를 한눈에 보여주고 있는 백미편이라 하겠습니다.[1]

최인훈은 위 인용문과 비슷한 내용을 「구운몽」에서는 에필로그 양식으로, 『서유기』에서는 서문 양식으로 제시하고 있다. 두 작품에서 기본 서사 이외에 사족처럼 붙어 있는 이 해설은 작가 개인의 문학적 관심을 보여주는 대목이다. 기존의 연구에서 이 내용에 대해 주목하고 있는 논문은 그리 많지 않다. 필자는 이 부분도 주요 서사 못지 않게 관심을 가져야 한다고 본다. 특히 「구운몽」의 경우는 이 부분의 의미를 제대로 파악한다면 그동안 난해한 작품으로 평가되는 이 작품을 좀더 쉽게 읽을 수 있을 것이다. 작품의 내용을 다의적으로 해석할 수 있게 하는 구조적 특징을 해명할 수 있기 때문이다. 최인훈이 특별히 '고고학' 입문 시리즈라고 명명하고 개별화시킨 의미는 주제적 차원과 관련 있다. 아울러 패러디를 차용한 환상성의 미학적 특성도 이 주제와 불가분의 관계를 맺고 있는 형식임을 알게 될 것이다.

문학 영역에서 '고고학'이란 사실 낯선 개념이다. 이 개념을 우리에게 익숙하게 만든 이론가는 미셸 푸코이다. 필자가 서지적인 자료로 증명할 수 없어 단언하기 어려운 난점은 있으나 두 사람 사이에 교류가 있었던 흔적은 발견하지 못하였다. 그럼에도 동·서양의 공간적 거리를 두고 동시기에 비슷한 이론을 제시한 것은 사뭇 재미있는 일이었다. 세계적 명성을 지닌 푸코의 이론들이 출간된 시기는 최인훈의 작품 활동 시기와 비슷하다. 필자는 푸코의 『광기의 역사』와 『병원의 탄생』이 최인훈에게 영향을 준 것은 아닌가 하고 생각했다. 고고학이라든가 광인의 의미, 병원의 탄생과정 등이 너무나 흡사했기 때문이다.[2] 그런데

---

1) 최인훈, 『廣場/九雲夢』, 문학과지성사, 1992, 276쪽. 이하 쪽수만 기록함.
2) 최인훈은 감옥제도에 대한 체계적인 연구가로 「신곡」의 저자 단테를 효시로 보았다. 단테 시대의 처벌법규는 십계명이고, 그 관리자는 신부로 보았다. 다음 시대에는 형법시대로서 국가가 제정 공포한 형법에 저촉되는 행위는 모두 죄였던 시대로서 監獄史에 있어서는 암흑의 시대라고 보았다. 그리고 오늘날의 감옥은 그 죄가 '심리적인

출판 년도를 보니 「구운몽」은 1962년이고, 『서유기』는 1966년이었다. 미셸 푸코가 『광기의 역사』를 1961년에, 『병원의 탄생』을 1963년, 『지식의 고고학』을 1969년에 발간했으므로 이 이론들의 영향을 받기에는 시간이 그렇게 넉넉하지 않은 듯 하다.

푸코는 각 시기의 지식의 숨겨진 구조적 특질을 '에피스테메'라고 불렀다. 그것은 각기 그 시대의 심층에 있는 전체지이다. 이것은 고고학에서의 지층 개념에 비유할 수 있다. 그는 각 시대의 에피스테메 사이에는 비연속적인 단절이 있다고 보았다. 예를 들면 17세기는 유사성, 18세기는 분류, 19세기는 인간 또는 역사가 그 시대의 에피스테메로서 각 시기마다 지층의 단절처럼 서로 다른 상태로 지식이 형성되었음을 보여준다.[3]

이에 비해 최인훈의 고고학은 단순하다. 그는 '지식'이라든가 하는 특수한 주제로 한정하지도 않았고, 우리 역사의 17~19세기의 굴곡을 모두 조사한 것도 아니었다. 그가 가장 집중했던 시기는 당연히 그가 몸담고 있는 현대이다. 그러나 우리 현대사는 '불행'이라는 관점으로 볼 때 그리 만만치 않은 시대이다. 최인훈은 역사적 굴곡을 하나의 지층으로 보고, 그 횡적 공간에서 생활하고 죽음을 맞은 사람들을 화석이라 하였다. 일반적인 의미의 '고고학'은 고대 인류의 생활, 사회, 문화의 상태 및 그들의 지역적 전개와 역사적 발전을 실증적으로 연구하는 학문이다.[4] 이런 점을 최인훈은 비유적으로 사용하여 그의 문학의 주제적인 면을 드러내는 개성적 용어로 바꾸어 놓았다. 특히 고고학과 타

조화를 가지지 못한 것'으로서 어떤 사람은 감옥을 '정신병원'으로, 복역수들은 '환자'로 보기도 한다고 하였다. 감옥의 관리자는 정신의들이 된다. 이와 같은 최인훈의 견해는 푸코의 저서 『병원의 탄생』 내용과 비슷한 부분이다.

3) 신일철, 『현대철학사상의 새흐름』, 집문당, 1991, 37쪽.

4) 한국정신문화연구원, 『한국민족문화대백과사전1』, 322쪽.

학문과의 관계를 다룬 부분에서 흥미롭다. 그것은 인류학을 끌어들인 부분이다. 인류학은 인간의 신체의 진화와 발전을 주로 다루는 형질인류학과 인간의 사회와 문화를 주로 다루는 문화인류학으로 구분할 수 있는데 최인훈의 주된 관심분야는 문화인류학이었다. 그는 고고학과 이의 결합을 보이고 있다.

> 역사란, 신(神)이, 시간과 공간에 접하여 일으킨 열상(裂傷)의 무한한 연속입니다. 상처가 아물면서 결절(結節)한 자리를 시대 혹은 지층이라고 부릅니다. 이 속에 신의 사생아(私生兒)들이 묻혀 있습니다. 신은 배게 할 뿐, 아이들의 양육을 한번도 맡는 일이 없이 늘 내깔렸습니다. 우리가(고고학자-인용자 주) 하는 일은, 이 지층 깊이 묻힌 신의 사생아들의 굳은 돌을 파내는 일입니다. 캐어낸 화석들은 기형아가 대부분입니다.(275쪽)

인용문을 보면 신과 인간 사이에서 고고학자의 역할은 신의 사생아들을 발견하여 기형아가 된 화석들을 연구하는 데에 있다. 여기에는 신에 대한 불신이 남아 있다. 신이 만들어낸 상처를 인간은 묵묵히 감수해야 한다. 여기서 신은 우리가 일반적으로 생각하는 개별적인 신이 아니라 인간의 힘으로는 어찌해 볼 수 없는 거대한 힘을 상징한다. 화석에는 신에게 버림받은 사생아로서 생활해야 했던 인간존재의 고통이 나타나는데 이것을 연구하는 자 또한 인간이므로 인간의 역할을 중요시하는 것이다. 이 부분이 푸코의 견해와 다르다.

푸코의 고고학 개념은 종래의 형이상학적 함의를 벗어나 있고, 동시에 지식의 숨겨진 구조를 과학적으로 탐구해야 한다는 필연성을 암시하고 있다.[5] 그의 고고학적 분석의 과제는 지식의 시대적 형식을 해독해내는 것인데, 그것은 그런 형식들을 지배하는 법칙의 토대를 이루는 구조를 발견해내는 작업이었다. 푸코의 분석에서 가장 두드러진 특징은, 인간이란 개념은 과거 서구에서는 중시되지만 지금은 사라지기 시작하는 한 시대의 인식론적 산물이라는 주장이다.

인간 중심에서 벗어난 푸코와 달리 최인훈은 인간을 중심으로 하였다. 그러나 인간 그 자체에 대한 중시보다는 인간이 지혜롭게 처신했어야 하는 그 '어떤 시대, 상황'을 중요하게 내세웠다. 그가 이 작품의 중심 서사를 '영화'라고 지칭하면서 이 영화의 제목을 '朝鮮原人考'라 한 것도 모두 인물을 우선시했던 태도이다. 이처럼 그는 환경과 인물의 상호작용을 중시하였다. 그런 면에서 최인훈은 아직도 인간에게 기대를 가지는 휴머니스트로 볼 수 있다.

최인훈이 말하는 고고학자는 소설가에서부터 넓게는 精神醫라는 범주까지 확대할 수 있다. 의사, 철학자, 예술가, 과학자 등이 고고학자로 일컬어진다. 그는 고고학자는 목숨이 아니라 죽음을, 창조가 아니라 발굴을, 예언이 아니라 독해를 업으로 하는 사람이라고 하였다. 그런 작업의 결과 한국의 유적은 황폐성과 무질서성의 표본이었다는 결론이 나왔고, 이 영화는 그중 백미였다. 그의 고고학은 한 시대의 지식의 에피스테메를 찾는 것이 아니라 인물의 에피스테메를 찾는 것이다. 간단히 말하면 소설의 인물창조를 강조하겠다는 뜻이다.

'고고학 입문 시리즈'라는 표제가 붙은 『서유기』와 「구운몽」은 서사가 약할 수밖에 없다. 당대 상황 속에서 한 인물이 어떻게 화석이 되었는지의 과정을 보여주며, 그의 내면 세계의 변화에 초점을 두고 있기 때문이다. 특히 환경의 변화에 따른 인물의 심리변화에 주목하고 있기

---

5) 리처드 커니, 임현규·곽경아·임찬순 옮김, 『현대유럽철학의 흐름』, 한울, 1997, 366쪽.

에 소설의 서사적 특성이 약할 수밖에 없었다. 그가 『서유기』에서 언급한 문화형에 대한 연구도 바로 고고학의 의미를 띠는 것이다. 그래서 소설이 갖추어야 할 흥미로운 사건이나 인물 사이의 갈등은 최소화되었고, 사색적 인물의 내면 세계에 초점을 맞추고 있어 서사를 약화시키고 있다.

이 글에서는 이렇게 최인훈의 고고학에서 주요 대상이 되는 화석, 즉 「구운몽」에서의 주인공 독고민의 의미를 파악하는 데 주력하면서 이 인물의 행동반경을 나타내는 환상성의 구조 또한 면밀하게 다루고자 한다.

2. 문학 속의 환상의 위치

최인훈의 끊임없는 실험정신은 1960, 70년대 리얼리즘의 견고한 틀을 갖고 있는 우리 문학계에서는 하나의 경이로움이다. 리얼리즘의 경도에 있었던 당시의 문학 풍토 속에서 그의 환상성은 거의 이단적인 행위였으며, 기존의 텍스트를 패러디한 그의 일련의 작품들은 독창성과 창의성을 존중하는 분위기에서는 진정성을 확보하기 어려운 행위로 보여질 수 있다.

「구운몽」의 환상성의 미학적 특징을 살펴보기 전에 중편 소설 정도의 분량밖에 되지 않는 이 소설이 왜 난해한 소설로 정평이 났는지를 파악해야 한다. 그것은 이 소설의 서사 구조를 혼동하기 때문이고, 다음으로는 인물간의 관계규명을 명확히 하지 않은 때문이라고 본다. 우선 이 작품의 서사는 3개로 되어 있다. 문화형의 모습을 보이자면 세계관이 다른 시대의 인물을 등장시키고, 동시대의 인물 간의 차이도 보여주어야 한다. 이럴 경우 환상계와 현실계의 이중 구조를 작품 틀로 하고, 자아 분열, 꿈, 무의식 등을 세부적으로 이용하면 효과적이다.

　이 작품의 서사 양상을 보면 다음과 같다.

　① 독고민의 서사－간판사 독고민은 정체 불명의 편지를 받고 애인 숙이 보냈을 것으로 단정한다. 편지의 내용을 믿고 그녀를 만나러 '미궁' 다방으로 가지만 만나지 못한다. 대신 돌아오는 길에 시인들, 노은행원들, 발레리나, 죄수들, 여급 에레나 등을 만난다. 병원에서 동사한다.

　② 김용길 박사의 서사－가족 사항이 독고민과 동일하다. 신경외과 의사로서 세계적으로 유명하다. 인간의 유일성과 동일성을 찾는 연구를 한다. 제자이자 조수인 빨간 넥타이 민선생을 아낀다. 병원 벤치에서 동사한 독고민을 제자에게 해부하도록 한다

　③ 영화를 본 연인의 서사－독고민과 김용길 서사가 한 편의 영화였다. 초파일날 이 영화를 보고 나오는 연인이 사랑을 나눈다.

　위의 서사에서 환상이 중요하게 작용하는 서사는 독고민의 서사이다. 독고민은 숙의 편지를 받고 그녀를 만나기 위해 약속 장소인 다방 '미궁'을 찾아가지만 그녀를 만나지 못한다. 다방 이름이 '미궁'인 것은 독고민이 처한 시대 상황과 도시가 한마디로 '미궁'이라는 의미이다. 그리고 그토록 찾아다닌 숙을 끝내 만날 수 없었다는 결말은 현실에서 아무런 희망을 가지지 못한다는 의미를 띤다. '김용길 박사의 서사'에 나오는 결론을 앞당겨 본다면 독고민은 겨울밤에 몽유병으로 거리를 헤매었다. 그러므로 환상계는 몽유병 환자 독고민의 방황기가 된다. 환상계에서 독고민은 두려움과 공포감을 갖는다. 자신을 추적하는

사람들에 대한 두려움, 자신도 모르는 사이에 자신의 신분이 혁명가로 나타나는 환상계에서 토도로프가 제시한 인물의 주저함, 머뭇거림, 공포감이 그대로 나타난다.

> 동굴처럼 퀭한 그녀의 두 눈에서 주르르 눈물이 흘러내린다. (중략) 그러자 이상한 일이 생겼다. 젖은 카바이드처럼 윤기없던 그녀의 두 눈이, 이른봄 샘터같이 환해지기 시작한다. 흙두덩처럼 거센 눈 가장자리가 봉긋이 살이 오르기 시작한다. 눈을 중심으로 그 가까운 힘살이 서로 끌어당기듯 팽팽해지면서, 완전한 젊은 여인의 얼굴로 바뀌고 있는 것이다. (중략) 그녀의 얼굴에 일어난 기적은 온몸으로 빠르게 퍼져갔다. 두 팔은 우아한 조각처럼 살이 오르고 젖가슴은 보살보다 곱게 부풀었다. 마지막으로 쪽 곧은 다리는 암사슴처럼 가볍고 순종 사라브렛처럼 든든했다.(252쪽)

인용문은 환상성을 보여주는 대표적인 예이다. 독고민을 사랑하는 늙은 여인이 젊은 여성으로 변신하는 장면이다. 환상문학에서 변신은 친숙한 소재이다. 최인훈의 「가면고」에서도 이 모티프를 사용하였다. 그리고 이것은 꼭 서구적인 모티프라고 여길 필요가 없다. 우리의 고전문학에서도 「박씨전」을 보면 흉한 얼굴의 여주인공이 허물을 벗고 아름다운 얼굴로 변신하는 내용이 나온다. 최인훈이 인간 구원의 방법으로 제시하고 있는 것은 불교라는 종교적 힘과 하나는 사랑인데 이 인용문에서는 그 '사랑의 힘'을 보여주고 있다. 환상계에서 늙은 댄서는 독고민을 절실히 사랑하고 있었기에 이런 변화를 겪는 것이다.

그리고 환상계와 현실계의 교차는 원텍스트의 환몽구조를 바탕으로 하였다. 그래서 현실계에서 아무런 희망 없이 살아가는 독고민의 모습과 환상계에서 추격당하는 독고민의 상황을 평행적으로 제시하여 그의 파열된 생활상을 그려낸다. 독고민이 살고 있는 '현대는 성공의 시대가 아니라 좌절의 시대며, 건너는 시대가 아니라 가라앉는 때로서 난파의 계절'이다. 그래서 현대인의 인격은 극심한 자기 분열을 겪는 세대로서 독고민을 추적하는 인물들을 통해 더욱 심화시키고 있다.

1962년에 발표한 이 작품은 벌써 그 제명에서부터 패러디 작품임을 노골적으로 표현하고 있다. 정끝별은 패러디가 갖는 표현기법상의 풍부한 가능성에 주목하였다. 그것은 현대의 복잡하고 미분화된 경험과 미학을 반성적으로 반영할 수 있다는 점이다.[6]

최인훈은 김만중의 「구운몽」을 패러디하면서 원작에 대한 풍자나 원작자에 대한 풍자를 나타내려 하지는 않았다. 그렇다면 최인훈이 김만중의 「구운몽」에서 추구한 것은 무엇인가. 그것은 이중적 구조를 통해서 현대인의 분열적인 심리상황을 드러내는 것이다. 현대 소시민이 겪는 통렬한 분열의식을 드러내기 위한 구조는 단순한 것보다 복잡한 것이 적절하고 그러자면 이중적이거나 다중적인 서사가 유효했을 것이다. 그러므로 김만중의 「구운몽」의 구조는 최인훈 문학의 주제와 형식이 일치를 볼 수 있는 것이었고, 그의 문화형을 풀어내기에도 적절했다.

김만중의 「구운몽」에서 중요한 것은 성진의 불교적 세계관과 양소유의 유교적 세계관이 병행하면서도 단일한 세계관이었다는 점이다. 또 하나는 갈등과 시련을 겪으며 각성을 하여 육관대사의 자리를 성진은 계승하고 있다는 점이다. 이로 볼 때 성진은 신화적 인물이라고 할 수 있다. 평범한 수도승에서 연화봉의 도량을 이끌 수 있는 능력을 지닌 승려로 새로 태어난 것이다. 환상계의 양소유의 삶을 보더라도 그는 영

---

6) 정끝별, 『패러디시학』, 문학세계사, 1997, 62쪽.

웅적 인물이다. 입신출세와 8미인들과의 행복한 생활은 유교적 세계관에서는 최고의 가치 있는 삶이기 때문이다. 노드롭 프라이가 지적했듯이 상위모방 서사에 등장하는 인물들은 구심적인 시선을 가진다. 그래서 성진과 8선녀, 양소유와 8부인들 모두 그들이 거주하는 세계관에서 절대적인 것들, 예를 들면 불도, 부귀공명, 천자, 남편 등의 구심점을 향해 서있는 것이다. 이에 비해 최인훈의 「구운몽」은 신적이거나 영웅적인 인물이 아닌 소시민에 불과한 인물 독고민이 등장하고, 추구하는 구심점이 되는 숙을 영영 만나지 못함으로써 결말이 비극적일 수밖에 없다.

독고민과 8명의 여성의 관계도 원텍스트의 성진(양소유)과 8선녀와의 관계와는 다르다. 성진이나 양소유가 거느리는 8명의 여성들은 모두 성진과 양소유를 극진히 섬기는 여성들로서 질투나 시기를 모르는 조화로운 관계를 유지하고 있는 인물들이다. 이 또한 영웅을 둘러싸고 있는 인물군이라 할 수 있다. 그러나 독고민과 8명의 여성은 이와 다른 의미를 띠고 있다.

독고민을 초라하고 낡은 아파트에서 거리로 나오게끔 한 것은 바로 '숙'이라는 여성이다. 그러나 이 여성은 독고민의 현실계에서는 그 모습을 드러내지 않는다. 독고민은 그녀를 찾아 헤매는 동안 환상계로 빠져들어 8명의 동일한 기표를 지닌 여성을 만난다. 그 기표란 것은 그의 애인 숙에게 있었던 '왼쪽뺨에 있는 까만 점'이다. 이것을 8명의 여성들이 모두 지니고 있다. 노은행가들 사이에 있었던 젊은 여성, 발레리나인 미라, 감옥의 죄수인 '잊어버리지 않은 죄인'의 첫사랑, 늙은 댄서가 젊은 여성으로 변신한 몸, 술집 호스티스인 에레나, 김용길 박사가 있는 병원의 견습 간호부, 김용길 박사가 읽었던 '법화'의 내용에 나오는 관세음보살, 가장 외곽의 서사에 해당하는 영화를 보고 나온 여인 등은 숙처럼 모두 왼쪽 뺨에 까만 점을 지니고 있다. 독고민의 시선을 끄는 여성들이다. 이 9명 중에 숙은 제외되어야 8명의 미인으로 된다. 숙을 제외하는 이유는 환상계에 드디어 등장하는 숙의 외양을 보면 점에 대한 깊은 인상이 나타나 있지 않기 때문이다. 숙의 외양은 그녀의 편지를 보고 독고민이 회상한 대목에서만 언급될 뿐이었다. 이 8명의 여성은 환상계에서 추격당하는 독고민에게 사랑과 존경을 보내기도 하고, 그의 사고를 혼란스럽게 하기도 하며, 총살당한 그를 살려내기도 하는 중요 인물들이다.

그리고 현실계에서는 왼쪽 뺨의 까만 점을 지니지 않은 중요한 여성이 한 명 등장한다. 그녀는 독고민이 숙을 만나러 갔다가 만나지 못하고 돌아오던 날 영화관에 갔을 때 그의 옆에 앉아있던 여성이다. 환상계에 나왔던 여성들과의 관계가 전부 일방적인 관계에 있었다면 영화관에서 우연히 만난 이 여성은 그 관계가 지속된 것은 아니지만 두 사람 모두 서로에게 호감을 가졌던 인물이다. 그리고 실질적으로 독고민이 환상계로 진입하게 된 연유도 그 여성을 뒤쫓다가 그리 된 것이다.

마지막 서사에 등장하는 연인들은 어느 문화형에 속하는 인물인지 미지수이다. 기독교의 성탄절이 아닌 부처님 탄신일을 성탄절이라고 했으니 그런 날이 도래할 그 어떤 미래인 것이다. 그래도 그런 날이 올 것이라는 믿음을 영화를 보고 나오는 사랑하는 연인을 통해 보여준다. 이 연인들은 미래의 독고민의 후예로서 독고민의 서사를 '느긋하게' 관람하는 인물들로서 행복한 연인이다. 사월 초파일 성탄제의 기념 시사회에 참석하여 한 편의 영화를 보고 나오는 연인은 사랑의 진행 중에 있는 인물들이다. 이 연인들이 오늘 보고 나온 한 편의 영화가 바로 독고민과 김용길 박사의 서사가 된다. 이렇게 보면 기존의 논의에서 가장 주되게, 아니 유독 독고민의 서사에만 관심을 많이 가졌던 부분을 새롭게 보완할 수 있다. 그렇다고 그 서사의 중요성이 약해지는 것은 아니다. 의미가 다양해질 수 있는 가능성은 오히려 열린 구조로 읽는 재미를 준다. 영화의 주인공인 독고민과 김용길 박사의 서사는 사실, 분량상으로 볼 때 최대치이다. 따라서 이 부분만 있어도 이 작품은 서사로서의 완결성을 지닌다. 그런데 왜 또 하나의 서사를 보탰을까? 맨 마지막 행복한 연인의 서사는 김만중의 「구운몽」 서사가 가진 행복한 결말을 상징한다고 볼 수 있다.

3. 광인-파르마코스적 인물: 독고민

이 작품은 중심되는 인물들이 3개의 서사에 모두 등장한다. 제1서사의 독고민과 '해전'이란 시를 읽은 젊은 시인이 제2서사에서는 김용길 박사와 그의 조수 민선생으로 바뀌어져서 등장한다. 제1서사와 제2서사의 시간적 공간은 비슷하다. 독고민의 가정 상황과 김용길 박사의 가정 상황도 비슷하다.

우선 선결해야 할 과제는 두 주인공 독고민과 김용길 박사의 관계를 해명하는 일이다. 결론부터 말하면 동일한 시공간에서 분열된 한 인물이다. 작품에서는 독고민과 김용길 박사의 동일한 인적 사항을 가지고 있다.

① 독고 민은 황해도 태생으로 전쟁통에 내려왔다. (중략) 삼대는 아니었으나 외아들이었다. (중략) 그 고을에서는 밥숟가락이나 먹는다는 포목전을 내고 있던 부친의 덕으로 이렇다 할 고생도 해본 일 없이 그 나이까지 살았었다. (중략) 학교 시절 때 얘기

에서 빠뜨렸는데 민은 다른 학과는 모조리 젬병이었으나 그림만
은 빼어났었다.(175-177쪽)

② 그는 황해도 태생으로, 고을에서는 밥숟가락이나 먹는다는
포목전을 내고 있던 아버지 덕으로, 이렇다 할 어려움도 모르고
지냈었다. (중략) 그는 대학에 올라갈 때 미술을 택할 생각이었
다. 흔히 있는 일로 부친은 잡아떼고 허락지 않았다.(264-265쪽)

두 사람의 관계는 동일인에서 분열된 인물이다. 그러나 같은 인물이
겪게 되는 정체성의 혼란은 없다. 이미 분리시켜 놓은 상태이기 때문이
다. 독고민은 이 사회에서 제거당해야 하는 괴물이고, 또 한명은 권력
자로서의 모습이다. 독고민은 프랑켄슈타인의 '괴물', 푸코의 『광기의
역사』에 나오는 당시 사회에서 제거되어야 할 '광인'의 이미지를 띠고
있다. 또한 부르조아 사회의 희생양인 파르마코스적 인물임도 동시에
보여준다.
  그러나 지금 현재, 사건의 진행과 종결로 볼 때, 독고민은 추운 겨울
에 병원 벤치에서 동사한 몽유병자이고, 김용길 박사는 그 병원의 원장
으로서 그는 자신의 조수에게 동사체로 발견된 독고민의 해부를 허락
한다. 김용길 박사가 신경과 의사로 설정된 데에서 벌써 독고민과 그
거리를 두고 있다. 현대에 의사라는 직업을 지니고 있는 김용길 박사는
사회적 명예뿐만 아니라 과학자로서 이성을 신봉하는 현대의 영웅적
인물이다. 그러므로 그는 인간에 대한 육체적 해부와 정신적 해부를 동
시에 실현하는 현대의 권력자를 상징하고 있는 셈이다. 그렇다면 두
사람의 동일한 인적 사항은 무엇을 의미하는 것일까. 이 부분은 고고학
의 의미와 김용길 박사가 그토록 지대한 관심을 가지고 연구하는 인간

학에 대한 부분을 토대로 해야 될 것 같다. 김용길 박사는 미술에 대한 애정을 버리지 못하고 있다. 그래서 그에 대한 열정을 인간의 뇌수를 그리는 것으로 만족하며 인간 심리학에 몰두하고 있다. 그의 최대 관심사는 개인의 유일성과 동일성이 뿌리에서 다시 살펴져야 한다는 점이다. 인류가 그 개인성을 잃은 것은 미궁 속에 빠진 몽유병자 같은 상태로서 그 속에서도 끝까지 개체의 통일성을 지킬 수 있는 힘은 무엇인지를 탐구하고 있다.

이에 비해 독고민은 영웅과 대비되는 소시민이다. 노드롭에 의하면 하위모방의 서사나 아이러니 체계에서는 고도로 개인화된 사회를 취급한다. 여기에서 신화의 주인공과 차이나는 점은 개인의 창조행위가 나타나는 점이다. 이 점은 독고민이 미술을 잘하고, 국전에 응모할 만큼 예술가의 소양을 갖추었다는 것으로 드러난다. 그러나 그는 아이러니 체계에 적당한 인물인 극장 간판사로 나온다. 창조보다는 창조에 대한 또 하나의 허구를 담당하는 인물인 것이다. 독고민의 인물됨에서 중요한 점은 그는 파르마코스(pharmakos)의 이미지를 지닌다는 점이다. 실력이 모자라는 재능 때문에 부르조아 사회에서 버림받은 예술가를 다룬 이야기에 전형적으로 등장하는 것이 바로 산 제물 '파르마코스'이다. 독고민은 애인 숙에게 잘 보이기 위해 국전에 응모하지만 낙선하고 만다. 결국 그는 3류 화가도 못되는 극장 간판사가 되어 종내에는 병원에서 동사체로 발견되는 비극적 인물이다. 여기에서 파르마코스임을 알 수 있는 것은 그의 사후 운명이 실험용 해부로 쓰여질 것이라는 암시에서 나온다. 과학의 시대에 의사는 권력자요 제사장이다. 김용길 박사는 그 중심에 있는 인물로서 독고민의 해부를 그의 조수에게 허락하였다.

독고민은 현대에, 그것도 다양하고, 처절한 역사적 상황을 경험한 소시민의 자아 분열을 극단적으로 보여준다. 독고민에게는 지식인의 면모도 영웅적인 면모도 보이지 않는다. 오히려 그 이름처럼 고독한 소시민으로서 극심한 자아분열의 증상만을 보여 줄 뿐이다. 그러한 예는 그의 두 꿈에서 잘 나타나고 있다.

관(棺) 속에 누워 있다. 미이라. 관 속은 태(胎)집보다 어둡다. 그리고 춥다. (중략) 누군가 관 뚜껑을 두드리고 있다. 누구요? 저예요. 누구? 제 목소리를 잊으셨나요. 부드럽고 따뜻한 목소리. 귀에 익은 목소리. 빨리 나오세요. 따뜻한 데루 가요.(173쪽)

인용문의 꿈은 관속에 누워있던 한 남자가 바깥에서 불러내는 여자의 목소리를 듣고 좁고 추운 관 뚜껑을 열고 나가는 내용이다. 그러나 그를 불러냈던 여자는 보이지 않는다. 꿈이란 것이 무의식을 의식의 전면으로 부상시키는 효과적인 방법이라면 이 작품에 나타나는 두 꿈도 유효한 대상이다. 작품 서두에 제시된 이 꿈은 앞으로 일어날 독고민의 전체 행위를 암시하는 꿈이다. 차가운 관은 그의 낡고 초라한 아파트의 환유이며 그를 관속에서 불러낸 여성은 숙의 환유이다. 그리고 그녀의 목소리만 있고 모습은 보이지 않는 것처럼 독고민에게 남아 있는 숙은 추억과 한 장의 편지뿐이다. 그는 환상계에서는 숙을 만날 수 있는 '미궁(迷宮)' 다방을 찾기 위해 방황하고, 현실계에서는 '미궁과 같은 거리' 속에서 방황한다.

바다처럼 망망한 강. 빨리 건너야 한다. 그는 힘차게 헤엄쳐간다. 이른봄 얼음 풀린 물처럼 차다. 한참 헤엄쳤는데도 댈 언덕은 아득하기만 하다. 그러자 민은 보는 것이다. 그의 왼팔이 어깻죽지에서 훌렁 빠져나가는 것을. 저런. 그 팔 끝에 달린 다섯 손가

락. 고물고물 휘젓는 다섯 손가락. (중략) 오른편 어깨도 허전하
다. 어깨를 보았다. 이런. 그 팔도 떨어져 혼자 헤엄을 한다. 다음
은 오른다리. 그의 목이 훌렁 떨어져 물 위에 둥실 뜬다. (중략)
강바닥 여기저기 숱하게 널린 자기 팔다리를 보았다. 물고기들
이, 주둥이 끝으로 톡톡 건드려보다가는 슬쩍 달아난다. (중략)
언덕에 한 떼의 도깨비가 나타난다. 옷은 잘 차렸으나, 모두 병신
이었다. 팔없는 사람. 외다리. 목만 데굴데굴 굴러오는 괴물. 그
들은 앞을 다투어 표류물들을 주워들고는, 모자라는 곳에 맞추기
시작한다. (중략) 그 도깨비들 가운데 외따로 떨어져 서서, 아까
부터 무엇인가 두리번 두리번 찾고 있는 괴물이 있다. 벌거벗은
여자였다. 그녀는 몸통과 팔다리는 멀쩡했으나, 머리가 없다. 무
엇을 봤는지 그녀는 무릎을 탁 치더니, 기운차게 낚시를 던진다.
덤벙. 추가 떨어지며 낚시 바늘이 물밑으로 내려온다. 그때야 그
바늘의 과녁이 무엇인지를 알았다. 바늘은 그의 입술을 향해 가
까워오고 있는 것이다. 그는 황급히 팔을 들어 막으려 했다. 팔이
없다. 악. 그는 소스라쳐 일어났다.(196쪽)

　인용문의 꿈속에서 육체적 분열을 겪는 것은 정신적 분열의 상징이
다. 몸이 조각조각 떨어져 나가는 것은 신체상의 분열이지만 이것은 정
신의 분열로 확대해석 할 수 있다. 마지막 낚시바늘은 그의 머리를 향
해온다. 그의 몸은 이미 모두 떨어져 나가 있는 상태이고 유일하게 머
리만 남았다. 그런데 그의 머리를 낚시로 꿰려고 하는 인물은 바로 여
성이다. 여성과 그가 몸으로 합쳐진다면 온전한 몸이 되는데 꿈은 거기
에서 깬다. 꿈속의 그가 겪는 경험은 끔찍한 것이겠지만 그래도 그의
머리와 여성의 몸이 합쳐지는 것이기 때문에 그의 정신이 여성에게 복

속당하는 것은 아니다. 그는 구원의 여인과 일치할 수 있었던 기회를 잃은 것이다. 영원히 숙을 만날 수 없는 상황을 암시하고, 비극적 결말이 될 것을 암시한다.

4. 파놉티콘의 아우라

푸코의 『감시와 처벌』에는 벤담의 '일망 감시시설'인 파놉티콘이 나온다. 이 건물은 감시를 위해 설계한 건축물이다. 주위는 원형의 건물이 에워싸여 있고, 그 중심에는 탑이 하나 있다. 탑에는 원형건물의 안쪽으로 향해 있는 여러 개의 큰 창문들이 뚫려 있다. 중앙의 탑 속에는 감시인을 한 명 배치하고, 각 독방 안에는 광인이나 병자, 죄수, 노동자, 학생 등 누구든지 한 사람씩 감금할 수 있게 되어 있는 것이다.

「구운몽」에서 독고민 서사의 결말 부분으로 가면 그는 감시의 대상자라는 이미지를 갖게 된다. 뿐만 아니라 독고민이 며칠 동안 숙을 찾아 헤맨 환상적 공간의 행위들이 그를 '몽유병자'로 진단함으로써 더욱 분명하게 감금 대상의 인물이 되어 버린다. 푸코의 『광기의 역사』에서 중세 시대에 광인이나 병자들은 배에 태워 항해를 하게 되는 축출자가 되었다가 그 다음 시대에는 파놉티콘이라는 일망 감시체제에서 감금당하는 신세가 된다. 독고민 또한 비록 사후의 일이기는 하지만 그의 죽음의 장소가 병원이라는 점은 사뭇 의미심장하다. 그리고 중세에 광인들을 치유하기 위한 방법 중의 하나가 침수(immersion)였다는 점을 상기한다면 그의 죽음의 위치도 간과할 수 없다. 독고민이 환상계에서 총살당한 위치는 분수대 위이며, 현실계의 동사한 위치도 분수대 근처의 벤치로 설정되어 있다. 이 점은 침례의 이미지를 지니고 있지만 불행하게도 독고민은 한겨울 분수대가 얼어있는 상황이기 때문에 광기를 치유할 수 있는 기회를 상실한 것이다.

독고민이 숙을 찾아 거리를 나설 때 하늘에는 시민들을 감시하는 탐조등의 불빛이 비춰지고 있었으며 그가 도망치는 거리마다 주체가 다른 방송들이 나왔다.

① 혁명군 방송.

여기는 혁명군 방송입니다. 시민 여러분 무기를 잡으십시오. 싸울 수 있는 모든 시민은, 무장하고 거리로 나오십시오. 폭정은 거꾸러졌습니다. 자유는 되살아났습니다. (중략) 흰색 팔띠에 장미꽃 무늬를 놓은 혁명군 장교와 병사들의 지휘를 받으십시오.(201쪽)

② 정부군 방송

여기는 정부군 방송입니다. 도대체 어떻게 된 것인가. 질서를 되찾아라. 시민들은 무기를 버리고 시민들의 집으로 돌아가라. 평화적인 사태 수습을 도우라. 반란 지도자는 곧 근위사단 사령부에 나타나라. 그대의 요구를 들어주겠다. 그대들과 더불어 명예스런 휴전을 맺을 뜻이 있다.(205쪽)

③ 두 번째 혁명군 방송

여러분은 그들의 방송을 들었을 것입니다. 압제와 굶주림에 못 이겨 빵과 자유를 달라며 일어선 사람들에게 그들은 농담과 음담 패설로 맞받았습니다. (중략) 그들은 시간을 바랄 뿐입니다. 반동과 학살의 준비를 원할 뿐입니다. 우리들의 찬란한 옛날을 떠올리십시오.(210쪽)

④ 세 번째 혁명군 방송

당신들은 왜 가만히 지켜만 봅니까? 당신들은 왜 방관합니까? 적은 반격에 나섰습니다. 압제자들은 반격을 개시하였습니다. 자유는 목졸리려 합니다. 공화국은 교살당하려 합니다. 혁명은 위기에 빠졌습니다. 시민 여러분, 빨리 힘을 빌려주십시오.(223쪽)

⑤ 두 번째 정부군 방송

반란자들은 진압되었습니다. 시민은 경거망동치 말고, 집안에 머물러 계십시오. 이 명령을 어기는 시민은 몸의 안전을 보장받지 못할 것입니다. (중략) 음모를 짜고 지휘한 괴수는 현재 도주 중에 있으며, 정부군에 의하여 쫓기고 있습니다. 반란 수령의 이름은 독고 민(獨孤 民)입니다.(246쪽)

반란 수령은 독고민. 某국의 지령을 받고 정부 전복을 꾀한 무정부주의잡니다. 그는 현재 S로 2가 가까이를 달아나고 있습니다. 독고민은 시가전에서 네 번이나 에워싸여, 그 때마다 간곡한 투항 권고를 받았으나, 여전히 반항을 계속하고 포위망을 번번이 돌파, 달아났습니다. 그는 현재 S로 2가를 달아나고 있습니다. 일당은 보이지 않고, 독고민은 홀로 달아나고 있습니다.(246쪽)

⑥ 긴급 뉴스

악한 독고민은, 마지막 순간에 한바탕 추태를 보였습니다. 그는 자기의 신분과 반란 현장에 대한 부재 증명을 한다고 울부짖으면서, 정부 某고관의 부인을 지명했는데, 재판의 공정성을 고려하여 정부의 종용으로 현장에서 독고민과 대질한 전기 부인은, 명확히 이를 부인했습니다. (중략) 정부군 사령부는, 전기 명령을

재확인하고 이의 집행을 명령합니다. 신호탄이 곧 발사될 것입니다.(250쪽)

⑦ 바티칸 방송

전세계의 벗들에게 슬픈 소식을 전하겠습니다. 한국에 보내졌었던 교황 사절 독고 민 대주교는, 수 미상의 신도 여럿과 함께 오늘 한국 시간 13시에 장엄한 순교를 하였습니다. (중략) 붉은 근위사단의 치열한 뒤쫓음과 뒤져내기에 몰려, 도시 중심부 '자유의 광장'에서 순교하신 것입니다. 붉은 학살자들의 살해 방법은 악랄을 다한 것으로서, 동 주교를 광장 중앙부에 밀어넣고, 물러날 길을 끊은 다음에, 고층 건물의 지붕으로부터 기관총에 의해 일제 사격을 가한 것이라고 합니다.(255쪽)

①~⑦의 인용문들을 보면 개인 독고민은 혁명군, 정부군, 바티칸에 의해 일거수일투족이 감시당하고 있음을 단적으로 드러낸다. 방송들은 독고민이 그의 추격자들을 따돌리기 위해 서울 거리를 달리고 있을 때 들려온 것들이다. 이 방송은 다른 사람에게는 들리지 않고 유일하게 독고민에게만 들린다. 모든 시민들은 명령과 감시의 체제 속에 갇혀 있는 것인데 지금 그것을 느끼는 사람은 독고민 밖에 없다. 거리에서 민이 경험하는 혁명군 방송, 정부군 방송, 바티칸 방송 등이 바로 민의 행동을 감시하는 파놉티콘의 역할을 하고 있는 셈이다. 벤담이 말한 파놉티콘의 완벽한 구조 속에 있는 것은 아니지만 독고민은 그 정체가 모두 드러난 채 상대방에게 감시당하고 있다. 개인의 행동 하나하나가 철저히 감시당함과 동시에 감시자의 구미에 맞는 행위로 그 의미규정이 이루어지고 있다. 한 개인은 자유가 없어지고 정부와 사회와 언론과 종교

등에 의해 새로운 억압체제 속에 감금당해 있음을 보여준다. 아니면, 개인의 행위가 감시자의 아전인수격의 분석에 이용당하는 것이다. 혁명군과 정부군의 측에서 독고민에게 명령하는 것들은 결국 그를 감시하고 처벌하는 것이 된다. 독고민은 광장 분수대에서 그렇게 애타게 찾던 숙을 만나지만 그녀는 독고민을 모르며 그는 공개처형을 당한다. 그리고 현실계로 되돌아 왔을 때 그는 병원 벤치에서 동사한 시체로 발견된다. 그는 몽유의 과정 동안 숱한 방황과 추격과 기쁨, 슬픔을 맛보았다. 이제 그는 해부용으로 이용당할 운명에 처해 있다.

김만중의 「구운몽」에 나타난 세계관은 불교적 세계관과 유교적 세계관이다. 두 세계관은 추구하는 지향점이 다르고, 조선 시대의 정책상 불교적 세계관은 합법적인 것은 아니다. 그러므로 김만중이 조선조 사회에서 불교적 세계관을 통해 인간의 깨달음을 얻는 것은 제도권 문화를 거부한 행위가 되거나 도피적인 모습이 될 수 있다. 그러나 최인훈의 「구운몽」에서는 현실 세계와 환상 세계의 세계관이 동일하게 나온다. 그것은 부귀공명도 아니고 큰 깨달음도 아닌 숙을 찾는 행위 하나였다. 이것은 현대 소시민의 분열된 증세를 구원할 수 있는 것은 오직 '사랑'밖에 없음을 보여주는 것이었다. 하지만 그 구원의 대상 숙은 정작 독고민을 만났을 때 그를 모르는 사람이라고 하였다. 현대인의 구원은 그토록 지난한 것임을 보여주는 역설적인 모습이다.

5. 맺음말

최인훈은 패러디와 환상성을 구조로 한 중편소설 「구운몽」에서 그의 문학세계를 보여주고 있다. 주인공이 겪는 시공간의 불일치와 이에 따른 인물의 공포, 두려움은 환상성의 일반적인 특성이다. 시간과 공간의 와해된 경계에서 주인공 독고민이 인과적 관계없이 만나는 여러 인물들 사이에서 보여주는 인간관계의 단절이나 일방성은 결국 거대담론과 단절되어 있는 소외된 소시민의 모습을 보여주는 것이다. 나아가 이 주제는 김만중의 「구운몽」을 패러디함으로써 다원화된 시대의 현대인과 단일한 세계관 속에 있는 중세인의 모습을 대조적으로 보여주는 것이기도 하다.

환상의 기능은 일반적으로 전복과 도피성으로 나타난다. 전복이라는 것은 개혁, 혁명을 야기하는 것으로서 과격한 행동을 수반해야 하고 도피성은 순간적인 쾌락만 줄 뿐이다. 그러나 최인훈의 경우는 이와 차이가 있다. 최인훈은 환상성을 통해 좌절을 겪은 시대에, 지식인조차 되지 못하는 소시민의 비극을 보여줌으로써 모순된 현실을 직시할 수 있는 태도를 확보한다.

환상성의 구조를 통해 확대된 세계의 창조는 작가와 작품 사이의 관계뿐만 아니라 독자와의 관계도 중시한다. 환상성은 성찰 문학의 입지에서 독자의 능동적인 참여로 리얼리티의 세계를 확대한다. 이 작품을 읽는 동안 독자는 고정되고 길들여진 리얼리티의 감각에서 벗어나는 혼란스러움을 겪을 수 있다. 그러나 이 혼란스러움은 현실 세계가 그렇게 견고한 것만은 아니라는 새로운 가치를 얻게 한다. 현실 세계와 환상 세계는 언제든 그 위치가 전도될 수도 있는, 경계선이 없는 것이라는 뜻밖의 깨달음을 얻는 것이다. 때로는 현실이 환상처럼 보이기도 하고, 환상이 리얼리티보다 더 실제적인 것처럼 보이는 위험한 경계선에 우리가 서 있기 때문이다.

참고문헌
찾아보기

참고문헌

1차 자료

공선옥, 『내 생의 알리바이』, 창작과비평사, 1998.

공선옥, 『수수밭으로 오세요』, 여성신문사, 2002.

계용묵, 「백치 아다다」, 『동서한국문학전집 9』, 동서문화사, 1987.

김동인, 「광화사」, 『동서한국문학전집 2』, 동서문화사, 1987.

나도향, 「벙어리 삼룡」, 『동서한국문학전집 4』, 동서문화사, 1987.

손창섭, 「비오는 날」, 『동서한국문학전집 16』, 동서문화사, 1987.

염상섭, 『염상섭전집 1』, 민음사, 1987.

오승은, 임홍빈 옮김, 『서유기 1권~10권』, 문학과지성사, 2003.

이광수, 『이광수-동서한국문학전집 1』, 동서문화사, 1987.

이태준, 『이태준 1-한국해금문학전집』, 삼성출판사, 1988.

정 찬, 「깊은 강」, 『베니스에서 죽다』, 문학과지성사, 2003.

주요섭, 「추물」, 『동서한국문학전집 4』, 동서문화사, 1987.

채만식, 『채만식 전집 8』, 창작과비평사, 1989.

채만식, 『채만식전집 9』, 창작과비평사, 1989.

최명익, 『최명익 · 유항림 · 허준-한국해금문학전집』, 삼성출판사, 1988.

최성각, 「동강은 황새여울을 안고 흐른다」, 『세계의 문학』, 1999. 봄.

최인호, 「타인의 방」, 『제3세대 한국문학 7』, 삼성출판사, 1985.

최인훈, 『소설가 구보씨의 일일』, 문학과지성사, 1976.

최인훈, 「옹고집뎐」, 『총독의 소리』, 문학과지성사, 1980.

최인훈, 『옛날 옛적에 훠어이 훠이』, 문학과지성사, 1988.

최인훈, 『회색인』, 문학과지성사, 1991.

최인훈, 『광장/구운몽』, 문학과지성사, 1992.

최인훈, 『우상의 집』, 문학과지성사, 1995.

최인훈, 『서유기』, 문학과지성사, 1996.

한 강, 『내 여자의 열매』, 창작과비평사, 2000.

한설야, 「과도기」, 『카프대표소설선 1』, 사계절, 1994.

황석영, 『심청』, 문학동네, 2003.

2차 자료

강상희, 『한국모더니즘 소설론』, 문예출판사, 1999.
강진호, 「교과서 문학교육 교사 – ‘분단소설’을 중심으로」, 『문학교육』 제9집, 2002.
강진호, 『한국근대문학 작가연구』, 깊은샘, 1996.
교육인적자원부, 『고등학교 교육과정 해설 2』, 대한교과서주식회사, 2001.
구인환 외 공저, 『문학교육론』, 삼지원, 1993.
구재진, 「최인훈 소설에 나타난 ‘기억하기’와 탈식민성－《서유기를 중심으로》」, 『한
      국현대문학연구』 15집, 한국현대문학학회, 2004. 6.
권보드래, 『한국근대소설의 기원』, 소명출판, 2000.
김경수, 『현대 소설의 유형』, 솔, 1997.
김경흠, 「장애모티브 소설연구」, 단국대 석사학위 논문, 1999.
김동욱·이재선 편, 『한국소설사』, 현대문학, 1992.
김동인, 「춘원연구」, 『김동인전집 16』, 조선일보사, 1988.
김대행 외, 「문학교육의 목표」, 『문학교육원론』, 서울대학교출판부, 2000.
김명섭, 「한국현대소설에 등장하는 신체결손 여성 인물 연구」, 홍익대 석사학위 논
      문, 2000.
김미영, 「최인훈 소설의 환상성 연구」, 한양대 박사학위 논문, 2003.
김병욱, 「정비석의 문학」, 『월간문학』, 1971. 6~7월호.
김상욱, 『문학교육의 길찾기』, 나라말, 2004.
김상욱, 「주체 형성으로서의 문학교육」, 문학과문학교육연구소 편, 『문학교육의 인
      식과 실천』, 국학자료원, 2000.
김상욱, 『소설교육의 방법연구』, 서울대학교출판부, 1996.
김상환, 「해체론과 은유」, 『해체론 시대의 철학』, 문학과지성사, 1996.
김선배, 「한국 현대소설 속의 장애인관 연구」, 청주대 석사학위 논문, 2003.
김소량, 「한국과 외국의 문학작품에 나타난 장애인에 대한 의식 비교연구」, 이화여
      대 석사학위 논문, 1991.
김성곤, 「여성작가들의 등장과 문학의 여성화」, 『뉴미디어 시대의 문학』, 민음사, 1996.
김성곤, 「탈식민주의 시대의 문학」, 『외국문학』, 열음사, 1992. 여름.
김성렬, 「구운몽 연구」, 고려대학교 석사학위 논문, 1984.

김수진, 「정상성과 병리성의 경계에 선 모성」, 여성문화이론연구소 편, 『여/성이론』 제1호, 여이연, 1999.

김슬옹, 「소설교육론에 대한 책읽기」, 『함께 여는 국어교육』, 2004. 여름.

김양선, 『1930년대 소설과 근대성의 지형학』, 소명출판, 2003.

김연숙, 「1930년대 소설에 나타난 여성육체의 재현양상」, 『여성문학연구』 11호, 2004. 6.

김영민, 『탈식민성과 우리 인문학의 글쓰기』, 민음사, 2001.

김용민, 『생태문학-대안 사회를 위한 꿈』, 책세상, 2003.

김우창, 「비범한 삶과 나날의 삶」, 『염상섭 문학 연구』, 민음사, 1987.

김욱동, 『문학 생태학을 위하여』, 민음사, 1998.

김욱동, 『포스트모더니즘의 이해』, 문학과지성사, 1990.

김인호, 『해체와 저항의 서사』, 문학과지성사, 2004.

김정숙, 「심청전 패러디 연구」, 군산대 석사학위 논문, 2000.

김정자, 「얼굴과 그 서사화의 경로 탐색」, 『현대소설연구』 제23호, 2004. 9.

김정화, 「최인훈 소설의 탈식민적 연구」, 서울대 석사학위 논문, 2002.

김종철 편역, 『녹색평론선집 1』, 녹색평론사, 1998.

김중신, 「창의적 사고력과 문학교육」, 한국문학교육학회 편, 『문학교육의 새로운 구도와 실천』, 태학사, 2000.

김중신, 『소설감상방법론 연구』, 서울대학교출판부, 1996.

김춘섭 외, 『문학이론의 경계와 지평』, 한국문화사, 2004.

김치수, 『문학과 비평의 구조』, 문학과지성사, 1984.

김태규, 『한국신화의 원초의식』, 이우출판사, 1980.

김해옥, 『한국 현대 서정 소설론』, 새미, 1999.

김해옥, 「생태 인문학의 가능성과 이효석의 〈산〉을 통해 본 생태학적 상상력」, 『한국언어문화』 제22호, 2002.

김해옥, 「이효석의 서정 소설과 생태적 상상력-〈들〉을 중심으로」, 『현대소설연구』 23, 2004. 9.

나병철, 「이효석의 서정소설 연구」, 『전환기의 근대문학』, 두레시대, 1995.

나병철, 『탈식민주의와 근대문학』, 문예출판사, 2004.

나병철, 「근대 초기 여로형 소설 연구」, 『비평문학』 제18호, 2004. 6.

남민우, 「창의성 신장을 위한 시교육과정 연구」, 『문학교육학』 제15호, 한국문학교육학회, 2004. 겨울.

노 철, 「모더니즘 시교육에 관한 연구-김수영을 중심으로」, 『국제어문』 제28집,

2009. 9.

도홍찬, 「문학교육과 도덕교육의 연계 방안」, 『문학교육학』 제14호, 한국문학교육학회, 2004. 여름.

류보선, 「모성의 시간, 혹은 모더니티의 거울」, 『심청, 하』 해설, 문학동네, 2003.

문순홍, 『생태학의 담론』, 솔, 1999.

문영진, 「에피파니적 글쓰기와 미시사회의 발견-〈장삼이사〉를 중심으로」, 『현대소설연구』 제12호, 2000. 6.

민충환, 『이태준 소설의 이해』, 백산출판사, 1992.

박경희, 『일본사』, 일빛, 1998.

박상준, 『한국 근대문학의 형성과 신경향파』, 소명출판, 2000.

박인기, 『문학교육과정의 구조와 이론』, 서울대학교출판부, 1996.

박희병, 『한국전기 소설의 미학』, 돌베개, 2000.

방민호, 『채만식과 조선적 근대문학의 구상』, 소명출판, 2003.

배봉기, 「희곡 작품에 나타난 역사의식」, 국어국문학회 편, 『채만식 문학 연구』, 한국문화사, 1997.

상허문학회, 『이태준 문학연구』, 깊은샘, 1993.

서강여성문학연구회편, 『한국문학과 모성성』, 태학사, 1998.

서경석, 『한설야』, 건국대학교 출판부, 1996.

서준섭, 『한국 모더니즘 문학 연구』, 일지사, 1988.

서진석, 「교실에서 소설 읽기: 멈춤과 늦춤」, 『함께 여는 국어교육』, 2004. 여름.

선주원, 『소설 교육의 원리와 방법』, 새미, 2003.

성찬경, 최동현·유영대 편, 「〈심청전〉론(2)」, 『심청전 연구』, 태학사, 1999.

손유경, 「최인훈·이청준 소설의 자기반영성 연구」, 서울대 석사학위 논문, 2002.

송경빈, 『패로디와 현대소설의 세계』, 국학자료원, 1999.

송명희, 「『도요새에 관한 명상』과 에코페미니즘」, 『타자의 서사학』, 푸른사상, 2004.

송재우, 「욕망의 환경담론과 열림의 생태담론」, 『문학사상』, 2004. 8.

신동욱, 『삶의 투시로서의 문학』, 문학과지성사, 1988.

신옥희, 「레비나스의 타자 개념」, 『현대시사상』, 고려원, 1996. 겨울.

신영지, 「최인훈 패러디 소설 연구」, 성균관대 석사학위 논문, 1997.

신일철, 『현대철학사상의 흐름』, 집문당, 1991.

안혜련, 「탈식민주의 페미니즘, 그 새로운 가능성의 공간을 찾아」, 김춘섭 외, 『문학이론의 경계와 지평』, 한국문화사, 2004.

양진오, 「억척 어미의 여성성, 가난과 마주하는 문학」, 『멋진 한 세상』 해설, 2002.

오승은, 「최인훈 소설의 상호텍스트성 연구: 패러디 양상을 중심으로」, 서강대 석
　　　사학위 논문, 1998.
우명미, 「채만식론」, 서울대 석사학위 논문, 1977.
우한용, 『소설교육론』, 평민사, 1993.
우한용 외, 『소설교육론』, 평민사, 1993.
우한용, 『문학교육의 새로운 구도와 실천』, 태학사, 2000.
우한용, 「문학교육과 도덕성 발달의 의미망」, 『문학교육학』 제14호, 한국문학교육
　　　학회, 2004. 여름.
유병석, 「정비석의 〈성황당〉-건강한 원시주의의 예찬」, 『한국현대소설 작품론』,
　　　문장, 1981.
윤미선, 「박태원과 최인훈의 『소설가 구보씨의 일일』 비교 연구」, 연세대 석사학위
　　　논문, 1996.
윤여탁, 『시교육론 II -방법론 성찰과 전통의 문제』, 서울대출판부, 1998.
윤홍로, 『나도향』, 건국대학교출판부, 1997.
윤효녕 외, 『주체개념의 비판』, 서울대학교 출판부, 1999.
이　호, 「'날개'의 플롯과 해석」, 한국소설학회, 『현대소설 플롯의 시학』, 태학사,
　　　1999.
이강언, 「백치의 삶과 비극적 이야기의 전개」, 『한국 현대소설의 전개』, 형설출판
　　　사, 1992.
이계열, 『한국현대소설의 자아의식 연구』, 국학자료원, 2001.
이광호, 『환멸의 신화』, 민음사, 1995.
이대규, 『문학교육과 수용이론』, 이회, 1998.
이덕화, 「공선옥론 1: 자매애적 유대를 통한 사랑의 실현」, 『여성문학』 창간호, 한
　　　국여성문학학회, 태학사, 1999.
이덕화, 「여성문학과 생명주의」, 『여성문학연구』 제3호, 한국여성문학학회, 태학사,
　　　2000.
이도흠, 『화쟁기호학, 이론과 실제』, 한양대학교 출판부, 1999.
이미란, 『한국현대소설과 패러디』, 국학자료원, 1999.
이부영, 『한국민담의 심층분석』, 집문당, 1995.
이인숙, 「최인훈의 〈西遊記〉, 그 패러디의 구조와 의미」, 『국제어문』 제6 · 7합집,
　　　1986. 6.
이재선, 『한국현대소설사』, 홍익사, 1979.
이재선, 『한국문학 주제론』, 서강대학교 출판부, 1996.

이재선, 『현대소설의 서사시학』, 학연사, 2002.

이정숙, 『한국현대소설연구』, 깊은샘, 1999.

이진경, 『노마디즘』, 청아문화사, 2002.

이형식, 『작가와 신화』, 청하, 1993.

임경순, 『국어교육학과 서사교육론』, 한국문화사, 2003.

임경순, 『서사표현교육론 연구』, 역락, 2003.

임규찬, 『한국근대 소설의 이념과 체계』, 태학사, 1998.

임지현 · 사카이 나오키, 『오만과 편견』, 휴머니스트, 2003.

임혜련, 「우리문학 작품을 통해서 본 장애인에 대한 인식변화」, 용인대 석사학위
    논문, 2001.

장정렬, 『생태주의 시학』, 한국문화사, 2000.

장창영, 「패러디 시 활용의 교육적 의미」, 『한국언어문화』 제26집, 2004. 12.

전규찬, 「문화와 자연의 불이(不二)」, 『문화/과학』, 2004. 여름.

전혜자, 「이남희 생태담론」, 『김동인과 오스커리즘』, 국학자료원, 2003.

전혜자, 「한국현대문학과 생태의식」, 『한국현대문학연구』 제15집, 한국현대문학회,
    2004. 6.

정끝별, 『패러디 시학』, 문학세계사, 1997.

정미숙, 「최인훈 희곡에 나타난 패러디 연구-〈달아 달아 밝은 달아〉를 중심으로」,
    경상대 석사학위 논문, 1998.

정봉곤, 「최인훈의 패러디 소설 연구」, 부산대 석사학위 논문, 1997.

정재정, 『일제침략과 한국철도』, 서울대학교 출판부, 1999.

정재찬, 『문학교육의 현상과 인식』, 역락, 2004.

정재찬, 「문학교육과 도덕적 상상력」, 『문학교육학』 제14호, 한국문학교육학회,
    2004. 여름.

정하영, 「〈심청전〉에 나타난 악인상-뺑덕어미론-」, 최동현 · 유영대 편, 『심청전
    연구』, 태학사, 1999.

정한숙, 『소설문장론』, 고대출판부, 1973.

정효구, 「신세대 시인들의 시세계」, 『현대시사상』, 1994. 겨울.

정효구, 『우주공동체와 문학의 길』, 시와시학사, 1994.

조남현, 「1930, 40년대 소설의 생태론적 재해석」, 『한국현대문학연구』 15, 한국현
    대문학회, 2004.

조동일, 「〈심청전〉에 나타난 비장과 골계」, 최동현 · 유영대 편, 『심청전 연구』, 태
    학사, 1999.

조정래, 「1930년대 서정소설론 재고-이효석의 〈화분〉을 중심으로」, 『현대문학의 연구』 20, 현대문학연구학회, 2003.
조희권, 「현대소설에 나타난 『춘향전』 패러디 연구」, 한양대 석사학위 논문, 2000.
차봉준, 「최인훈 패러디 소설 연구」, 숭실대 석사학위 논문, 2001.
최경희, 「문학 경험이 아동의 가치 형성에 미치는 영향」, 『문학교육학』 제14호, 한국문학교육학회, 2004. 여름.
최병우, 「이효석 소설의 현대성」, 『현대소설연구』 13호, 2000. 12.
최석영, 『일제의 동화이데올로기의 창출』, 서경문화사, 1997.
최시한, 「문학교육은 왜 하는가?」, 『모국어교육』 제6호, 1988. 5.
최운식, 「〈심청전〉의 구조와 의미」, 최동현·유영대 편, 『심청전 연구』, 태학사.
최혜실, 『한국모더니즘소설 연구』, 민지사, 1992.
최혜실, 「문학교육에 있어서 배경 지식의 문제」, 문학과문학교육연구소 편, 『문학교육의 인식과 실천』, 국학자료원, 2000.
최혜실, 「문학이론과 문학교육이론과의 관계규정을 위한 시론」, 『한국 근대문학의 몇 가지 주제』, 소명출판, 2002.
태혜숙, 『탈식민주의 페미니즘』, 여이연, 2001.
하정일, 문학과 사상연구회, 「보편주의의 극복과 복수의 근대」, 『염상섭 문학의 재인식』, 깊은샘, 1998.
한국문학교육학회, 『문학교육의 새로운 구도와 실천』, 태학사, 2000.
한국정신문화연구원 편, 『한국민족문화대백과사전 11』, 웅진출판사, 1995.
한국정신문화연구원 편, 『한국민족문화대백과사전 25』, 웅진출판사, 1995.
한귀은, 『현대소설교육론』, 삼지원, 2003.
한승옥, 「이광수 『원효대사』의 기문학적 특질 연구-생태학적 특성을 중심으로」, 『국제어문』 28집, 2003. 9
한창엽, 『미메시스와 환상성』, 푸른나무, 2000.
한혜선, 「〈고향〉과 〈장삼이사〉의 서사담론 양상」, 『현대소설연구』 제12호, 2000. 6.
황국명, 「90년대 소설론, 그 치욕과 영광」, 『삶의 진실과 소설의 방법』, 문학동네, 2001.
황도경, 「세 개의 불, 두 개의 알리바이」, 『실천문학』 57, 2000. 봄.

외국저서 및 논문

가라타니 고진, 박유하 옮김, 『일본근대문학의 기원』, 민음사, 1997.

노드롭 프라이, 임철규 역, 『비평의 해부』, 한길사, 1991.

단떼, 허인 옮김, 『신곡』, 학원출판사, 1990.

도널스 워스터, 강헌 · 문순홍 옮김, 『생태학 그 열림과 닫힘의 역사』, 아카넷, 2002.

로버트 치알디니, 이현우 옮김, 『설득의 심리학』, 21세기북스, 2003.

로버트 C. 호럽, 최상규 역, 『수용이론』, 삼지원, 1985.

로즈마리 통, 이소영 외 편역, 『자연, 여성, 환경』, 한신문화사, 2000.

로즈메리 잭슨, 서강여성문학연구회, 『환상성-전복의 문학』, 문학동네, 2000.

루이스 멈포스, 김진욱 역, 『개성과 역사』, 종로서적, 1983.

리처드 커니, 임헌규 · 곽경아 · 임찬순 옮김, 『현대유럽철학의 흐름』, 1997.

린다 허천, 김상구 · 윤여복 역, 『패로디 이론』, 문예출판사, 1992.

릴라 간디, 『포스트식민주의란 무엇인가』, 현실문화연구, 1998.

막스 베버, 전남석 외 역, 『지배의 사회학』, 까치, 1993.

모오리스 Z. 쉬로우더, 김병욱 편, 최상규 역, 「아이러니와 소설」, 『현대소설의 이
　　　　론』, 대방출판사, 1984.

미셸 푸코, 이정우 옮김, 『지식의 고고학』, 민음사, 1992.

미셸 푸코, 김부용 옮김, 『광기의 역사』, 인간사랑, 1993.

미셸 푸코, 오생근 옮김, 『감시와 처벌』, 나남, 1996.

볼프강 쉬벨부쉬, 박진희 역, 『철도여행의 역사』, 궁리, 1999.

빅토르 어얼리치, 박거용 역, 『러시아 형식주의』, 문학과지성사, 1987.

시모어 채트먼, 김경수 옮김, 『영화와 소설의 서사구조』, 민음사, 1992.

애쉬크로프트 외, 이석호 역, 『포스트콜로니얼 문학이론』, 민음사, 1996.

위르겐 슈람케, 원당희 · 박병화 옮김, 『현대소설의 이론』, 문예출판사, 1998.

유진 런, 김병익 역, 『마르크시즘과 모더니즘』, 문학과지성사, 1986.

이효덕 저, 박효관 옮김, 『표상공간의 근대』, 소명출판, 2002.

제임스 러브로크, 김종철 편역, 「가이아를 위하여」, 『녹색평론선집 1』, 녹색평론사,
　　　　1998.

조르쥬 깡길렘, 여인석 옮김, 『정상적인 것과 병리적인 것』, 인간사랑, 1996.

조르쥬 바따이유, 조한경 옮김, 『에로티즘』, 민음사, 1995.

조세핀 도노번, 김익두 · 이월영 옮김, 『페미니즘 이론』, 문예출판사, 1994.

카렌 J. 워렌, 이소영 외 편역, 『자연, 여성, 환경』, 한신문화사, 2000.

프로이트, 황보석 옮김, 『억압, 증후, 그리고 불안』, 열린책들, 1998.

헤르만 브로흐, 김경연 옮김, 『몽유병자들』, 현대소설사, 1992.

호메로스, 『오딧세이이아』, 범우사, 1999.

찾아보기

사

아

문학교육과 현대소설

2005년 5월 15일 인쇄
2005년 5월 20일 발행

저　자　김　미　영
펴낸이　박　현　숙
찍은곳　신화인쇄공사

110-320 서울시 종로구 낙원동 58-1 종로오피스텔 606호
TEL. 02-764-3018, 764-3019　　FAX. 02-764-3011
E-mail : kpsm80@hanmail.net

펴낸곳 도서출판 **깊 은 샘**

등록번호/제2-69. 등록년월일/1980년 2월 6일

ISBN 89-7416-149-4

※ 잘못된 책은 교환해 드립니다.

값 10,000원